英雄魔術師はのんびり暮らしたい

The Heroic Magician, who has been targeted at life for being too active, is going to start over to live free and easy.

活躍しすぎて命を狙われたので、やり直します

著 柊遊馬

イラスト ありり子

TOブックス

004 プロローグ 異世界に召喚されたら、捕まったらしい……
008 第一章 英雄魔術師、ヴェリラルド王国へ
049 第二章 王都への道
115 第三章 ヴェリラルド王国の王都
179 第四章 冒険者な日々

256 第五章 ダンジョンのミスリル鉱山
294 第六章 孤高のエルフ美女
345 ◇◇◇◇◇ エピローグ
359 書き下ろし番外編Ⅰ エルフの美女をエスコート
377 書き下ろし番外編Ⅱ 少女アーリィー
398 ◇◇◇◇◇ あとがき

The Heroic Magician,

who has been targeted at life for being too active, is going to start over to live free and easy.

Author Yuuma Hiiragi / Illustrator Arico Designer Midori Shimada [KOMEWORKS]

プロローグ　異世界に召喚されたら、捕まったらしい……

時友《ときとも》　迅《じん》。

歳は二十八。限りなく黒に近い会社と、冷たい世間から現実逃避してゲームにのめり込み過ぎて、気づけば流行の引きこもりになっていた。

それが俺だ。

決して多くない貯金がなくなるのも時間の問題と知りつつ、それからも目を逸《そ》らしていたら、とうとう、おっ死んだらしい。

気づいたら、暗闇の中に、一人でいた。

これがいわゆる死後の世界ってやつか？　天国なのか地獄なのか定かじゃないが、真っ暗すぎてわかんね。

神様ー！　出てくるなら今ですよー。それとも夢でも見てるのかねぇ。

——おいおい、小僧。お前はまだくたばっちゃいないぜ？

声がした。男の声だ。

小僧とか言ったか？　何言っているんだこの人。というか、たぶん見えていないんだなぁ。俺だって声の主が見えていないんだもん。

仮に向こうからは見えているんだとしたら……えっと、俺のことを小僧と言うことは、案外年上なんじゃなかろうか。

そうなると、とりあえず目上の人かもしれないので敬語を。

「あー、えっと俺、死んでないってことでいいんでしょうか？」

――頭大丈夫か、お前？　いやまあ、別の世界から飛ばされてきたんだ。記憶の齟齬《そご》とかあっても仕方がないな。

ちょっと待って……いま、何て言った？

別の世界？

つまり、異世界なのか、ここは⁉

なんてこった。俺は頭を抱えたくなった。なろうですか、異世界ラノベってやつですかこれは――

――⁉

「で、あなたは神様？」

――神様だぁ？　いやいや、そんなモンじゃねぇよ。言ってみれば、今のお前さんと同じ状況ってとこだな。

「同じ状況？　あなたも異世界に……？」

――あ？　違う違う、この世界の住人だよ。だが囚われているっていう意味ではご同輩ってわけだ。

「囚われている……？」

――あぁ、このままだとオレとお前は、魔法武器の素材にされちまう。

「素材……？」

——聞こえるか？　あの叫び声が……。

叫び声。耳をすましてみる。すると遠くから絶叫とも悲鳴ともつかない声が聞こえた。少なくとも嫌がっている類《たぐい》の。

——じき、ああなる。身体に流れる魔力が、普通より多いって理由で、魔法武器の材料にされちまうんだなぁ……。言ってみれば剣とか杖にされちまうってことだ。

「そりゃ困る！」

——オレだってご免被《めんこうむ》るね。だからここから抜け出したいわけだが……残念ながらオレひとりの力じゃ無理ときている。無論、お前もそうだろう？

「ええ、たぶん」

真っ暗で状況がわからないままだが。そういえば、自分の身体も動いているのかさえ、よくわからない。目で見ることができれば……ひょっとして暗いのは目隠しされているから、とか？

マジかよ……。異世界に行ったらチートとかもらって、無双とかってやつじゃないのか。どうやら悪いほうの異世界に来てしまったみたいだ。昔からクジ運はよくなかったが、こんなところまで貧乏くじかよ……。

「俺はこのままだと死ぬ？」

——そうなるな。

「あぁ、畜生《ちくしょう》」

——そこでだ、お前にひとつ提案がある。

「……」

——オレはここから出たい。で、ちょっとばかしお前さんの力を貸してくれないだろうか。……なに、タダでとは言わねえよ。代わりに、お前が『魔法』を使えるようにしてやろう。どうだ？

そういえば、さっきから魔法武器がどうとか言っていた。つまり、この世界には魔法が存在するということだな！

とりあえず、現状はとても悪い方向に流れているようだ。このまま視界真っ暗なうちに人生お先真っ暗。魔法武器なんていう望みもしない代物に転生させられちまう。……魔法武器って意識あるのか？　コンクリに固められるようなもんだったら嫌だな。固められたことはないけど。

となれば、是非もない。見えないからどんな人かわからないが、誘いに乗って現状から逃れるのが最善ではなかろうか。

「わかった。で、俺はどうすればいい？」

——オレと契約して魔法使いになってくれ。

「詐欺かっ、ちくしょーめ！」

俺は怒鳴った。脳裏によぎったのは、某魔法少女アニメに登場した外道だったのは言うまでもない。

第一章　英雄魔術師、ヴェリラルド王国へ

「二年前だ」

俺、時友ジンが、異世界に来たのは。中世ファンタジー風の世界、と言えばいいのか。いわゆる剣と魔法の世界にやってきて、もう二年も経つ。

ただいま俺は、ハンドルを握ってどこまでも広がる草原を移動中。ファンタジーな世界に不似合いな自動車――正確には魔石を動力としたエンジンで駆動する魔法車は、舗装などされていない異世界の大地を走っていた。

サバンナとか、アフリカの平原ってのはこんなものなのかねぇ。思わずぼやきたくもなる。

「あ？　どうした、いきなり」

助手席側から男の声がした。俺が視線を向ければ、そこには黒猫が一匹。

猫にしては大柄。ふてぶてしさとどこか貫禄をにじませる黒猫は、助手席前の専用席に鎮座している。

彼は、ベルさん。黒猫の姿をしているが、実体は別モノである。

「二年前のことを思い出していたんだよ、ベルさん。俺たちが初めて会ったあの日のことさ」

ベルさんは、フンと鼻で笑った。

「ああ、またずいぶんと懐かしいことを思い出しているじゃねぇか、ジンよ」

異世界召喚されたあの日、最初に出会ったのが、このベルさんだ。

いわゆる魔獣がいて、エルフやドワーフなどの亜人がいて、獣人までいる。どこかファンタジーゲームチックなところが散見されるが、まあ、そんな世界に召喚された。

だが、出たところは最悪だった。人様をさらって魔法武器にしようなんていう胸糞《むなくそ》悪い大帝国、そいつらから逃れられたのも、ベルさんのおかげである。

「しかしあの時は、面食らったなぁ。契約しようと言ったら、いきなり『詐欺』呼ばわりだもんなぁ」

「……マスコットの姿で、人を奈落に突き落とすクソ野郎の決め台詞をいきなり食らったからな。つい反射で」

俺は苦笑いである。……ちなみに、あの時、ベルさんの姿が見えなかったから契約に応じたのだが、もし今のような黒猫の姿が見えていたら、果たして契約したかどうか……。

何はともあれ、ベルさんと契約したことで俺は魔法を手に入れた。この世界の一般的な住人より魔力が高いってんで召喚された俺だから、そこから先は強かった……ってこともなく、あの時はベルさんにほぼお任せだった。

『ふはははっ！　凄い、凄いぞ、この力っ！　さすがは別世界の住人！　お前と契約してよかった！　ふはははは一っ！』

あの時のベルさん、完全にヤバい人でした。まあ、俺と契約しなかったらこうは上手くいかなかったと、ベルさんからは感謝された。当時引きこもりでろくでなしだった俺だけど、褒められて素直に嬉しかった。

ベルさんのお力と助言のおかげで、俺たちは無事に脱出に成功。それからこの世界を彷徨《さまよ》うことになったが――。

「あっという間の二年だったなぁ、ジンさんよ。あれよあれよという間に大魔術師になり、東の連合国から英雄なんて呼ばれるようになってよ」

「まあ、あの忌々《いまいま》しい大帝国との戦争があったからね」

俺は笑みを引っ込めた。

ディグラートル大帝国――それが俺や、俺のような異世界人を召喚し、戦争の道具にしようとした国の名前だ。そいつらは武力をもって周辺諸国を制圧し、侵略の魔の手を伸ばしていた。……どの世界にも、この手の奴らはいるということだな。

異世界で魔法を手に入れ、ベルさんと放浪していた頃に、大帝国の連中とぶつかり、気づけば、帝国に対抗する連合国と共に戦争へどっぷりと浸かる羽目になった。

「ジン・アミウール」

ベルさんは、その名前を呟いた。

「偉大なる大魔術師にして、連合国の英雄」

絵に描いたような異世界チート魔術師になりました、ありがとうございます。俺は心の中で皮肉った。

遠くの場所へ一瞬で移動したり、数千の敵を一発の魔法で吹き飛ばしたり……うん、後者は特にヤバイな、我ながら。

周囲は俺を称え、英雄として尊敬と、少々のやっかみやその他諸々の感情を抱いた。何より変わったことといえば、女子からモテモテになったことか。

みな英雄に憧れ、恋をする。おかげで、元の世界では女の子をお触りしたことすらなかった俺は、町の生娘から大貴族の令嬢まで、よりどりみどりのハーレム上等気質になりましたとさ。めでたしめでたし……って。

「めでたくねぇー!!」

俺は思わず叫んだ。ベルさんは頷いた。

「ああ、まったくめでたくないね。何せ、背中から刺されたんだからな」

「……俺は連合国の人々のために頑張ったと思うんだ」

俺は口をへの字に曲げる。

「あのにっくき帝国に復讐《ふくしゅう》してやるってんで張り切ったのは事実だけどさ」

「……」

「何も俺を暗殺しようとしなくたっていいじゃないかっ!!」

そう、俺は英雄になったが、大帝国との戦争も終盤に差し掛かったその時、味方だったはずの連合国から危険分子と見なされて、殺されかけた。

頑張ったのに、凄まじい手のひら返しを食らったってわけだ。おかげで俺は逃げて身を隠す羽目になった。

英雄から落ち武者だよ、こん畜生。

まあ、俺を裏切った連合国は、直後、虫の息だったはずの大帝国の反撃を受けて、戦争に勝てなかったわけだから、俺個人としてはざまあみろといったところだったがね。もう知らん、お前ら勝手にやってろ！

「やはり、俺のチートすぎる魔法がやばかったんだろうなぁ……」

「あ？　お前、大侯爵《こうしゃく》殿の娘に手を出したからじゃねぇの？」

ベルさんが、そんなことを言い出した。大侯爵の娘……あぁ、あの金髪縦ロール姫か。

「え、なに、エリーと寝たから、俺殺されそうになったの？」

んな馬鹿な！……いやだって、誘ってきたのは向こうだぞ？

「知りたくなかった、そんな真実」

いや、真実もなにも、ベルさんが適当風吹かしているだけだが。真に受けないで欲しいところである。

「まあ、何にせよだ、お前さんは連合国から遠くはなれ、こんな西の国……なんてったっけ？」

「ヴェリラルド王国」

今いる国の名前を教えてやれば、ベルさんは首肯《しゅこう》した。

「そ、ベリラルド王国くんだりまで来る羽目になったんだ」

……微妙に違っていたような気がしたが、まあいいか。

「ジン・アミウールの名を捨て、姿を変え、俺は時友ジンとして再スタートするってわけだ」

まあ、名前自体は偽名だったから、わりとどうでもよかったわけだけど。

バックミラーへと視線を向ける。後ろを見たのではなく、そこに映る俺自身の姿を見る。

その姿は、初心者魔術師御用達の地味なローブマントをまとう、平凡なる魔術師の少年。ちなみに本来なら今年で三十路を迎える俺だが、その外見は高校生当時の姿になっている。

これもひとつの魔法ってやつだ。アンチエイジングどころか若返ったぞ……外見だけな。

「もう英雄はこりごりだよ、ベルさん」

ガタガタと道なき道を、魔法車を運転する俺。

「のんびり、冒険者として適当に依頼をこなして、どこか静かな場所で暮らしたい」

「あぁ、そいつは同感だね」

ベルさんは同意した。その頭がひょこ、と動く。

「お、何か見えてきたぞ」

「村かな?」

俺は一度、車を止める。魔法車を見られると面倒な騒ぎになりかねないので、ちょっと様子見だ。

……のんびり休憩できるところだといいなぁ。

遠視の魔法で視界を強化。一方は森、残りは平原に囲まれたその土地には、建物だったと思しき跡。焼けたのだろうか、大半が崩れ落ち、土台部分だけがいくつか見える。

「……人の姿は見えないな」

俺が呟くように言えば、ベルさんが顎《あご》をしゃくった。

「行くか」

「そうだな」

無人なら、魔法車で行っても問題あるまい。

俺はアクセスペダルを踏む。ペダルに仕込まれた魔石が魔力を発生させる。魔力の伝達線を通った魔力は信号となり魔石エンジンに伝わる。そこからさらに車輪に伸びた伝達線に従い、タイヤが回って車は前進した。

村の廃墟の前を通る細い道は、舗装されているはずもなくデコボコだ。いくら衝撃吸収装置《サスペンション》があるといっても限度はある。

さほど時間もかからず、魔法車は集落へとやってきた。ベルさんが、ふんと鼻を鳴らした。

「こりゃ、盗賊か何かに襲われた跡だな。しかもつい最近だ」

炭化した木材や、散乱する壺《つぼ》の欠片、血の跡などなど。しかし村人の姿は見えない。

「逃げたか……？」

それとも皆殺しにされたか、という嫌な予感を押し込める。頼むから、村の中央に死体の山がありませんように。

ゆっくりと村の中を進む魔法車。俺は周囲に気を配る。

「……右手方向から視線を感じるな」

「いるな。複数人。隠れてやがる」

ベルさんが同意した。俺は村の中央で車を駐めると、ドアを開けて降りた。後ろからベルさんが声をかける。

「関わるつもりか？　向こうはこっちを警戒してるぜ？」

「まあ、面倒しかないんだけど、ここから王都へどう行けばいいかわからないし。現地の人から話を聞きたい」

それどころじゃないかもしれないけど。

「盗賊の類だったら？」

「返り討ち！」

「だな。自分で言ってて愚問だと思ったよ」

そんなわけで、俺は人が隠れている方向――森のある北西方向に身体を向けた。コホン。拡声の魔法を調整。

『あー、あー、そこに隠れている方々、聞こえますか？　私は旅の魔術師ですが、村人でしたらお話が聞きたいので、代表者の方だけでも出てきていただけませんが？』

がさっ、とかすかに茂みが動くような音がしたが、それ以外に反応はなし。まあ、警戒はされているわな。

『えー、そこにいるのはわかっています。私も魔法を撃ち込みたくないので、村人でしたら出てきてください。盗賊の類なら、吹き飛ばすのでご容赦を』

俺は本気であることを示すために、右手を挙げ、火球を形成してみせる。拳ほどの大きさだったものが大玉転がしのボールぐらいの大きさになる。これなら少々遠くても見えるだろう。

「ま、待ってくれ!!　撃つな！　撃たないでくれ！」

廃墟の向こう、茂みから一人の老人が半身を出した。五、いや六十代か。頭のてっぺんがはげ上がっているが、まだ白い毛がまわりに残っている。痩せているのはもとからだろうが、その顔色はあまりよろしくない。

俺は特大ファイアボールを消すと、ゆっくりとそちらへと歩く。

「こんにちは！　この村の方ですか？」

「そ、そうだが……、あ、あんたはここへ何しにきた？」

「王都を目指しているんですが、その途中なんです」

「反乱軍じゃないのか？」

老人の後ろから別の男の声がした。

「反乱軍？」

そういえば、ここに来る前に寄った集落でも聞いたような。

「この村は、反乱軍に襲われたんですか？」

「ああ、反乱軍だよ。いや、奴らはゴロツキさ。大義なんてありゃしないよ」

老人が険しい表情で言った。その目は、まだ俺への警戒を解いていない。だが抵抗しないのは、無駄だと察したからかもしれない。そりゃ特大ファイアボールを見せた後だから、普通の人なら逆らう気も起きないだろう。

「旅の魔術師様。見ての通り、ブルート村にはもう、何もない。村人も半分が殺されて、逃げた者も怪我人が多い」

「そのようですね。何人残りました？」

「そんなことを聞いてどうするというんだ？」

関わらないでくれ空気をビンビンと感じる。老人の後ろに数人潜んでいるが、敵意があからさまだった。俺たちは無関係なんだけどね。

こういう焼き討ちにあった村というのは、戦争時に数え切れないほど見てきた。そこで傷つき、途方に暮れている女性、子供の姿も。

「怪我人がいると聞きましたが、よければ手当てをしましょうか？」

「手当て！」

老人は目をぱちくりとさせる。

「魔術師様は医療の心得があるのか？」

「多少は。治癒《ちゆ》魔法も使えますよ」

「は？」

ぽかんとした表情になる老人。

「魔術師ではなかったのか？」

「魔術師ですよ」

俺はにこやかに社交的スマイルを浮かべてやる。

「攻撃、補助、回復、全系統が使える魔術師です」

さっそく怪我人たちに治癒魔法をかける。ここにいたのは軽傷者ばかりなので、あっという間だった。

「これが治癒魔法か！」

「すごい！」

手当てを受けた村人たちが口々に叫ぶ。初めて治癒魔法を見た者もいたようだ。このあたりでは珍しいのかもしれない。大きな町に行けば、治癒魔法の使い手くらい居ると思うのだが。

「ありがとうございます、魔術師さま！」

「いえいえ」

若い娘からのお礼に、思わず頬が緩む。素直な態度で接してもらえるのは嬉しい。

先ほどまでの警戒心が薄れ、村人たちも笑顔をこぼしている。それでいい。暗い雰囲気だとこっちまで暗くなる。

「魔術師様、さぞ高名な方と存じ上げます！　先ほどまでの無礼、平にご容赦くださいませ！」

先ほどの老人が、膝をついて頭を下げた。

村人たちがそれに倣《なら》う。いやいや、確かに東の方じゃジン・アミウールとして有名ではありますが、ここではただの一魔術師でございますよ？

「ジン・トキトモと言います。見ての通り、ただの若輩者です」

「そんな！　治癒魔法を無詠唱で行使できるお方がご謙遜《けんそん》を」

あー、そうねそう。魔法って基本、詠唱するものって常識があるもんね。唱えずに魔法を使える人間は高位の魔術師だって言っているのと同義だ。英雄時代に当たり前になっていて、つい無詠唱で使ってしまった。

『やっちまったなぁ、ジンさんよ』

ベルさんの魔力に乗せた念話が俺のもとに届いた。車でニシシと黒猫が笑っていた。

『別に無自覚でやらかしたわけじゃないぞ！　うっかりミスだ』

『ミスは否定しないんだ』

『迂闊《うかつ》だったのは認める』

まあ、いい。迂闊ついでだ。高位魔術師と認識されてしまったなら、それらしく振る舞うとしよう。そのほうが、色々やりやすいしな。

「他にも怪我人がいるなら診ましょう。あと、何かお困りのことはありませんか？　お力になれるかもしれません」

「お、おおっ！　ありがとうございます！　ありがとうございますっ！」

額をこすらんばかり頭を下げ続ける老人。俺は彼の肩に触れ立たせる。

「あなたがこの村の代表ですか？」

「村長の弟フィデルと申します。ジン様」

なお、フィデルさん曰く、村長は先の反乱軍の襲撃で殺されたのだと言う。大変だったなぁ、本当に。

ブルート村の怪我人たちを俺は治癒魔法で治した。

さすがに身体の一部を失った人たちの傷までは癒やしてあげられなかった。一応、少量ながら希少な秘薬を持ってはいるのだが、それは今まさに死の淵《ふち》に立っている人にしか使わないと決めているから使わなかった。許されよ。

村人の生存者は二十二人。人間十八人、うち女性七人。亜人、獣人が三人、妖精族が一人だと言う。襲われる前はこの倍の人数はいたらしい。家はことごとく焼き払われたため残っておらず、食料の備蓄もないそうだ。

人間、生きていくためには、衣食住が必要だ。衣服については、最低限あるようなので、あとは食と住である。

何より俺は、困っている女性には特に手を差し伸べる主義だ。

革のカバン――アイテムストレージと呼ぶ、収納魔法のかかったそれから、メロンほどの赤い宝石がついた杖を取り出す。

ダンジョンコア・ロッド。英雄時代にとあるダンジョンから回収したコアを杖にした魔法の杖である。魔物を使役し、ダンジョンと呼ばれる地形を自在に作り替えることができる。

「まずは、魔物召喚」

俺は杖を地面に向ける。赤い光が瞬き、次の瞬間、オオカミ型の魔獣が具現化する。突然複数のオオカミ型の魔獣が現れれば、周囲が驚くのも無理はない。フィデルさんや見守っていた村人たちが軽く悲鳴を上げ、後ずさる。

「おおっ!? 危ない！」

「ご心配なく、こいつらはあなたたちを襲いません」

俺は周りに告げつつ、安全な生き物だというアピールを兼ねて、オオカミの頭を撫でてやる。もふもふ……。

「さあ、お前たち、ここの村人たちの為に森で狩りをしてきてくれ」

ガゥ！ とオオカミどもが弾かれたように村の外へと駆けていった。

「彼らは人を襲わないように調整してあります。村のために食料を狩ってきてくれるでしょう」

「ジン様は魔獣使いでもあらせられるのですか？」

村の女性が聞いてきたので、俺は穏やかに笑ってみせる。

「召喚士みたいなものですね。魔法ですよ」

「召喚士！ 幻獣とか精霊とか呼び出せちゃったりします？」

「え？ ええ、それくらいは朝飯前ですね」

『おーい、ジン。鼻の下が伸びてるぜ。しっかりしろよ』

ベルさんの心の声が魔力念話という形で聞こえたが、俺はあえて無視。

聞いてきた女性をはじめ、やつれている人が多い。彼女たちのためにも、仮の住処とも言うべき避難所を建てねば！

DCロッドを地面に当て、俺は一言。

「テリトリー」

ダンジョンコアが、俺の命令を受け、この一帯を支配下に置く。テリトリー内の地形を操作するのはダンジョンコアお得意のダンジョン・クリエイト機能である。

それを利用し、ダンジョンの岩壁を使って、避難所の壁を形成する。ゴゴゴッ、と軽い地鳴りと共に、突然何もない場所から壁が現れるさまに、村人たちは仰天する。

床も同様に石を敷いて、天井は……そうだなドーム状にして覆ってしまおう。出入り口と窓も作っておかないとな。

時間にして数分の出来事だった。村人たちを収容する避難所の外が完成。あとは寝床だな。硬い床に寝かせるわけにもいかない。

「あっという間に岩の家が建ったぞ……！」

「信じられん！　夢でも見ているのか……？」

後ろが騒がしいが無視だ無視。俺は杖の先に意識を持っていく。黒いスライム状の物体を想像、いや創造する。ＤＣロッドがほのかに輝き、それが流れ出て、やがてベッドに固まった。

通称スライムベッド。生き物じゃないから喰われたりしないからご安心を。この柔らかくも、沈み込まない程度に反発するベッドの寝心地は最高だぞ。

これで最低限のものは置けた。驚きながら避難所の中に来たフィデルさんに、ベッドを紹介。これで安心して寝られますよ。

「わっ⁉　なんだこれは！　こんな、柔らかなベッドは、初めてです……」

他の者たちも適当なベッドに座ったり横になったりしている。髪を三つ編みにした七、八歳ほどの少女がバタバタとベッドの上に寝転び「チクチクしなーい！」と言えば、周囲から笑い声が上がった。うん、とても素敵な笑顔だ。

「何から何まで申し訳ありません、ジン様。住むところから寝床まで用意していただいて。して、このお代はいかほどに？」

「いただけません、というか、ないでしょう。お礼に差し出せるものなんて」

営業スマイルを浮かべて俺は指摘しておく。頼むから、村人の誰かを奴隷みたく差し出すとか言うのはやめてくれよ。俺はあくまでご婦人方が安心して過ごせる場所を作っただけだからな。

「というより、まだこれだけでは不十分でしょう。私にできることは大してありませんが、皆様は村を再建するにしろ、どこかへ移住するにしろ、お金が要《い》り用だと思います」

ということで、ストレージから金貨を五十枚ほど取り出す。

「これを村のために使ってください」

「え、いやいや、ジン様⁉　この期に及んで村のためにお金までいただくなんて、とんでもありません！」

「あー、いえ、ダンジョンでの拾いモノなので、お気になさらずに」

「いえいえ、お気にしますとも！」

「受け取りなさい」

笑みの中に、少々の威圧が混ざる。……遠慮は美徳かもしれないが、女子供がいるんだ、遠慮するな。

フィデルさんはびくりと肩をすくませ、受け取った。実際、生存した人たちのためにもお金はあって困るものでもない。

『ジ〜ン？』

ベルさんの魔力念話。

『お前さん、女が絡むと見境ないからな。そういう人助けはほどほどにしておけよ』

くぎを刺されてしまった。

そりゃ、俺は女の子には優しくするよ。俺のことより、困っている女性優先。

『だいたいその金、最後に温存しておいた金だろう？』

『いや、ちゃんと残してあるよ。……少しね』

大丈夫、その気になれば稼ぐのなんてわけないからね。こちとらSランク冒険者で、伊達に英雄だったわけじゃないんだからな。

食糧確保のオオカミたちが四本角の鹿を仕留めてきた。さっそく村人が解体して、当面の肉を確保した。

備蓄こそないが、森に入れば果物などがあるから、しばらくは大丈夫だろうというフィデルさんの話だった。

村人たちに活気が少しずつ見え始めた頃、俺はひとりの女性に気づいた。

手当てした中にいた、確か、反乱軍の襲撃で、新婚だった旦那を殺され、自身も目を失った女性だ。ついでに連中に暴行された。

名前はオリーさん。避難所に運ばれはしたが、誰もそばに寄ろうとしない。だから俺は声をかけることにした。

「こんにちは奥さん。先ほどあなたを手当てしたジンです」

「あぁ、魔術師様ですね」

目が見えないせいで、オリーさんは俺のほうを見ていなかった。声に覇気《はき》がなく、心身共に疲れ果てているのがわかる。

「何か、必要なものはありますか？」

水とか食料を取りましょうか、と提案する。しかし彼女は首を横に振った。

「いいのです。私に構わなくても……」

か細いその声。活力を失っているように思えて、俺は胸の奥が苦しくなってくる。

「いえいえ構いますとも。放っておくわけにはいかない。あなたの悲しみを癒やしてあげることはできませんが、何か、俺にできることはありますか？」

「お気持ちは嬉しいのですが、おそらく魔術師様でも不可能でございましょう」

「何です？　言ってみてください」

彼女の言うとおり無理かもしれないが、聞いてみないとわからない。オリーさんはしばし躊躇《ためら》い、やがて重い口を開いた。

「……反乱軍に夫の宝物を持っていった男がいるのです」

反乱軍――自分で聞いておいて何だが、嫌な予感。

「傭兵《ようへい》で、確かコラムと呼ばれていました。その男を殺して、形見の品を持ってきていただけますか……？」

復讐か。それで殺された旦那は帰ってこないが、そんなことを言うのは野暮というものだ。俺はそっと、オリーさんの手を握る。

「わかりました。コラムという傭兵ですね。その依頼、果たしましょう」

目の前の被害者に同情しているのだ。ああ、安い同情だ。甘い人間だと言われても構わない。なにより、こんな若くて綺麗な女性の幸せを奪った悪党を野放しにはしておけない。そうだろう？


俺は避難所を出ると、フィデルさんに反乱軍の話を聞いた。

「危ないですよ、ジン様！　奴らとは関わらない方がいい」

「まあ、好き好んで関わりたいとは思いませんが、ご心配なく、荒事には慣れてますから」

「……」

「そうだ、ちょっとあの廃屋に、魔法陣を置いておくので、村人には近づかないように言ってくれますか？」

「魔法陣、ですか……？　ええ、わかりました。それくらいお安いご用です」

首をかしげながらもフィデルさんは同意してくれた。これまでの行為から信用されたのだと思う。

「では、ちょっと行ってきます」

俺はフィデルさんや村人数人の見送りを受けつつ、魔法車に乗り込んだ。

「行くのか？」

ベルさんの問いに、俺は頷いた。

「俺が女性の頼みをどうするか、知ってるだろう？」

「やれやれ。面倒はご免だぞ……」

ベルさんは専用席で丸くなった。

「お前のことは知ってたけどさ。相変わらずのんびりできない奴だなぁ」

「退屈はしないだろう、ベルさん？」

「……」

ベルさんは尻尾だけ振って答えた。


俺がブルート村での個人的な依頼を受けたことで、この国を騒がす反乱軍とやらの後を追うことになった。

フィデルさんに聞いた話では、反乱軍は王都へと進撃しているらしいので、奇しくも目的地は同じということになる。

「反乱軍ということは、正規軍とやり合うんだろうなぁ、やっぱ」

助手席側の専用席に座るベルさんが適当にぼやいた。

「もしドンパチやってたら、そのコラムとかいう傭兵、見つけるの面倒じゃね？」

「まあな。実際どうなってるか、見ないことにはわからん」

魔法車は大草原を疾走する。相変わらず道がないので、ガクンガクン揺れる。全速にはほど遠いが、それでも車の速度をもってすれば、さほど時間もかからず追いつけるだろう。

「うん？」と、黒猫は首をかしげた。

「気のせいかな、ジン。この車、スピード落ちてねえか？」

「……アクセルは踏んでるんだけど」

それまでこの世界の地上を走る乗り物の中で、最速に近い速度をたたき出していた魔法車が、のろのろと行き足を止める。おいおい、冗談だろ……？

俺の願いもむなしく、まさに力尽きた感じで魔法車は止まった。フロントガラス越しに見える景色は大草原。そのど真ん中で動かなくなったのだ。

「マジかぁ……」

俺はため息をついた。ここにきて故障か。ドアを開け、降りるとエンジンルームを覗き込む。

魔法車の外観は、俺のいた世界で言うところの軽自動車に似せている。

金属を想像の魔法で車の形に加工。見た目は軽自動車のイメージで作り出したが、想像の魔法で作れるのは外枠とか部品だけ。機械的なものは別に作っている。

ハンドルや運転席、内部の作りも乗用車のそれだが、エンジンは魔石による魔力駆動。ハンドルやペダル、その他稼動部に接続している魔力伝達線を通して、魔石エンジンからの魔力を送り、それぞれのパーツに刻んだ魔法文字がその命令に従って車を動かしている。タイヤは想像の魔法でゴムっぽい素材をでっちあげて作った。

この世界には他に存在しない魔力駆動の車を、ここまで結構走らせてきたのだが――。

「……寿命だ」

肝心の魔石エンジンが、完全に魔力を失っていた。本当はこうなる前に安全装置代わりの魔法文字が停止させるはずだったのだが、それが働かなかった。エンジンのコア――大地の大竜を討伐した時に入手した貴重な大魔石が、ただの石になっていた。

「これじゃ、もう動かない」

「駄目か？　他の魔石で代用は？」

「すぐ使える魔石だと一時間ともたないよ。そもそもエンジンのサイズに合わせる加工は時間がかかるし。労力とコストが合わない」

俺は動かなくなった愛車を見やり、頭をかいた。

「エンジン以外にも、いろいろガタがきている。これはちょっと今すぐどうこうできるものじゃない」

初めて作った車だった。魔石エンジンや魔力伝達線も、今作ればもう少しマシなものができるのだが、これを作った時はまだまだ未熟だったし。

俺の傍らに座り込んだベルさんが言った。

「で、ここからどうするんだ？」

「徒歩だな」

「だろうと思った。……オイラが乗せてやろうか？」

黒猫姿は仮の姿。自在に変化できるベルさんが申し出てくれたが、俺は首を横に振った。

「やめよう。反乱軍までさほど離れていないだろうし」

アイテムストレージ――異空間に収納する魔法を使って、魔法車をそちらへ移動させる。重い車は、浮遊の魔法で浮かせて収納だ。

この世界で、正規の魔法の講義を受けたことがない俺だけど、思い描けばだいたいできるのが魔法のいいところだ。まあ、何でもできるわけではないけど。

空は雲が増えてきた。日が傾き、もう二時間ほどすれば太陽が地平線に沈むだろう。俺はベルさんを肩に乗せると、草原を加速の魔法のかかったブーツの力で滑るように進んでいった。

しばらく進むと正面に『目的地』が見えてきた。平原の真ん中に無数の天幕が立ち並んでいる。

一大野営地。

遠視魔法で視覚を強化すれば、武装した戦士らが多くいるのが見えた。

さながら軍勢だ。話に聞いた通りなら、彼らは『反乱軍』と名乗っている。ヴェリラルド王国に反旗を翻《ひるがえ》した連中だ。

その数は、およそ千から二千人ほどいるらしい。王国と戦っていると言うが、通り道にある集落は軒並み襲われ、食糧などの略奪を受けている。ブルート村も反乱軍の一部隊に襲撃された。

なあ、とベルさんが口を開いた。

「本当にあそこに行くつもりか？」

「そういう依頼なんだから」

ブルート村の未亡人から受けたお仕事である。そう言う俺に、ベルさんは鼻を鳴らした。

「別に引き受けなくてもよかった話なんだがな」

「女性の依頼は断らない主義だ」

「ああ、知ってるよ、Sランク冒険者」

ベルさんの言葉に俺は苦笑いを浮かべる。

冒険者とは、魔獣を狩ったり、ダンジョンに潜ったり、その他少々手荒な仕事をこなす者たちのことを言う。だいたいは冒険者のギルドを通した依頼をこなしていくものだが、乱暴に言えば何でも屋に近い。

英雄魔術師時代、冒険者としても名を馳《は》せ、そのランクはトップのSランクにまで上がっている。そのランクプレートにはしっかり『ジン・アミウール』の名が刻まれている。

だが、俺はその名を捨て、本名で生きることにした。

つまり、その冒険者ランクは俺の中では無効で、現在、冒険者でもないことになる。

「まあ、別に、俺はこの国と反乱軍の争いに干渉するつもりはないんだ」

俺は何ともないと言った調子で告げた。

「依頼は、あそこにいるコラムって傭兵を見つけて、依頼の品を取り戻せばいい。たったそれだけだ。それだけやったら、他のことは知らん」

「それで？　あの兵士どもが蠢《うごめ》く陣地にどう入り込むつもりなんだ？」

ベルさんは鼻を鳴らした。

「堂々と正面から行けば、陣地の入り口でとっ捕まるか、追い返されるのがオチだぞ」

「実力行使……ってのも面倒だな。別に反乱軍に喧嘩吹っかけにきたわけじゃないから」

俺は考えるふりをするが、実はもうどうするかは決めてある。

「透明化でどうだい、ベルさん？　擬装で化けてもいいんだけど、誰何《すいか》されて、合言葉とかあったら面倒だし」

「そいつが無難だろうな」

ベルさんは頷いた。

そんなわけで、光学迷彩で姿を消すが如く、俺とベルさんは透明化した。これで人間の目からは姿が見えなくなったわけだが、この状態は常に魔力を消費し続けるので、あまり長い時間継続するのはよくなかったりする。

つまり、さっさと目的を果たすのが吉ということだ。俺たちは反乱軍の野営地へ近づく。

見張りは立っていたが、ずいぶんとゆったりとした空気が満たしていた。じきに夕飯の時間なのか。野外で火を起こし、鍋に入れた食材を煮込んでいる者の姿もある。

お邪魔しまーす。

心の中で呟きつつ、俺とベルさんは野営地に踏み込んだ。思い思いに休息をとっている反乱軍の兵士たち。……いや、兵士というより、傭兵やゴロツキの集まりのように見える。

その構成員たちは、腰に剣や斧をぶら下げ、あるいは槍を持った者もいるが、全体的に薄汚れ、装備も不揃いだった。いかにも寄せ集めといった感じだが、農民や低身分の者たちというより、盗賊や山賊といったほうがしっくりくる姿をしている。

「王都に着いたらよぉ――」

男たちの話し声が聞こえてきた。

「貴族の屋敷に乗り込もうぜ！　そこでお宝いただきだ！」

「金もいいけど、女だな。田舎の女はイモくてかなわねぇ。小洒落た王都の娘をヤるってんだ」

ガハハっ、と笑い声が連鎖する。

「じゃあ、貴族の娘を犯す！」

「「「それだ！」」」

何とも胸くその悪い会話だ。無理矢理というのはどうにもいただけない。そりゃ異性に邪な感情を抱くこともあるだろう。だがもっとこう……ううん。

憤りを感じながら俺は歩を進める。

ブルート村や通りかかった村も同様に襲い、若い娘を犯した連中である。王都が戦場となったら、同様のことが起こるだろう。いっそここでこいつらを――脳裏によぎった考えだが、俺はコラムって傭兵を見つけ出して、依頼者に成り代わりお礼参りをするという仕事がある。まずはそっちが優先だ。

さて、コラムさんよォ、どこにいるのかなァ……？

ただいま俺、半ギレ中。

アーリィー・ヴェリラルドは、ヴェリラルド王国の王子である。

歳は今年で十八歳。王位継承権第一位で、何もなければ次期国王となる。……そう、何もなければ。

王都に迫る反乱軍千。王国はただちに討伐軍を編成、これを迎え撃った。

若きアーリィー王子を総大将に据えた討伐軍であったが、千と思われていた反乱軍は遊撃部隊として五百を用意していた。遊撃部隊は王国軍の不意を突き、結果、戦線は崩壊。王国軍は総崩れとなって敗走した。

アーリィー王子も戦線を離脱したが、最後のほうまで踏みとどまったことが原因で、反乱軍に捕捉され、捕まってしまった。

かくて、王子の身柄は、反乱軍陣地のとある天幕の中にあった。

綺麗な金色の髪の持ち主である。長い髪を後ろで束ねている若い王子は、しかし一見すると女の子に見えなくもない、中性的な顔立ちをしていた。ヒスイ色の瞳は美しい。

身体つきも、男とは思えないほど華奢。もちろん男なので、胸はないのだが、もしそこに胸があったら、王子のことを女と勘違いしてもおかしくないような外見をしていた。……腰まわりが、どこかセクシャルなものを感じさせる。

アーリィー王子は、手枷《てかせ》をつけられた状態で両手を頭の上に吊り上げられていた。

本来、王族や貴族などの者となれば、捕虜《ほりょ》でも丁重に扱うものと相場が決まっている。枷をつけるなどもってのほか、それも王族であるならなおさらだ。人質交渉のためにも、お金になる高貴な貴族はもてなすものだが、反乱軍にはそういう考えはなかった。

そもそも、王国と交渉する気などはじめからなかったのだから。

だがそれを知らないアーリィー王子は、拘束され、そんな姿をニヤニヤと見つめる反乱軍の兵士――いや傭兵たちを睨みつけた。

今のところ、この傭兵たちからは、名前しか聞かれていない。

『お前は、アーリィー王子で間違いないか？』

黙秘することも考えたが、どうせ格好などでわかるのだから、「そうだ」と答えておいた。捕虜の扱いについて知識はあるアーリィーだったが、今の状況はまったく想定外で、本音を言えば面食らっていた。

傭兵たちは、上司を呼びに行った者以外、天幕にいてアーリィーを見張った。その間、どこか厭《いや》らしい笑みを浮かべたり、仲間内でヒソヒソ話をしたりするくらいで何も起きなかった。

反乱軍の親玉が来るのか。

捕虜になってしまったことの不安感を必死に押し殺しつつ、アーリィーは連中と顔を合わせないようにしながら、時の流れを待った。

やがて、そいつがやってきた。

「ややあ、これはこれはアーリィー王子。久しぶりだな」

何とも嫌味たっぷりな調子だが、男性的なその声は聞き覚えがあった。

顔を上げたアーリィーは、その男の顔を見てびっくりしてしまった。

身なりは整っていて、腰に帯剣しているその人物は、二十代半ば。栗色の髪、獰猛《どうもう》な肉食獣を思わす好戦的な顔つき。

「ジャルジー公爵《こうしゃく》っ⁉」

驚くのも無理はない。彼、ジャルジー・ケーニギン・ヴェリラルドはアーリィーの従兄弟に当たる人物だ。ケーニギン領を統治する公爵である彼が、何故に反乱軍の陣地にいるのか？

彼も捕まった？　いや、王国軍にジャルジーは参陣していない。では交渉役？　助けにきてくれたとか……。

そんな淡いアーリィーの願いを砕くが如く、ジャルジーは唇の端を歪めた。

「いいザマだな、アーリィー。次期国王となる王子、反乱軍に挑むも無様に敗北し、戦死……素晴らしい、完璧だ！　筋書き通り！……コラム、よくコイツを捕らえた」

「恐縮です、閣下」

コラムと呼ばれた傭兵隊長らしき人物が恭《うやうや》しく一礼した。

痩せた男である。眼帯、ちぢれ髪にバンダナ。軽鎧《けいがい》をまとい、腰に二本のナイフと、お守りだか飾りだかを幾つも下げている。

そんな傭兵と話すジャルジー公爵を見て、アーリィーは顔をしかめた。

前々から、何かと嫌味や敵意のようなものを感じていたが、この従兄弟の言動は、明らかに『敵』そのものだった。そうなると、ジャルジーは反乱軍と通じていた、と見るのが正しい。

——そこまで、ボクのことが嫌いなのか……。

そのジャルジーは、アーリィーに近づく。

「しかし……相変わらず女々しいな、アーリィー。お前、ちゃんと鍛えていたのか？……おい」

若き公爵は、傭兵の一人を手招きした。

「どれ、コイツの貧相な身体を見てやろう。服を脱がせ」

「へい！」

「なっ⁉　やめろ——」

アーリィーは血相を変えた。そのヒスイ色の目がこれ以上ないほど開き、動揺に身体を震わせる。

「ボ、ボクに触れるなっ！　やめろ……っ」

「なんて女々しいんだ、アーリィー」

ジャルジーは心底愉快そうに笑う。周りの傭兵たちもつられるように、卑しい笑みを浮かべた。

「男として、自分のその貧弱な身体を見られるのが嫌か？」

傭兵のひとりの手が、アーリィーの貴族服の襟元に伸びる。

「触るな……やめてくれ——」

顔が下がる。弱々しいその言葉。だが傭兵は容赦なく、アーリィーの服を掴むと、ナイフで一気に前を引き裂いた。

「……くっ」

顔を背けるアーリィー。傭兵たちはそんな王子の顔に加虐心《かぎゃくしん》が疼《うず》いたが、次の瞬間、その表情は驚きに変わった。

なんと、王子の裂かれた服の下から、女のそれにしか見えないふっくらした胸が露《あら》わになったのだ。

「お……女っ⁉」

これにはジャルジー公爵も表情が固まった。だが次の瞬間、さっと赤みが差した。

「くそっ！　身代わりか！」

俗に言う影武者である。王子そっくりの偽者。

「元より女々しい顔だったが、まさか替え玉に女を使うとは！」

ジャルジーは背後に控えていた副官に振り返った。

「すぐに部隊を動かせ！　本物のアーリィーは逃げているぞ！　まだそれほど距離は開いていないはずだ。捕らえるか、殺せ！　急げ！」

はっ、と副官が急いで天幕の外へ。ジャルジーもその後を追おうと傭兵たちに背を向ける。

「か、閣下！」

傭兵隊長のコラムが声をかけた。

「この王子……の替え玉はどういたしましょうか？」

「ふん、偽者に用はない」

好きにしろ、と言い捨て、ジャルジー公爵はその場を後にした。残されたのはコラムとその部下の傭兵たち、そしてアーリィー王子と思われていた若い娘。

「ボス……」

部下が心配げな声を上げれば、コラムは自身の髪を乱暴にかきながら言った。

「まあ、今から行っても、たぶん本物の王子に追いつくのは無理だろ……」

チラッ、と視線を、拘束された王子、もとい娘に向ける。

「公爵閣下は、コイツを好きにしていいと仰せだ。……それなら、オレたちで愉しんでもいいだろ」

「おおっ！」

部下たちは途端に厭らしく顔を歪めた。

「女は女だ。それに、割といい女じゃねぇか？」

「マワセマワセ……！」

やめて――王子の替え玉である娘は震える声で、そう口にしたが、傭兵たちの耳には届かない。目の前の若い娘を前に、彼らの性欲はたちまち頂点へと達したのだ。

男たちの手が伸びる。逃げようにも逃げられない娘の恐怖に震える様は、彼らにとっては情欲を高める効果しかない。男たちに慈悲《じひ》はない。

「げへへ……」

誰か――王子だった娘は俯いた。助けて……！

「――はい、ちょっとそこ失礼しますよ」

何とも場違いな声が、天幕内を通り抜けた。

若い男の声。聞き覚えのないその声に、傭兵たちは何事かと振り返り、刹那《せつな》の間に、その首が飛んだ。

紅蓮《ぐれん》の刀身が、宙を待った。肉の焦げる臭いが鼻腔《びこう》をくすぐり、わずかに上がった悲鳴はすぐにかき消えていく。

足元に転がる傭兵だったものの首に、王子だった娘が表情を引きつらせて顔を上げる。複数いた傭兵たちが、次々と倒されていく。

赤い剣を手に、傭兵たちを倒していく者が、視界に飛び込んだ。

黒い髪、二十歳手前とおぼしき少年——灰色の魔術師ローブマントを身に付けたその人物。

気づけば天幕内には、突然現れた少年と、コラムと呼ばれた傭兵隊長と、アーリィーしか立っていなかった。


透明化の魔法で反乱軍陣地内を彷徨った俺とベルさん。何とも品のない盗賊もどきの荒くれ兵たちを尻目に、目的であるコラムという名の傭兵を探していた。

そしてそれが叶った。依頼者から聞いた情報に合致する人物は、しかし今部下たちと共に、若い娘に暴行を働こうとしていた。

嫌な場面に出くわしたものだった。戦場の近くでは、往々にしてこの手の、女をさらっての暴行や陵辱《りょうじょく》が当たり前のように起きる。

命のやりとりの後、気が立っているのは理解はできるし、生きている実感が欲望に変わることがあることもわからないでもない。

が、無理やり、というのは感心しないな！

俺は傭兵のひとりが腰から下げていたショートソードを奪うと、傭兵たちを次々に切り裂いていった。

灼熱化《ヒート》！

魔法で剣に超高温を与える。粗悪な剣は凄まじい切れ味を発揮し、肉を焼き、屍《しかばね》を量産した。あっという間に、残る敵は一人となる。

「さて……お前がコラムだな？」

俺は剣を突きつけながら、傭兵隊長に言った。

「て、てめぇ、どっから入ってきやがったッ⁉」

コラムは怒鳴る。俺は思わず首を捻った。こいつは何を言っているんだ？

「どこから？　入り口からに決まってるだろう？　それより俺の質問が先だ。お前はコラムで間違いないな？」

「だったらどうだってんだ！」

「とある女性からの依頼を受けた」

刹那、躊躇《ちゅうちょ》なく俺は腕を振るった。

「あんたを殺してくれってさ」

コラムが瞬時に腰の短剣を抜いた。だが遅い！

ザンッ、と傭兵隊長の首が飛んだ。ゴトリ、と首から上を失った身体が地面に倒れた。

俺はひと息つくと、手にした借り物の剣を見やる。材質がショボいうえに灼熱化の魔法をかけたために溶けかけていた。もう一、二度振ったら、もろくなった箇所から真っ二つに折れていただろう。魔法を解くと、俺は剣を捨てた。

「さてと、お嬢さん、もう大丈夫」

俺は、彼女の両手を拘束する手枷に触れ、開錠の魔法を使う。ガチャリと音がして、拘束が解かれた。

「え、あ……!?」

鍵もなしに解放されたことに驚いている様子の彼女。……確か、王子の替え玉とか言われていたような。

着ている服は中々上等の仕上がりで……いや、胸もとが引き裂かれているので、もう上等などと言っていられないが。しかも女としての胸の膨らみがちらりと見えていた。……男装していたんだろうけど、意外と胸がある、か？

思わず視線がいく。するとベルさんの声。

「……終わったのか、ジン？」

ベルさんが天幕の入り口から、そっと入ってきた。

おっと、残念。もうちょっと見ていたかったのだが……。サボったと思われたら何を言われるかわかったものじゃない。俺は作業しているふうを装い、革のカバンに手を突っ込む。

「ああ、こっちはな。外の様子は？」

異空間の収納庫となっているカバンから、とりあえず予備のマントを取り出すと、おもむろに彼女に羽織らせた。

「とりあえず、これを身に付けてな」

「あ、えっと、ありが、とう……」

ほのかに顔を赤らめたのは羞恥のためか、照れたのか。その幼さを感じさせる表情に、俺の心は躍った。かなり好みのタイプだ。

それにしても、この娘が影武者だというなら、この国の王子とやらは、ずいぶんと女顔なんだなぁ。金髪に緑色の瞳、少女の面影残る顔立ち。華奢な身体だが、男装しているせいか、なんだろう、妙にムラムラしてくるというか。いや、普通に女が好きで、格好も女性のそれがいいんだが、これはこれで――。

「――気づいた奴はいないな。外が騒がしくなってるから、そっちにかかりきりのようだ。……聞いてるかジン？」

「ああ、もちろん」

俺はベルさんに適当に調子を合わせたが、ベルさんはじっと俺を見つめている。……この沈黙は、気が逸れていたのがバレたな。

俺はコラムだったものの遺体のそばにしゃがみ込む。さっさと終わらせないと怒られるかな……。

コラムの腰のベルトには短剣の鞘《さや》と、奴が悪趣味にも戦利品の証とした飾りやお守りが引っ掛かっている。

「……これか」

手に収まるサイズで作られた木の彫り物を回収する。依頼主曰《いわ》く、愛する『彼』に渡したお守りなのだと言う。こいつを取り戻せば、任務達成。

あとはこの娘か。

「怪我はなさそうだけど、大丈夫？」

「え、ううん、大丈夫、ありがとう。その、君はボクを助けに来てくれたのか……？」

ボクっ娘！　あ、王子の口調を演じているのかもしれないな。

その時、足元でベルさんが口を開いた。

「なあジン。愚問だと思うが、一応聞いておく。この娘、助けるのか？」

「助けないのか、ベルさん？　この子をこんなところに放置していくわけにもいかないだろ？」

ここでは彼女は捕虜的な扱い。さっきみたいに、暴行される恐れがあるんだ。そいつは俺的には論外である。

そんな俺たちのやりとりに、少女はホッとしたようだった。

「あ、ありがとう、ボクはアーリィー」

王子の替え玉は、そう名乗った。自由になった腕は、自然と自身の胸もとを隠すようにマントをぎゅっと握る。

「アーリィー。素敵な名前だ。俺はジン。そっちはベルさん」

「どうも」

ベルさんは、野性味溢れる男声でたったひと言。……もうちょっと、愛想よくしてやれよ、と思う。ベルさんは俺以外にはそっけないところがあるからな。

喋る猫に見えなくもないベルさんに、アーリィーは少し戸惑いつつ、あまり大きな驚きはないようだった。

まあ、この世界には獣人もいて、猫人もいるから、猫が喋っても早々驚くことは……いや普通は驚くと思うのだがどうだろう？

「とりあえず、さっさとこんなところからオサラバしようぜ、ジン」

そうだな。長居は無用だ。誰かが戻ってきて騒ぎになると面倒だろうし。と、アーリィーが不安そうな顔になった。

「で、でもジン。ここは反乱軍の陣地のど真ん中だよ。その、ボクは……」

「ああ、ここの連中に見られたら騒ぎになるかもな。だが心配するな、帰りは『ポータル』を使うから」

「ポータル……？」

聞き慣れない言葉だったのだろう。アーリィーは小首をかしげた。……畜生、可愛いなぁ、この娘。

「ここから、ブルート村に設置した魔法陣へ移動する。今なら反乱軍の連中も気づかないうちに脱出できるってことさ」

「ブルート村だって⁉」

びっくりするアーリィー。俺とベルさんは、瞬時に「しーっ！」と静かにするように言った。

「あ、ごめんなさい。……転移魔法が使えるの？」

「まあ、そういうこと」

俺は、ポータルの魔法を唱える。目の前に直径二メートルほどの青いリングが出現する。なお輪の中は光に満ちているので、その先に何があるか、ここからでは見えない。

「ベルさん」

「おう、先行くぞ」

ひょい、とベルさんがポータルの魔法陣に飛び込んだ。直後、向こうから「大丈夫だ」と声が聞こえた。

「じゃあ、アーリィー、お手を拝借……。大丈夫、怖くないよ」

彼女の緊張を見て取り、俺はそっと手を差し出した。初めてのものに不安になるのはわかる。

「う、うん。わかった」

俺はアーリィーの手を取り、ポータルに足を踏み入れる。視界が光に包まれたのもわずかの間。すぐに天幕の中から、寂れた村の一角に姿を現す。

夕焼け空。間もなく日が暮れる。ブルート村だ。

俺のエスコートに従って、アーリィーがポータルから出てきた。突然、景色が変わったことで、王子の替え玉少女は、とても驚いた表情を浮かべていた。

「ほ、ほんとに転移魔法なんだ……！　す、凄い！　凄いよ、ジン！」

興奮を露わにするアーリィー。そんな彼女ににっこりしつつ、俺はポータルを解除する。繋がったままにしておくと、反乱軍陣地からここを通って連中が来るかもしれないからな。

「君は若いのに、とても優れた魔術師なんだね！」

アーリィーは興奮していた。

「転移魔法なんて、魔術師でも一握りの人間しか使えないって聞いてる。ボクも今初めて見た！」

この手の反応も慣れたものだ。実際、ここ二年、俺もまた転移魔法を使う魔術師を見たことがない。

「貴重な初体験だったね。お気に召してくれて何より。でも、他の誰かに言わないように頼む。……俺と君だけの秘密だ、いいね？」

「オイラもいるんだけどなー」

ベルさんが足下からツッコミ。

「わかってるよ相棒。野暮なことは言わないの」

そうかい、と黒猫は肩をすくめるような仕草をしてみせた。

それにしても、アーリィーは俺を若いって言ったか？

アーリィーは見たところ十代後半の少女。俺は三十路だ。若いって言われるのは違和感が……って、そうか！

今の俺の姿は、二十手前くらい。つまりアーリィーと同年代の姿だということになる。

なるほど。この娘は俺をタメくらいだと思ってるわけね。納得。

……そっかー、同年代か。だったらもっと積極的にアプローチをしてもいいかな。とても素敵な少女で、しかも金髪！　お付き合いできるならぜひしたい。

ひとまず敵地から離れたが、アーリィーの破れた服をどうにかしないといけない。正直そのままでも……いや、お腹が冷えて身体を壊したら大変だ。

それでも、つい見てしまう俺。アーリィーがそれに気づいたか、マントの前を閉じる。

「何かな……？」

「いや、別に」

俺は視線を転じた。

出発前同様、荒れ果てた村。俺がこしらえた石壁の避難所へと足を向ければ、俺に気づいた村人が声を上げた。

「あ、ジン様！　いつお戻りになられたんですか？」

「ついさっき」

ジン様、と声を上げる村人たち。俺は彼らに問うた。

「この村に確か妖精族がいたはずですが、その人って何してます？」

この世界には、妖精族がいる。俺のいた世界にも、伝説やおとぎ話の中で、さまざまな妖精がいた。フェアリーとかピクシーとか、ブラウニーとか、まあそういうの。

妖精たちは、この世界ではより人間たちと身近な関係を築いている。妖精によっては人の家に住み着いたりしていることも、それほどおかしなことでない。どんな寂れた村でも、最低一人くらいはいるものだ。

聞いてみれば、この村の妖精族さんは、よくある衣服担当だった。この世界の衣服製造は、そのかなりの割合を彼ら妖精族が担っている。だから別段ツイていたわけではない。

中世風の世界ながら、衣服がそれなりに安価でバリエーションに富んでいるのだが、それらは人間と妖精族の良好な関係のおかげだったりする。

大変よろしい。それならアーリィーの衣服の修繕をお願いできるだろう。

本音を言えば、彼女のその隙のある格好を堪能したいところではあるが、だからといって辛い思いをさせるのはナンセンスだ。

俺はこれでも紳士だからね。

第二章　王都への道

ブルート村の略奪を行った反乱軍、その部隊を率いていた傭兵隊長コラムとその一派は俺の手で始末した。

旦那を殺された女性――オリーさんに、コラムの殺害と、ご当地の神様のシンボルが刻まれた白木のお守りを渡したことで、俺は依頼を完遂した。

「本当に、ありがとうございました、魔術師様」

オリーさんは大事そうに、そのお守りを指で撫でる。目が見えないから撫でて形を確かめているのだ。

旦那さんへの深い愛情を感じて、胸の奥がきゅっと締まる思いだった。正直言うと、ここまで愛してもらえた旦那さんがひどく羨ましい。

涙を流す彼女から、俺はそっと一歩離れる。目が見えなくても涙は出るんだな……。そのままそっとしておこうと思ったのだが、オリーさんは顔を上げた。

「魔術師様、夫の遺品を取り返していただきありがとうございました。目の見えぬ身ですが、何か、何かお礼を――」

「いえ、お構いなく。今はあなたの方こそ大変だ。少しでもお役に立てたのなら、それ以上の喜びはありません」

「何か、差し出せるものがあれば……」

オリーさんが焦る。本当に何かお返しがしたいのだろう。お金もないし、村は略奪の後だから私物さえほとんどあるまい。

こういう時、女性のキスとか、デートというのが、その場限りの報酬という形にすることが多い俺だけど……。旦那さんのことがあるから、さすがにそれはできない。

そんなことよりも、俺はむしろ彼女のこれからが心配だった。ある意味、俺はオリーさんが抱えていた恨み、怒りを晴らしたわけで、人生に対する執着、未練を消してしまったことになるかもしれない。そうなると……もはや生きる意味がない、と命を絶ったりしてしまうのではないか。それが気がかりだった。

だから——。

「俺はこれでも無駄になるのが嫌いです」

オリーさんとの距離をつめ、その手を優しく握った。

「今は苦しいでしょうが、必ず、幸せになってください。俺の好意を無駄にしないこと、それを報酬とします」

これはひどく傲慢《ごうまん》な報酬かもしれない。オリーさんの人生を縛る言葉になるだろう。俺は彼女にこう言ったのだ。安易に死ぬな、と。旦那さんの後を追うようなことはするな、と。

「……お約束します、魔術師様——」

オリーさんは泣き出す。……泣かないで欲しい。感極まってしまったようだけど。

「決して、無駄にはしません」

俺は彼女が落ち着くまで見守った後、オリーさんと別れた。胸の奥に去来するのはむなしさ。仇討《あだう》ちはしたが、彼女が心身ともに負った傷と、これからのことを考えると手放しでは喜べない話である。

ただひとつ言えることがあるとすれば、コラムとその仲間たちは復讐されるだけのことをやらかしたということだけだ。……まったく、世の中はクソである。

村長代理から正式に村長になったというフィデルさんに、後のことを任せる。

「あの、ジン様。いつまでこの村にいてくださるのでしょうか？」

どうやら長逗留《ながとうりゅう》を求めているらしい。王都を目指してはいたのだが、例の反乱軍がそちらに向かっているらしいという話だし、別段急がないから、しばらくいてもいいのだが……。

いや、王子の影武者を抱えているんだった。

彼女はこれからどうするのだろうか？　娘ひとり放り出すという考えはさらさらない。寝覚めが悪いことはしない主義なのだ。きちんと話をしてから、今後のことを決めよう。

「フィデルさん、あなたにひとつ頼みがあるんですが……」

「何でしょうか……？」

俺は革のカバンの奥から、小さな瓶を取り出す。

「これ、薬ですが、落ち着いたらオリーさんに飲ませてあげてください」

「はい、わかりました」

お願いします。彼女の闇に光あれ——希少な精霊の秘薬だが、彼女の今後のためなら惜しくはない。

さて、俺が避難所から出れば、ベルさんとアーリィーが待っていた。

朽ちた民家の前の段差に腰を下ろしているアーリィーはマントを服代わりにまとっている。今服は修繕中だからね。

そんな彼女の膝の上に、ベルさんが乗っている。見た目はただの猫なので、アーリィーに撫で撫でされている。……羨ましいぞ、畜生。

「よう、ジン。報告は済んだかい？」

「まあね」

俺はそれ以上言わなかった。

「それで、嬢ちゃん。ジンに言いたいことがあるんだろ？」

ベルさんがアーリィーに促した。俺がオリーさんと話をしている間に、こちらでも何やら話し合ったようだ。まあ、ある程度の予想はつくが。

アーリィーは、ためらいがちに言った。

「あの、ジン？……これからのことだけど」

奇遇だな。俺もその話がしたかった。

「君たち、王都に行くんだってね。それで、お願いなんだけど、ボクも連れていってくれないかな？」

「いいよ」

あっさり了承する。……断る理由がない。

アーリィーは、あまりにすんなり認められたのが意外だったらしく驚いていた。反乱軍騒動の真っ最中だから断れるかも、と思っていたんだろうな。

そう、本当なら断られても仕方のないレベルの話だ。深刻になるのはわかるが……少し肩の力を抜くべきだと思う。

俺はつとめて明るく振る舞った。彼女には暗い顔は似合わない。

「王都まで君を連れていこう。でもそうだな……できれば、報酬をもらいたいな」

「そうだね。連れて行ってくれるなら、きちんとお金を――」

「あー、そうじゃなくてだな。まあ、もらえるならお金もいいが、それとは別のものを」

「な、何かな……？」

アーリィーが背筋を伸ばした。ベルさんが「ほら来たぞ」という顔をして少女を見上げる。ひょっとして、ベルさんが予《あらかじ》め話したのかな……？

「依頼達成の暁には、ご褒美に……そう、うーん」

考える素振りで、タメをつくる。アーリィーが緊張感を漲《みなぎ》らせて、俺の言葉を待っている。その綺麗なヒスイのような瞳に凝視されて、俺の心がかき乱された。

「うん、そうだな――君のキスとか欲しい、な！」

馬鹿、まずデートが先だろう！　と、思ったが後の祭り。ちょっと自分でもテンションがおかしい。でも付け加える。

「願わくば、一日デートしてくれるなら、報酬のお金はなくてもいいよ」

「……！」

アーリィーが目を見開く。だが怒鳴ったりしないところをみると、やはりベルさんがそれとなく話していたようだ。その黒猫姿の相棒は、『やれやれ』と言わんばかりにガックリと項垂れている。

「キ、キス……」

金髪ヒスイ色の目の少女は明らかに動揺していた。そんな姿も可愛い。抱きしめてよしよししてあげたいが、さすがにいきなりのハグはビックリさせてしまうからやらない。

「……そ、それで君がいいと言うのなら……」

羞恥のせいかぷるぷると震えているが、嫌そうではなかった。さすがに心の底から嫌悪されてでもキスしたいとは思わない。

ともかく物理的な影響とはいえ、少し彼女の顔色がよくなったように見える。空元気も元気のうちって言うし、ちょっと軽めに言ってひとまず成功だったかなと思う。……まあ、ちょっと俺のほうでドジったって感覚はあるんだけど。

「では決まりだ。だが出発は明日にしよう」

あたりはすっかり暗くなってきた。今から出発してもたどり着けないのはわかっているから、今夜はこの村で一晩過ごす。

「まずは、寝床を確保しないとな」

適当な場所を貸してください、とフィデルさんにお願いしたら、ぜひ避難所に、と言われたが、村人たちの避難所に俺たちがお邪魔するわけにはいかないと断らせてもらった。ボランティアは、被災者の場所をとってはならないのだ。

「それとジン様、頼まれていた服、修繕が終わりました」

おお、早い！　アーリィーの服の修理がもう戻ってきた。さすが妖精族、仕上がり早い！

さて本題の寝床である。交渉の結果、村の端にある納屋の残骸を一晩の宿代わりに借りた。雨風が凌《しの》げるなら、何もないよりマシだ。

実際、略奪の後なので、文字通り何もなかったが。

すっかり元通りになった服に着替えたアーリィーを連れて、その納屋へ。彼女は胸もとにベルさんを抱きかかえている。……くそ、羨ましいぞベルさん！　アーリィーは空っぽの納屋を見ながら口を開いた。

「今日は、ここで休むの？」

「ああ、心配しなくていいぞ嬢ちゃん。ジンに任せておけば大抵なんとかしてくれる」

「気楽に言ってくれるよ、ベルさん」

ま、慣れてるから、いいんだけどさ。

俺はストレージに収納していた杖を取り出す。個人的にはボックスよりストレージという言い方が好みだったりする。そもそもこれ、箱じゃないし。

アーリィーが目を丸くした。明らかにカバンの深さよりも大きい杖がするすると出てきたからだ。

「ジン、気になっていたんだけど、そのカバン、もしかして魔法具……？」

「ん？　ああ、中は別空間につなげてある」

魔法道具、略して魔法具。

魔法が付加された品や道具のことを指し、常時魔法効果が働いているお守りや触媒、必要な時だけ効果を発する照明や小道具など様々なものがある。

「それって、とっても貴重な遺産級の魔法具だよね……？」

古代文明時代の迷宮やら遺跡から見つかるクラスの、という意味でアーリィーは言ったのだろう。

俺は首を横に振った。

「こいつは作ったんだよ。……ほら、外面はそんな古いものじゃないだろう？」

「つ、作ったっ⁉」

アーリィーはそのヒスイ色の瞳を大きくして驚いた。その反応に、俺は口元が引きつった。

「そんな大層な代物じゃないよ。カバン自体は、どこでもある普通の革カバンだし。俺が魔法でやってるだけだから、正確には魔法具ってものでもないし」

「魔法具ではない……？　あ、でもそれでも、ジンがそういう収納の魔法を使えるってことだよね！　それはそれで凄いと思う」

「まあ、珍しいかもしれんが、高位の魔術師なら使えるやつもいなくもないぞ」

「自分で言うかねぇ、高位魔術師だって」

ベルさんが、ふっと漏らした。他人事決め込んでやがるぞ、この猫もどき。あんただってやろうと思えば、これくらい何でもないくせに。

そんなことよりもだ。俺は取り出した杖――ＤＣロッドを地面に向ける。

「……凄い杖だね」

アーリィーは驚いたが、これは仕方がない。巷《ちまた》の魔術師が使う魔石付きの杖でも、これほど大きな魔石はついていない。というより、このサイズの魔石なら、おそらく屋敷が建つほどの金額を超えるだろう。

「ちょっとこいつの魔力を借りるからな」

俺は、杖の先に意識を持っていく。作るのはこの村の住民にも提供したスライムベッドである。

「!?」

アーリィーが後ずさる。黒いそれは、たちまちダブルサイズのベッドほどの大きさになると、ベルさんがアーリィーの胸から離れてダイブした。

柔らかい中に確かな弾力を備えたそれの上を、黒猫姿のベルさんの身体が弾む。「あー」とか言いながら、ベルさんがゴロゴロと。

「さすがにこのベッドは格別だな」

この世界の最高級ベッドやソファーに比肩《ひけん》するという自負がある。これがあると硬い地面で寝るなんて考えられない。

「どうぞ、お嬢さま。疲れただろう？　休みなよ」

「……!?」

なぜか、ビックリされた。はて、何か言ったかな？

「あ、いや、何でもない。うん……」

ひょっとしてスライムベッドが駄目だったか？　黒い外見なのがいけなかったのかも。

アーリィーはゆっくりと近づく。ベルさんが寝そべっているのを見て、危険はないと判断したようで、そっと腰を下ろす。

「うわ、なにこれ……！　柔らかい……！」

「今日のベッドだからな。広さは充分あるから、好きに寝たらいい」

何なら添い寝してもいいぞ。俺はＤＣロッドの魔力を使い、毛布を出すと適当にベッドの上に置いた。野宿などでは外套《がいとう》に包まって寝るのが普通だが、それではさすがに寂しい。

「ジンは何でも出せるんだね」

アーリィーが、ぽんぽんとベッドの感触を確かめたあとで、ごろりと横になる。……何だか楽しそうだ。うら若い娘が寝そべる姿って、そそられる。小悪魔めいて、可愛くない？

「何でもは出せないさ」

出せるものだけ、な。俺はストレージを漁り、水の魔石を加工した水筒と、保存しておいた肉、以前の町で買い溜めしたパンを出す。さらに小さなシチューポットや皿などの食器類も用意する。

その様子をアーリィーはじっと見つめる。野外で料理の支度をするのを見るのは、初めてかな？

男装の少女は、子供のように興味深げな目を向けてくる。

「さあてお姫様、今、スープを作るからね。すぐ美味しいのができる、待ってて」

黒パンは保存が利くが硬くて、そのまま食べるのはしんどいからね。スープは必須。とか思っていたら、またアーリィーが固まっていた。

「アーリィー？」

「……何でも、ない」

視線を逸らす。彼女の顔が赤いのは、はて気のせいか……？


一晩を過ごす。俺とベルさんが交代で見張りをしたが、何も起こらなかった。

アーリィーはよほど疲れていたのか、ぐっすりお休み。その寝顔をついつい見つめてしまったのは内緒だ。だって可愛いんだもん。

翌朝。手早く朝食を作り、俺たち三人で現状を確認する。

王都に行く予定だった俺とベルさん。そこにアーリィーを送り届けるという仕事が加わった。

アーリィーはこの国の王子の替え玉だが、この村から王都に向かう間には、反乱軍がいて、しかも本物の王子を探してウロウロしているという按配《あんばい》だ。

この娘は偽者です、なんて話が連中に通じるはずもない。おそらく反乱軍と遭遇すれば荒事は確定事項。俺個人としては恨みはないが、やりようによっては連中から恨みを買うこともありうる。

「転移魔法は使えないかな？　ほら、ポータルって言ったよね？」

アーリィーが言ったが、俺は即座に首を横に振った。

「『ポータル』は俺が直接行って、出入り口を設置しないと使えない。王都には行ったことないから、残念ながら、ここから移動ってわけにはいかないんだ」

「そっか。……そうなんだね。使えたら、昨日のうちに王都へ行けただろうし」

力なくアーリィーは笑った。どうにも思っていたのと違ったみたいで少しがっかりさせてしまったようだ。

ベルさんが首をぶんぶんと振った。

「そうなると、反乱軍の連中がうろついているのをかわしながら、王都を目指さないといけないってことだな？」

ちと面倒だぞ、とベルさんがぼやけば、王子の替え玉少女はすまなそうに俯いた。

「ごめんなさい、ボクのせいで」

「ベルさん、意地の悪いことを言うもんじゃないぞ？」

「は？　オイラは別に意地悪したわけじゃないぞ？」

目を剥《む》くベルさん。アーリィーの王都行きのお願いを受けなければ面倒に出くわす率はほとんどなかったかもしれない。

だが忘れるな、それを受けたのは俺だ。文句は俺に言ってくれ。……まあ、別にベルさんも他意はないのはわかってる。何せ、この人は何だかんだ言って、多少のトラブルは歓迎しているから。

「これくらいの危険は大した問題じゃないよ。敵さんが面倒なのは認めるがね」

「空を飛んでくか？　一人なら乗せられるぞ？」

ベルさんが言ったが、俺は否定の首振り。どっちを置いていくつもりだ？　決まってる。何気にアーリィーを置いていこうって選択肢だな。その手には乗らないぞ、ベルさん。

俺は革のカバンから、この国の地図を引っ張り出した。アーリィーを手招きすると、一緒になって地図を見る。……見目も麗しい金髪少女の顔が近づく。いいね、ドキドキしてきた。

俺はこの地に疎いから地図を見ながら、この国の人間であるアーリィーにルートの相談をする。何せ地図自体、きちんと測量したものではなく大雑把なのが普通だからね。

このブルート村から王都まで真っ直ぐ目指すとなると広大な平原地帯を進むことになる。途中に反乱軍の陣地だった場所があり、連中がまだ陣を引き払ってなければ、そこに大勢がいる。王子捜索に部隊を展開させているだろうから、どこで連中と遭遇するかわかったものではない。

連中がどういう通報システムを用いているかは知らないが、状況によっては一つの部隊に見つかれば、たちどころに周囲の部隊を引き寄せることもありえた。包囲されるのは面倒だ。

「……この森は？」

「えっと、確かボスケの森だね」

アーリィーは俺の指し示した森を見て、顔をしかめた。

「魔獣がいっぱい徘徊している危険な森だよ。だから一部の冒険者や狩人以外は近づかない」

「魔獣の森ね……」

俺は視線をベルさんへと向ける。ベルさんも、ニタリと笑った。

「ルートは決まったか？」

「ああ。この森を通ろう」

「ちょ、ちょっと待ってジン！」

アーリィーは慌てた。

「ここは本当に危険な森なんだよ？　魔獣もいるし、ゴブリンの集落もあるし、オークがいるって話だ。王都の部隊だって近づかないし、このボスケは大森林地帯。深いし、森を抜けるにも結構距離がある」

「危ない森だって言うなら、反乱軍だって来ないだろう」

俺はさっさと地図をしまう。もう決めた。だからもう地図はいい。

「まあ、仮に反乱軍が部隊を送っているとしても、魔獣たちが牙を剥くから、盾代わりになるだろう」

「で、でも……」

「大丈夫だよ、アーリィー。君も言ったろ？　一部の冒険者や狩人は森に入って、帰ってきてるんだから。そんな無理な場所でもないよ。俺たち、これでも冒険者だし」

「！　魔法使いじゃなかったの？」

「魔法使いで冒険者だよ。珍しくはないだろう？」

俺が言えば、アーリィーはそうか、と頷いた。

「冒険者なら、そうだね。……ちなみに、ジン、君のランクは？」

冒険者ランク。基本、冒険者には、実績などからランク分けがされている。下はFから上はSランク、というのが大抵の国での決まりだ。Fは駆け出し、Sとなれば英雄的な強さや活躍をした者となる。

俺か？　俺の冒険者ランクか？　知りたいか、アーリィー？　俺のランクは――。

「あー、ケフンケフン」

ベルさんがわざとらしく咳払いした。おっといけない。アーリィーがあまりに純朴なので、つい口が軽くなって喋ってしまいそうだった。

「ランクいくつだったっけ、ベルさん?」

「さあ、さあな……どうだったっけ?」

俺とベルさんは、すっとぼける。え、とキョトンとしてしまうアーリィー。俺は視線を泳がせた。

「ランクプレートを紛失してしまってね。最後に確認したのはいつだったか……あー、思いだせないなー」

ほんとはカバンに入っている。

アーリィーの白い目が突き刺さる。現状、俺は素人丸出しの初心者ローブ姿で、しかも十代の外見だ。高ランクなんて言っても信用できない格好である。そう擬装しているのだから仕方ないが、こういう時、裏目だよなぁ。

「まあ、問題ないよ。これでも結構、場数を踏んでるし」

「そうそう、飛竜の谷を抜けたこともあるし、シーサーペントだって狩ったことがある。なあ、ジン、その時の話を聞かせてやれよ。そうすりゃこの嬢ちゃんも納得する」

「ベルさん……」

「飛竜の谷! シーサーペントだってっ⁉」

アーリィーの声が上ずる。ベルさん、例えがでか過ぎる。これじゃホラ吹いているようにしか見えないぞ。どう考えてもAランク以上の案件だろうが!

胡散臭《うさんくさ》さだけ底上げされて、俺は頭を抱える。

「わかったわかった。ルートはボスケの森を通る。一応この村にポータルを置いておくから、どうしてもヤバイと思ったらここへ戻ってくる。その時またルートを考えよう。それでどうだ？」

「……」

アーリィーは、すっと視線を逸らした。俺の提案に対し、頭の中で整理しているのだと思う。しばしの沈黙の後、彼女は頷いた。

「じゃあ、それで。他に案もないし」

オーケー。物分りがよくて助かる。この娘にとって、現状他に当てがあるわけでもない。そもそも選択の余地などないのだ。

「あとの問題は、森に行くまでだな。距離は比較的短いとはいえ、平原を突っ切らなくちゃいけない」

ストレージ内にある魔法車は絶賛故障中。補修用の部品を作るところから始めないと動かせないし、そもそもエンジン用の大魔石がないのだ。これは使えない。

捜索に乗り出している反乱軍部隊と出くわす可能性はある。同じ遭遇にしても、森に逃げ込めるボスケの森ルートと、王都まで平原を突っ切るルートでは、どっちが楽かは言わずもがなだが。

チラッ、と俺はベルさんを見やる。

「走るか」

あぁ、その前にフィデルさんや村の人たちにお別れの挨拶《あいさつ》をしておかないとな。

鬱蒼《うっそう》と生い茂る大森林、その入り口に俺たちはいた。

「……いやもう、ね」

アーリィーが胸に手を当て、息を整える。俺たちはボスケ大森林地帯に到着していた。

「本当にわけがわからないよ……！」

アーリィーが天を仰ぐ。俺は肩をすくめた。

ブルート村を出て、まだ数十分しか経っていない。本当は半日程度かかる道のりを、俺はアーリィーを背負い、森まで駆けてきたのだ。

地面を蹴り、跳ねるようなそれは、常人のそれを遥《はる》かに超えるスピードを出し、黒豹《くろひょう》姿に変身したベルさんが全速力で随伴《ずいはん》した。

道中、『ジン！　ジン！』と背負っているアーリィーが俺の名前を連呼していたように思う。振り落とされないように彼女は俺にぴったり身を寄せて何事か喚《わめ》いていた。

速い速い、だか、怖い止めて、だったか？

とりあえず無視した。背中に当たる、意外にある彼女の胸の柔らかさを堪能。風の魔法で正面から吹き抜ける風を操作したから、背中がとても温かく感じた。

さて、この速さの秘密は、俺が履いている靴『エアブーツ』にある。

昔遊んだＲＰＧで、『移動スピードが倍になる靴』というアイテムがあった。それをヒントに、風の力を秘めた魔石と空気を流すグリフォンの羽根を加工して、さらに魔法効果を付加する魔法文字を織り込むことで、常人真っ青の加速とジャンプ力を誇る魔法靴を製作した。

なお俺の自作の品なので、この世界には俺のを含めて数足しか同じものは存在しない。残りは以前の友人と、とある令嬢に贈った。

「まだ胸がバクバクいってる！」

王子の替え玉少女がそう口にすれば、ベルさんが黒豹から猫の姿になって言った。

「あ？　なんだ恋か？」

「こ、恋⁉」

アーリィーが素っ頓狂な声を上げれば、俺は相棒を軽く睨んだ。

「あんまりからかうなよ、ベルさん」

「だってよ、ジン。心臓がドキドキバクバクいったら、恋している人間の特徴だろぅ？」

「緊張したり、驚いたりした時だって、ドキドキはするさ」

俺は森を見やる。ここからでは奥が見えないほど深い森である。魔獣が出没するそうだが……なるほど、雰囲気はあるな。

「さて、アーリィー。君は何か戦闘のスキルは？」

「えっと、一応護身用に剣術を少しと魔法。ボク、魔法騎士学校の生徒なんだ」

魔法騎士学校！　へぇ、さすが王子の替え玉。多少は心得があるわけだ。ん？　替え玉が学校の生徒？　何か違和感。

「魔法は？　どの系統を使えるんだ？」

「えっと、メインは風の属性魔法。あとサブで水と神聖系があるから、攻撃、補助、治癒が使えるよ」

思わず口笛を吹いていた。魔法騎士学校というからには、戦闘クラスは魔法剣士ないし魔法騎士。魔法が使える戦士系で、オールラウンダーなタイプだ。

それに加えて攻撃系の他、自身の能力を高めたり、相手を弱体化させたりなどの補助系、傷の手当てをする回復系の三系統を使えるという。……この娘、結構優秀なのでは？

とはいえ、まだ学生。どの程度の実力かはまだ判断できない。

「実戦経験は？」

俺の問いに、アーリィーは躊躇う。一瞬、視線が彷徨った。

「……一回。といってもボクはほとんど後ろにいて、あとは捕まってしまったから」

戦場の空気には触れたが、実際に剣を振るった、というわけではない、と解釈しよう。そういえば、今彼女は丸腰だったな。

ストレージに手を突っ込む。予備の武器がいくつか……。

「君の得物は？」

「基本は剣。片手剣」

王子様の替え玉だもんな。騎士とか貴族、いや王族で王子ともなれば、身分の象徴の意味も込めて武器は剣と相場が決まっているか。

「とりあえず……これを」

まあ、たぶん大丈夫だとは思うけど、世の中何があるかわからないからね。用心深さが長生きの秘訣だ。そこが危険な場所というなら、些細《ささい》な油断さえ命取り。

カバンから出したのは、一本の剣。細身のそれを受け取ったアーリィーは鞘を抜く。薄く青みかかった剣身が露わになる。ガードの中心部分には黄色の魔石がはめ込まれていて、剣をかざしてみるとわずかに電撃が弾いたような音がした。

「ジン、これ……」

「ライトニングソード。魔法剣だ。属性は雷だから、君の得意とは違うが、ただの剣よりは役に立つだろう」

ミスリル銀と雷の魔石を分離融合させて作った雷属性の魔法金属の剣。さらに魔力を高める雷属性のオーブ（魔石の上位）を拵《こしら》えた。半年ほど前に自作したものだ。

「アーリィー、たぶんだけど君は前衛ではなく、中衛、もしくは後衛型だと思うから、これも渡しておく」

次にストレージから出したのは、クロスボウ型の魔法杖。いや、クロスボウでもいいのだが、放つのは矢ではなく魔法だ。

「『エアバレット』。クロスボウ本体についている風のオーブを触媒に空気を弾に、つまり衝撃波を発射する。君は風の魔法が使えるようだから、こっちのほうが相性がいいかもしれない」

「あ、あの……ジン？」

「念のためってやつだな。大丈夫、俺が君を守って――どうした？」

俺が首を捻れば、アーリィーはズイ、と顔と近づけた。どうした、いきなりキスか？

「この武器だけど……かなりの上物、というか価値にしたら凄く高い業物だと思うんだけど！」

かなり興奮していらっしゃるようだった。

「どうして、君がこんな業物を持っているの⁉　その、すごく失礼だとは思うけど、君の格好を見ると、とても……」

「弱そう？」

「違うっ！　でも、うん、ジンは高位の魔術師なんだけど、とてもそのようには見えないっていうか」

貧相に見えるようにしているからな。その感想は間違っていない。俺は深く説明するつもりはないから、あいまいに笑ってみせる。

「言ったろ？　これでも場数は踏んでるってな」

ニヤニヤとベルさんも笑った。俺は適当に切り上げる。

「じゃ、ここで立ち話しているのもなんだから、先を急ごうか」


この人は、わからない人だな、ってボクは思う。

ボクはアーリィー・ヴェリラルド。この国の王子。……といっても、実は女の子なんだけどね。

性別を偽って、王子を演じている。

ずっと隠して生きていて、人にバレてはマズい秘密ではあるけれど、今そばにいるジンという魔術師と、黒猫？　のベルさんは、ボクのことを王子の替え玉と思ってくれている……。

ごめんなさい。ボクが本物の王子なんです……！

でも、どうかこのまま替え玉だと思っていてください！

そもそも何故ボクが男装して王子を演じているかは、事情が込み入っている上に長くなるから省く。今は無事に帰れるかが大事だし。

昨日までは、ほんと、最悪続きだった。

王都に迫る反乱軍に王国軍は破れ、捕まってしまったのはそのもっともなところだけど、ジンが助けてくれた。

魔術師で冒険者らしいジンという少年。歳は同じくらいだと思うんだけど、聞いていた魔術師とは色々規格外だった。

まずは『ポータル』という転移魔法！

条件があるみたいだけど、そもそも転移魔法なんて、話に聞いたりおとぎ話で聞いたりするくらいで、実際に転移するのは初めてみた。

高位魔術師でもさらに一握り、伝説的な魔術師の御業をやってみせたのが、ボクと同い年くらいの少年だなんて、信じられない！

かと思えば、身に着けているのは何の変哲もない安物の魔術師のローブマント。一見すると、そんな凄い魔法を使えるようには思えないんだけど。

でも繰り返すけど、ジンは普通じゃない！

彼は収納魔法が使えるんだ！　古代魔法文明時代の遺産で、何でも入る魔法のカバンとかあるんだけど、それに類似したものをジンは持っている。最初は遺産アイテムかと思ったんだけど、よく

聞けば彼が自作したって言う。なにそれ、そんなことできるの⁉

そして自作といえば、ジンの靴！　白い羽根がついた、ちょっとおしゃれな感じの靴なんだけど、彼曰くグリフォンの羽根なんだって。物凄く速く走れる、というか飛び跳ねるというのが正しいかな。とにかく、これで半日くらいかかるだろう平原をあっという間に駆け抜けちゃった。

極めつけは……ボクに貸してくれた二つの武器。

ライトニングソードという魔法剣と、エアバレットというクロスボウ。どちらも魔法を扱う熟練の鍛冶師や技師が作った業物だと思う。

オーブという魔石の上位結晶が取り付けられている武器は、魔力を高め、扱う者の魔法を強化する。これだけでも恐ろしく値が張る代物で、お金にしたら王都の上級騎士でもおいそれと買えないと思う。

そんなものを二つも持っているジン。もしかしたらあの収納魔法のかかったカバンの中には、まだまだ魔法武器が入っているかもしれない……。

きっと、彼は恐ろしく腕の立つ魔術師で、冒険者であることを隠そうとしているんだと思う。

……その割に、ボクの前では正直に話してくれているみたいだけど。

飛竜だらけで人が近づくのは自殺するようなもの、という伝説の谷や、シーサーペントという海蛇竜がどうとか、言っていたけど、それはきっと本当の話なんじゃないかなって思い始めている。

普通だったら眉唾《まゆつば》ものなんだけどね。

そもそも猫だと思ったら黒豹に変身するベルさんって多分使い魔だと思うんだけど、それを従えている時点で、ちょっと普通の魔術師ではないと思うんだよねえ……。そういえば何で、『さん』付けなんだろう？

それはともかくとして、そんな普通じゃないジンだから、ボクは信じることにした。ボスケ大森林地帯という魔獣の森に行くのは正直賛成できなかったけど、ジンならおそらく本当に問題ないんだって。

そしてそれは、間違っていなかった。

ジンにとって、この森の魔獣は、赤子の手を捻るようなものだったんだ……。

ボスケ大森林地帯を行く。高い針葉樹の森は、木々の間から日差しが差し込むものの、全体的に薄暗い。濃厚な緑の臭いに、むせそうになる。

「ホーンラビットは……」

俺は冷めた目で、足元に飛び込んできた角付きウサギを、魔道士の杖でぐりぐりと押し潰す。

杖自体は変哲もない木製杖だ。長さは一メートルほど。駆け出し魔法使いが、護身用を兼ねて、魔法の触媒としてよりは旅のお供として利用する初心者杖である。

それを二本。二刀流として俺は携帯している。アーリィーに稲妻剣とエアバレットを渡したが、この杖には、何の加工も細工もない。

だがその杖の先端は、すでに動物の血で赤黒くなっている。今もぐりぐりと、人の足を突こうとしたホーンラビットをぶち殺したところである。

「音で周囲のものを判別している。が、自分より大型の動物が近づくと、こいつらは何を血迷うのか全速力で突進をかましてくるんだなぁ。逃げればいいものを」

ひょいと、杖の先で器用にウサギの死体を持ち上げると、後ろへと放る。その先には、黒豹姿になっているベルさんがいて、飛んできたウサギをパクリと上手く口で掴むと、またたく間に噛んで飲み込んだ。

「よくホーンラビットは初心者でも狩れる雑魚なんて言われているらしいけど、まずはその不意打ち同然の突進を避けてからの話なんだよなぁ」

俺は、周囲に気を配る。

「小さいし、視界の悪い場所で、いきなり足元狙って出てくるからな。ガサガサって音がして身構えて止まった瞬間、足をグサリ」

アーリィーはやや顔を引きつらせている。

「こいつに足を突かれて動けなくなったところを、他の肉食獣に襲われて死んだっていう旅人や冒険者の話は、森に入る人間なら耳にたこができるくらい聞く」

「そ、そうなんだ……」

「本当は怖いホーンラビット」

「でも肉は美味い」

ベルさんがそう言うと、ペッと角を吐き出した。ホーンラビットの角は、安いなりに売り物になるのだ。

「まあ、ウサギだからなあれも。悪いがアーリィー、その角拾ってくれ」

「う、うん……」

ホーンラビットの角、ベルさんの涎《よだれ》付き。俺が先に渡した布切れで、涎を拭いて、彼女はそれを俺に持ってくる。俺は両手が杖で塞がっているので、アーリィーにその角をカバンに入れてもらう。

その間にも警戒は緩めない。

ちなみに今ので四匹目のホーンラビットである。

「……そろそろ、風呂に入りてぇな」

ポツリとベルさんが呟いた。なあ、ジン――と同意を求めてきたので、「お風呂ね」と頷いておく。前に入ったのは何日前だったたか。確かに、そろそろ入っておきたいな。

アーリィーは首をかしげつつ、お風呂と聞いて、自分の匂いをスンスンと嗅いでいた。……女の子だもんな、気になるよなそういうの。

俺は先頭を進む。アーリィーが後に続き、ベルさんは最後尾から後方ならびに周囲を警戒する。

ちなみに最初アーリィーは黒豹姿のベルさんの姿に少しびびっていた。今は少し慣れたようだ。

「ねえ、ジン。聞いてもいいかな?」

「何だい?」

「君の持っているその杖だけど。……何か特殊な杖なのかな?」

「いいや、ただのオークスタッフだよ。以前立ち寄った町で、百五十ゲルドで買った」

右手方向に、何か大きなものの気配。魔力振動、一回放射——索敵《サーチ》！

「そうなんだ……。杖の二本持ちって珍しいよね？　それも何か意味があるのかい？」

「昔やったゲームで、ＩＮＴが上がるから片手杖を二本持ちにして魔法攻撃力を上げるってのがあったんだ」

放った魔力振動波が跳ね返ってくる。大型の四足型の魔獣か。オオカミとかではなくて、ワニやトカゲ的な体型。大きさからすると恐竜的なものを連想する。

そうとは知らないアーリィーは目を丸くする。

「ゲームって？」

「気にするな。それより右方向、大型魔獣が一体、こっちへ近づいている。下がって」

「!?」

アーリィーは俺の指示通り下がりながら、エアバレットを、そちらへと向けた。こちらの言うことに即座に反応して従ってくれるのは好ましい要素。

昔、俺の言うことを聞かずに襲われてしまった娘もいたけど、それと比べるとアーリィーのことをますます好きになりそう。やっぱり素直が一番。

ガサガサ、と茂みをかき分ける音がする。アーリィーはそちらに狙いを定め、ベルさんも身構えた。

さて、この魔獣は、今のところ俺のほうに頭を向けているようだが……。

音がやむと同時に、茂みの向こうで魔獣が止まった。だが一拍置いて、その魔獣が飛び出してきた。

装甲トカゲ、ないし鎧竜と言われるアーマーザウラーだ。

体長は五、六メートルほど。そのスタイルは四足の草食恐竜——アンキロサウルスに近いと言えばわかるだろうか。もっともこいつは肉食だけどな。

額から背中、尻尾の先まで板状の装甲をびっしりとまとっている。見た目どおり、生半可な物理攻撃を弾く重装甲が特徴だ。

何で肉食なのに装甲付きなのかと言えば、大抵、こいつの生息域に別の肉食獣がいるから、というのがこの世界の学者の説。その肉食獣から身を守るためらしい。

俺は、今持っている武器がほぼ全部弾かれることを、突進から飛び退きながら瞬時に悟った。両手の杖の殴打も、アーリィーに持たせたエアバレットも無効だろう。

それでお手上げ——なんてこともない。

瞬時に対応策を頭の中で組み立て、即実行。武器にエンチャントを開始。

ゲーム的な言い方をすれば『付加』である。俺の持っているただの杖を、魔法による付加効果で強化するのだ。

硬化——木製杖の強度を石以上に。

属性付加『雷』——杖に電撃属性を付加。

魔法を行使。一般的な魔術師は、口から言葉として呪文を発したりするものだが、上級者は呪文を短縮したり、言葉にせずとも脳内で使ったりすることができる。

俺もこのわずか二秒程度の間に、両手の杖にそれぞれ、硬化と属性付与を行う。地面に着地した時、俺の獲物は、初心者用魔道士の杖ではなく、サンダーロッドという魔法武器に変わったのだ。

アーマーザウラーを正面から見据える。と、その鎧竜の横っ面に渦《うず》を巻く風の一撃が直撃する。アーリィーが手にしたエアバレットを放ったのだ。しかしアーマーザウラーは怯んだものの、それだけだった。予想通り、直接的なダメージはほぼない。

だが、隙ができた。

俺はダンっ、と地を蹴り、アーマーザウラーに肉薄した。そしてその頭にまず右手の杖を叩き込む。杖の頭は雷を帯び、命中した途端、その電撃が鎧竜の全身を駆け巡った。

アーマーザウラーは悲鳴を上げた。おそらく杖の打撃自体はダメージがなかっただろう。だが付加された雷属性による追加効果が、装甲を無視してアーマーザウラーを痺れさせる。

「そら、もう一丁！」

左手の杖を、アーマーザウラーの開いた口に突っ込む。口の中から電撃を流し込まれる気分はどんなもんだ？　いや、たぶん、凄まじくえぐいことになってるかもしれないが、飛び掛ってきたのはお前のほうだぜ……？

白目を剥いて、鎧竜が地面に突っ伏した。ピクリとも動かないそれは、仕留めたのか、あるいは失神したのか。……まあ、無力化した今どうでもいい。

俺はひと息つくと、杖の付加を解除した。アーリィーが駆けてくる。

「ジン！　大丈夫⁉」

「ナイスアシストだったよ。ありがとな」

俺ひとりでも問題なかったんだけどね。でも自分でも何かの役に立とうって姿勢、健気だと思うし、俺は好きだ。

「え……？　あ、うん」

アーリィーは照れたように顔を赤らめた。赤くなって視線を彷徨わせるのは、元から可愛い彼女がやると、こっちまでどこかむず痒《がゆ》いものを感じてしまう。

「それにしても、ジンの持ってる杖、やっぱり普通とは違うよね？」

気を取り直したアーリィーが聞いてきた。俺は苦笑する。

「いや、ただの杖だよ。エンチャントして属性を付与はしたけど」

「魔法？　え、いつの間に魔法使ったの？」

素でそんなことを言われた。ベルさんがやってきて口を挟む。

「嬢ちゃん、ジンは詠唱なんてしなくても魔法が使えるんだよ。ほら、短詠唱とか、思考詠唱とかいうやつ。わざわざ口に出さなくてもいいんだ」

「え……」

アーリィーの目が点になった。

「君が、思考詠唱……って。ええッ……!?」

驚いた顔も可愛いけど、声が大きいよ。俺は肩をすくめる。

「ボクだって、呪文を唱えないと魔法使えないのに！」

「いや、普通はそうだから……」

「だって、ジン！　君は唱えなくも魔法使えるんだよね!?」

「まあ、本職が魔術師だからね。簡単な魔法なら」

ベルさんのフォローが、逆効果になってしまったようだ。アーリィーは呆然と俺の顔を見つめ、耳にかかる金色の髪をいじいじと弄って。

「君って、やっぱり凄い魔術師なんだね……」


その日の夜は森の中でキャンプ。

焚《た》き火を起こし、昼間返り討ちにしたホーンラビットが本日のメインのご馳走。半分はベルさんが食っちまったけどな。

皮をはいだ後は、そのまま丸焼き。味付けは胡椒《こしょう》のみのシンプルなもの。昔付き合いのあった貴族からのもらいものだが、普通に手に入れようとすると、えらく値が張る。

串代わりに加工した木にこんがりと焼いたウサギ肉。角さえなければ、普通のウサギと変わらない。

アーリィーは両手で串を持って、肉にかぶりつく。……あまりこういう直接かぶりつく食べ方をしたことがないと言うので、少し恥ずかしそうだった。

「美味しい？」

「うん！」

少女の満面の笑みを見ると心が落ち着く。疲れが吹き飛ぶ。お気に召したようで何よりだ。焼き方を間違えると、途端に臭みが増して硬い肉になる。

「獣ってのは素直なもんだ」

焚き火を見やり、俺は言った。

「ヤバイ奴には基本近づかない。獲物を狩ろうと森に入っても、なかなかありつけないのは人間をヤバイ奴と判断して逃げるからだ。だけど、こういう魔獣の森の獣は――」

平らげた後の串で、森を指し示す。

「人間をヤバイものと思っていない獣が多い。だから向こうからこっちに襲い掛かってくる。魔獣を仕留める腕があるなら、普通の森で獲物を探すより楽だ」

向こうからやってきてくれるわけだから。

アーリィーは苦笑した。

「それはジンが強いからだよ。普通の人は、こんな森に入らない」

「冒険者や狩人は入るんだろう、この森にも」

俺は魔石水筒からカップに水を注いで飲んだ。いつでも新鮮な水を出せる文字通り魔法の水筒である。

「その水筒、凄いね。いったいどれだけの水が入っているの?」

アーリィーが聞いてきた。どれだけ、か――。

「さあ、どれだけだろう。中に魔石を仕込んでいてね、傾けると魔法文字が発動して水が出るんだ。つまり、魔石の魔力がなくなるまでは水が使える」

「へぇ……」

感心を露わにするアーリィー。……ふむ、何か忘れているような気がする。何だろう。……あ、思い出した。

「風呂を用意しなきゃ」

「お風呂……？　え？」

アーリィーがびっくりしてしまう。俺は革のカバン――ストレージから、タライを取り出す。

「昼間、ベルさんが言ってただろう？　風呂に入りたいって」

「……あ、言ってた。うん、確かに」

アーリィーも思い出したようだ。

「でも、ジン。こんなところでお風呂って――」

訝《いぶか》しげな彼女をよそに、俺はタライにかけた縮小の魔法を解いて、大ダライに。

「あの人、あれでけっこう綺麗好きなんだよ。大丈夫、いつものことさ」

「いつも……！」

目を丸くするアーリィー。

「あ、でもジン。ベルさんって『人』じゃないよね？」

「だから？」

「……だから――ううん、何でもない」

少女は押し黙る。俺は彼女をしげしげと見やり、そういえば自身の匂いを気にしていたのを思い出す。

「アーリィー、よければ風呂に入る？　ベルさん帰ってくる前に、一番風呂譲るけど」

「へ？」

キョトンとする王子の替え玉少女。俺は首を捻る。

「ここ最近、きちんと身体を洗える機会はあったか？　濡れた布で拭くのも限界があるだろうし……」

「いや、ジン。さすがにここでお風呂って——魔獣もいるし」

「大丈夫、周りは俺がいるし、ベルさんも今見回っている。防御魔法もあるしな。今もそうだけど、安全は保証する」

「お風呂……」

ごくり、とアーリィーが唾を飲み込んだ。

「魅力的な提案だけど、その……やっぱりこんなところで、は、裸になるのは……」

「ダイジョウブ、オレ、見ナイカラ」

俺は紳士だから、わざとガン見することを頼まれでもしない限りは見ない。……まあ、何かの弾みで視界に入ってしまうことはあるかもしれないが。

「……その、それ本当にお風呂になる？」

おや、やっぱりいいと断られると思ったのに、その気になったか。

「非常識だとは思うけど、さすがにちょっと、気にはなっていたんだ……」

王子の替え玉とはいえ、そこは女の子。やはり身なりや体臭は気になるんだろう。

俺は大タライに、魔石水筒の水を流し込みつつ、火属性魔石に細工をして、水に入れる。熱を発散する魔石によって、水がお湯に変わる寸法だ。

大タライの水かさが増していくさまを興味深く見つめるアーリィー。大タライの縁のそばでしゃがみこみ、そのヒスイ色の瞳でじっと眺めている。好奇心をくすぐられた子供のようだった。かわゆい。

「手慣れている感じだね、ジン」

「俺もベルさんも定期的にタライ風呂に入ってるからね」

「そうなんだ……」

アーリィーは、くすりと笑った。

「まさか、こんな魔獣の森の真ん中でお風呂に入れるなんて、世間知らずなボクでもわかるよ。君たちはおかしいって。いつもこうなの？」

「まあね。……もっと危ない場所で、風呂に入ったこともある」

たとえば、連合国にいた頃、飛竜が飛び回っている谷とか。その時の話をしてもいいが……やめておこう。色々突っ込まれるだろうし。

その時、ガサガサと、近くの茂みが激しく揺れた。……ああ、こりゃ、ベルさんだな。俺は呑気にも察したが、アーリィーはそうはならなかった。

背後だったのが不幸だったか、彼女は思いのほか近くからの音にビックリして立ち上がり、向き直ろうとした。

が、大タライに足をぶつけ、水が張っていたそれはビクリともせず、逆にアーリィーはバランスを崩した。

「あっ……!?」

「危ないっ！」

俺は水筒を手放し、一歩前に踏み出して背中から倒れ込むアーリィーを受け止める。靴と足元が湯に濡れたが、大惨事は回避。アーリィーの湯船への転倒をホールドして阻止、ずぶ濡れを阻止したが――。

「……！」

もにゅ、と俺の手が柔らかな感触を伝えてきた。この弾力と、しかし柔らかさは覚えがあるぞ……と。

「ひっ……！」

アーリィーの小さな悲鳴のような呻《うめ》き。

うわ、やっちまった！　俺は慌てて手を放そうとするが、しかしそれをすれば、せっかく助けたアーリィーがタライの湯に沈んで濡れてしまうのに気づき、手放せずにいた。

「すまん、アーリィー。まず、そこから出よう。というか、真っ直ぐ立って、じゃないと離せないから」

「……っ！」

焚き火に照らされた彼女の顔が、これ以上ないほど赤面している。

おやおや――黒豹姿のベルさんが、こっちを見てニヤニヤしていた。

「よう、ジン。お楽しみ中か？」

「ベルさん……！」

この時、俺は果たしてどんな顔をしていたのだろうか。ベルさんの行動と態度を恨めしく思う一方で、アーリィーの身体に思いがけずタッチしてしまった幸運。

彼女をタライの外に出し、ようやく手を離す。正直、頬を叩かれるようなことも覚悟したが、アーリィーは何も言わず、ただ顔を真っ赤にさせたまま、こちらが用意した例のスライムベッドの縮小版、それに寝転がると頭から毛布を被ってしまった。

「な、アーリィー、そのごめんな？」

わざとじゃないんだ。いや、そのラッキーではあったし、こういうのは君にとっては不幸な事故だっただろうけど、俺は困らないしって、って何考えてんだ俺。

「……謝ってる割には、顔がニヤついてるぜ？」

ベルさんが他人事のように言った。マジか。俺はとっさに自分の顔に手をやった。

聞こえていたのだろう、毛布の下からは『むー』とかいう唸《うな》り声のようなものしか返ってこなかった。

「風呂とは気が利いてるな、ジン」

ベルさんが大タライの風呂にすっと入った。……いやそれ、アーリィーが……まあいい。元々ベルさんが風呂に入りたいって言ったのがきっかけだし。

「お帰りベルさん。食事は済んだかい？」

「あぁ、とりあえず、このあたりをうろついている獣は片付けた」

ベルさんは『あぁ〜』とおっさんじみた声で湯船を堪能する。

「どうするよ、ジン。もう寝るか？　見張りならオイラがやっておくぞ」

「そうだな……じゃ、悪いけど後頼むわ」

アーリィーも怒っているみたいだし。変に絡むより、今はそっとしておこう。寝ている間にトラブった場合に備え、防御魔法をかけておく。

こういう用心は抜かりない。念には念を。やらずに後悔するならやっておけってね。

寝袋サイズのスライムベッドに横になる俺。人より魔力容量あるけど、それに比例した分回復しないから、あんま魔法の無駄打ちとかしたくないんだよね。補充の手段が乏しいうちは、眠れる時に寝て、少しでも魔力を回復させなくてはいけないし。

魔獣のいる森で眠るっていうのは、言うほど簡単ではないが、ベルさんがいるなら安心だ。

ということで、俺はさっさと眠りにつくことにした。


ジンが寝て、アーリィー嬢ちゃんがしばらく横になっていたが、どうにも寝付けないようだった。

まあ、無理もねえかなぁ、とオレは思う。あ、そうそう、人前じゃ『オイラ』なんて言っているけど、本当の一人称は『オレ』ないし『オレ様』な。どうでもいいだろうけど。

で、この娘だ。オレ様は行動を共にする人間を、まず『鑑定』能力で見る。まあ基本だな。こちとら隠したい秘密がゴロゴロある。用心は必要だ。

鑑定によると、この娘は、能力については恵まれたものを持っているものの、経験がほんと足らないのがわかった。

王子様ってことでそれなりに守られた環境で育ったんだなぁ。……あ、この嬢ちゃん、本物の王子みたいだ。女なのに何で王子なのかはわかんねえけど。

ジンの奴は、まだ替え玉だって思っているみたいだがな。オレの鑑定眼は誤魔化せないぜ。

とはいえ、隠したがっているみたいだし、しばらくは様子見だ。

経験はねえけど、アーリィー嬢ちゃんのスキルってのは、中々のものだ。特に目を引くのは、『魔力の泉』っていう魔力の回復がとても早い能力だ。

基本、生き物は使った魔力を寝ることで回復するもんだ。じっと休んでも回復量は微々たるもので、回復させようっていうなら寝るのが一番なんだが、この魔力の泉ってのは、寝てなくても常人の数倍のペースで、消費した魔力分が回復する能力なんだな。

要するに、魔法を乱射しても、魔力の自己回復が早いから、より魔法を連続して使うことができるってことだ。

魔術師なら、ぜひ欲しい能力だが、あいにくとこのスキルは先天的なもので後から覚えたりできるものじゃない。つまりは、才能みたいなもんだ。

その能力をアーリィー嬢ちゃんが持っている。王子なんかに生まれず、魔術師の家系に生まれたら、天下にその名をとどろかす大魔術師になっていたかもしれないな。人間なら極稀な能力。魔法が得意なエルフとかだと、そこそこの能力持ちがいるって話も聞くが。

ま、それはともかく、ジンの奴が嬢ちゃんの能力を知ったら、本気でくどきにかかるかもしれねえなぁ。

あいつ、人並みはずれた魔力量を持っているけど、回復量が凡人だから中々魔力の回復が追いつかねえ。あの嬢ちゃんと触れて、チョメチョメしたりしたら、不足してる魔力の回復の足しになるからな。

別世界に住んでいた頃は、女にろくに触れたこともないって言ってたけど、オレ様と知り合ってこの二年は、あいつ、相当女を抱きまくってる。英雄色を好むってのを地でいったけど、そいつは魔力回復も兼ねていたってわけだ。そんだけ、あいつの魔法は消費がデカい特殊なモンだってことだが。

まあ、女とくれば面倒ごとを抱える癖があるのは、よくも悪くもあるんだがな……。

「……！」

おっと、オレのサーチ圏内にどうやらお客さんがやってきたようだ。魔獣……亜人、いや獣人か？　人型が複数、ある程度の間隔をとってこっちへやってきてる。

マズィな……。

魔獣避けの炎なのに、かえって連中を呼び寄せているような雰囲気だ。とりあえず、一発警告の魔力波飛ばしてやるか。

オレはすくっと四足で立ち上がると、侵入者のいる方角に魔力波動を飛ばしてやった。勘のいい獣や獣人なら、この警告で警戒して離れていくだろう。

………。

反応なし。どんだけ鈍いんだよ、クソが。……この鈍さは、ひょっとして人間か。

オレははたと考える。人間――冒険者か、狩人か。いや、反乱軍の追手かもしれねぇ。

まあいい。ちっとばかし、遊んでやるか。

「……ベルさん？」

嬢ちゃんが毛布から顔を出した。オレは、しー、とジンを起こさないように小声で言った。

「侵入者みてぇだから、ちょっと様子を見てくらぁ」

すっと森に溶け込むように、オレは走った。

「この森を『人間』が進んでいるのは間違いない」

反乱軍特殊部隊を率いるグレイ・ドットは、魔獣の森ことボスケ大森林地帯を進みながら呟いた。

オオカミを模した帽子を被り、追跡に特化した能力を持った部隊。その任務は、この森に入った妙な人物に連れられたアーリィー王子を捜索すること。

そう、ジンたちが平原を駆け抜けたのを、近場を進んでいた反乱軍の兵が目撃したのだ。ただ、あまりの速さにその場で追いかけることができず、報告だけ寄越したのだが。

（――ジャルジー公爵閣下よりの命令だからな……。）

ドットの周囲を警戒態勢で進む部下たち。

足跡を追っていた先導の兵が立ち止まった。特殊部隊兵たちは、その場に膝をついて姿勢を低くする。鬱蒼と生い茂る森の中。しかも夜とあっては視界は悪いが、兵たちは暗視の魔法で、夜行性の獣並みの視界を確保していた。

ドットは静かに先導の兵の傍まで駆けると、低い声で聞いた。

「どうした？」

「……前方、明かりが見えます」

暗闇でも見える目には、焚き火の炎がまぶしいくらいに見える。誰かがいるのは間違いないだろう。誰が？　確率的には、アーリィー王子とその護衛だろう。

ドットは振り返り、周囲で様子を窺《うかが》っている部下たちにハンドシグナルを送る。

前進。

そろり、と足音を忍ばせて進む特殊部隊兵たち。

先導の兵はクロスボウを手に、数歩進んだところで、唐突に立ち止まり『止まれ』と合図する。

これにはドットが顔をしかめた。

「……いったい何だ？」

「音が……」

なに？　ドットは訳がわからなかった。先導の兵は切羽詰ったように周囲に視線を走らせる。

「周囲の音が聞こえなくなってませんか？」

こいつはいったい何を言っているんだ？　ドットは視線をめぐらせる。

そういえば……やたら静かなような。

遠くから聞こえていた鳥だか獣だかの声も聞こえない。近くの音は聞こえるから、聞こえなくなったのは遠くで発生していた音のことか。

ザクッ、とブーツによる足音が後ろから聞こえた。

ドットたちは瞬時に振り返る。どこの間抜けだ。足音を立てるなんて――。

ザク、ザクっ、と足音が連続する。さすがに部下の上げるそれと違うことに気づき、ドットは背筋が凍った。いつの間にか、自分たちは追跡されていたのか……？

「……ああ、お前たちは反乱軍か？」

野性味溢れる男の声。その瞬間、ぼうっと赤い光が浮かんだ。それは剣。そしてその赤い光の照り返しに浮かんだのは漆黒《しっこく》の甲冑《かっちゅう》をまとった騎士の姿。

「どうやら王子様を探してここまで来たようだが……残念だったな。お前たちはそこまで行けない。何故なら――」

騎士は一歩を踏み出した。

「お前たちはここで死ぬからだ」

「撃て！」

ドットが声を張り上げ、部下たちがクロスボウを放った。だが漆黒の騎士は剣を振るうと、飛来する矢をすべて叩き落とした。そして悠然と、ドットたちに近づいてきた。

身長は二メートル近い巨漢。頭蓋骨《ずがいこつ》を模した面貌の兜《かぶと》には、猛牛を思わせる太い角が二本ついている。まるで地獄の使者か、悪魔の騎士のように見えるその姿。

「くそっ！」

敵騎士に近い兵がダガーや斧を手に突進する。だが漆黒の騎士が赤く輝く剣を振るうたびに、武器が折れ、そのまま兵の体を一刀両断、切り捨てていった。何という切れ味。人の身体が、まるでバターを切るようにあっさりと倒されていく。

装填を終えた兵が二人、騎士の側面から矢を撃つ。だが騎士が左手をかざすと、漆黒の盾のようなものが現れ、矢が消えた。防がれたのではない、消えたのだ。ドットはもう訳がわからなかった。

漆黒の騎士は、左手の盾のようなものを水平に投げた。クロスボウを持った兵二人が、その漆黒の盾——いや闇の刃に胴を上下に真っ二つにされた。

「退却！」

ドットは叫んだ。王子を追うどころではない。このままではこの得体の知れない騎士に皆殺しにされてしまう。森に紛れて逃げれば——。

前を行く兵が突然、何かにぶつかって倒れた。直後、見えない何かにドットも体をぶつけて、それ以上進めなくなる。

いったい何だこれは——？

まるで壁だった。見えない壁が周囲に張られ……もしかして我々は閉じ込められている？

ドットは愕然《がくぜん》とした。さっき先導の兵が音が聞こえなくなったとか言っていたのは、ひょっとしてこの見えない壁のせいでは……？

「だから、言ったろう？」

死の足音とともに漆黒の騎士が、兵を一人、また一人と殺しながら近づいてくる。すべての抵抗が無駄だと言わんばかりに。

「お前たちはここで死ぬと」

漆黒の騎士の左手がドットに迫る。その手は人の手というには不自然に膨らみ、次の瞬間裂けた。巨大な竜が大口を開けているかのような形になる。

「あああああああっー！」

ドットの叫びはしかし、その巨大な口に飲み込まれて掻き消える。

漆黒の騎士が兜のバイザー部分を持ち上げる。中から出てきたのは、褐色《かっしょく》肌のごつい男の顔。

「うるさいやつだ。まあ、どうせオレの張った結界の中ではどう叫ぼうが聞こえないがな」

その声は、ベルのそれ。

ある時は黒猫、ある時は黒豹。またある時は、身長二メートル近い巨漢の男にして異形。その正体は、悪魔の王の一人……。

人は彼をこう呼ぶ。暴食王、と。

「うちの相棒は、のんびりしたいって言うんでな。邪魔だてするなよ、雑魚ども」

昨晩、ベルさんが、反乱軍の追手を喰い散らかした。

追手と聞いて、アーリィーは青い顔をしていたが、俺はまったく心配していない。

何せこの人、魔王の一人だからね。二年前に不覚をとって大帝国にとっ捕まっていたけど、本当は激ツヨだからね。

そんな彼と契約できた俺はきっと特別な存在に違いない……と、寝ぼけついでの冗談は置いておいて。

追手が全滅したのであれば、しばらく他の追手はつかないだろう。

そもそも魔獣がうろついているこの大森林。そこにわざわざ入ってきたのは、それなりに実力のある連中だと思われる。

アーリィーの言うところ、反乱軍は、難民と傭兵と兵隊崩れの寄せ集めらしい。……それに負けた正規軍というのはどうなんだろうと思う。だが替え玉アーリィーを責めるのはお門違いだろう。

実際、昨日、反乱陣地内を見たところ、彼女の言うような感じだったから、魔獣の森へ入ってこられる精鋭はそうそういないだろうと俺は思う。

こっちは出てくる魔獣を警戒しつつ、森を横断し、王都側へ出ればいい。

そのアーリィーは昨晩のことは水に流してくれたのか、これまで通りだった。変に根にもってなくて、まずはホッと一安心。あれは事故だってわかっているんだろうな。でも願わくば、事故じゃない形でもう一回くらい機会があってもいいかなーって思ったり……。

と、それはさておき、ボスケ大森林地帯の道中は順調そのものだった。時々挑んでくる実力差もわからない馬鹿な魔獣を返り討ちにしながら、特に問題なく踏破していく。

半日かけて夕方前。空はどんよりと曇っていたが、俺たちは無事に王都側へ通じる森の端に到達した。……着いたのだが。

俺たちの見つめる平原の先に、反乱軍が進撃していた。遠くから見ると黒アリの大群の如くひしめいて見えるそれは、ざっと軽く千を超えて二千に達する。

「そんな……」

アーリィーがその場で膝をついた。少女の顔に浮かぶのは絶望の色。

「反乱軍が、王都の方向へ進んでる」

ヴェリラルド王国の王都へ目指して進んでいると思われる敵。ベルさんは、黒豹の姿でアーリィーのそばに行った。

「王都にも防衛部隊はいるだろう?」

「いるにはいるけど、今回の討伐軍にかなりの兵を割いたから……今王都にいる兵は多くないよ」

その討伐軍は、反乱軍に敗れて逃走した。全面壊走した部隊が王都に逃げ込んだとしても、再編成が間に合うかどうか。

とはいえ、少ない兵力でも籠城《ろうじょう》を決め込めば、まだ活路はあるのではないだろうか。見たところ、反乱軍には攻城兵器の類は見られないが。

「立て篭《こ》もれば、何とかなるんじゃねぇかな」

ベルさんが、もっともなことを言ったが、アーリィーは首を横に振った。

「普通ならそうなんだけど、反乱軍には強力な魔法の使い手が何人かいるんだ。もしそれで城門を集中して破壊するようなことがあったら、王都が反乱軍に蹂躙《じゅうりん》されてしまう……！」

すでに一度、反乱軍と戦った経験があるアーリィーは、そこでがっくりと肩を落とす。そこまで強力な魔術師が敵にいるのか。

俺とベルさんは顔を見合わせた。

先日、反乱軍陣地内に忍び込んだ時のことを思い出す。……王都で略奪だの、貴族の屋敷を襲ってどうこうだの、若い娘を犯すだの、反乱軍の連中は物騒なことばかり口にしていたような……。

それでなくとも、攻められた場所というのは、往々にして破壊と殺戮《さつりく》、略奪に暴行と凄惨きわまることになるのだ。

「そいつは困るなぁ」

連合国や大帝国から離れたこの西の国で、のんびり過ごそうかと思っているのだ。せっかく来たのに、治安が乱れに乱れるのは勘弁願いたい。

「なあ、アーリィー、ひとつ聞くが、あの反乱軍って何で反乱起こしたんだ？」

「え……」

アーリィーが顔を上げる。一瞬、何を聞かれたのかわからないという顔をした。彼女はすぐに首を横に振った。

「それは……ボクにはわからない。というか、討伐軍にいた将軍や騎士たちも知らないようだった」

「なんで反乱を起こしたかわからない、だと？」

ベルさんが胡散臭げに言った。

「そんなことがありえるのか？　どこぞの領主がクソだから、とか、税が重い、どうにかしろとか、何か、理由くらいあるだろう？」

……そんな理由の連中の集まりには見えなかったけどなぁ。俺は少し考え、気がついた。あるじゃないか。こういう何故かわからないけど起きた反乱っていうのは。

「他国の介入だな」

「……大帝国か？」

俺の言葉に、ベルさんも悟ったようだった。大陸侵略を掲げ、東へ勢力を伸ばしていたあのクソ大帝国の存在。

「ああ、連中の常套《じょうとう》手段だな」

苦虫を噛み潰す。先ほど大帝国から離れた国で、と言ったが、その認識は改めないといけないかもしれない。くそ、忌々しい。

「適当に現地の人間を煽《あお》り、ゴロツキどもをけしかけて騒動を起こす。国を荒れさせるのが目的だから、王国側も何故反乱がおきたのかさっぱりわからない」

「どういうこと……？」

「つまり、最初から話し合いをする気がないってことだよ、嬢ちゃん」

ベルさんは鼻を鳴らした。

「破壊と混乱、それが目的なのさ」

「そういうことなら――」

俺は革のバッグストレージからDCロッドを取り出す。

「あれを一掃してしまっても構わないだろう」

これから盗みに殺しに強姦《ごうかん》しに行こうって連中に遠慮はいらない。婦女子が災難に遭うのを見過ごすことはできんよなぁ。そういうのはもう見飽きてるんでね、こっちは！

俺は、DCロッドを両手で持ち、その赤い巨大魔石の先を、平原を横断する反乱軍へと向ける。

「まあ、ぶっちゃけ、やるしかないって言うか。他に手がないんだよね。DCロッドの魔力と合わせてぶっ放す。俺がへばったら、その時は護衛よろしく、ベルさん」

「――あぁ……わーったよ。面倒はご免だが、お前さんの頼みじゃ、しょうがねえわな」

ベルさんはため息をつきながら頷くと、アーリィーに「危ないからこっちへ来な、嬢ちゃん」と声をかける。

「えっと、いったい何をしようって言うの？」

「これからジンが、反乱軍を吹き飛ばす」

「吹き飛ばす⁉」

アーリィーは目を見開いた。

「ど、どうやって？　だって向こうは大軍なんだよ！　ジンがって、一人で何ができるって言うの⁉」

「見てればわかるよ」

ベルさんはその場で座り込んだ。すっかり観戦を決め込んでいるのだ。

そのあいだ、俺は精神を集中。頭の中でこれから使う魔法のイメージを脳裏に思い描く。

ディグラートル大帝国戦で、散々使いまくった大魔法。かの戦いから離脱してからは使っていないが、想像するのは慣れたもの。

ちょっと魔力の消費が激しいのが玉に瑕《きず》だが、人並み外れた俺の魔力容量があれば、軍勢ひとつ消し飛ばすなど造作もない。

真の力、その一端をお見せしよう。全力全開……は、俺の魔力容量が最大に届いていないので無理だが、不足分はダンジョンコアを加工したDCロッドの魔力で補う！

杖が光り輝いた。大気や森の魔力がダンジョンコアに収束する。俺の魔力を流し込んで、あとは放つだけだ。

せき止めたダムを解放し、怒濤の如く流れる水のように――――！　魔力充電完了！

「行けっ！」

バニシング・レイ――――！

次の瞬間、光が溢れた。眩いばかりの青白い閃光。そして凄まじく太い光の束が反乱軍へと伸びる。それはさながら土石流の如く、暴れる膨大な光は、そこにいた人間たちをあっという間に飲み込んだ。

彼らは悲鳴を上げる間すらなかっただろう。光は反乱軍兵をたちどころに蒸発させ、塵《ちり》一つ残さず、草原もろともその軍勢を跡形なく吹き飛ばした。

光が消えた時、反乱軍の姿は影も形もない。

俺は凄まじい脱力感に苛《さいな》まれる。千以上の兵を一掃する大魔法を使って代償が何もないはずもなく、俺はその場に大の字になって倒れ込んだ。

ヤバいヤバい、もう空ッ欠だ。ほとんど魔力が残っていないぞ、この野郎。……気持ち悪い。立ちくらみ、吐き気。魔力欠乏症状。

「……あ、ジン！」

アーリィーの慌てた声が聞こえた。曇り空を見上げたまま動けない俺の視界に、金髪ヒスイ色の目の、王子の替え玉少女の顔が入った。本気で心配そうなその表情。……うん、まるで天使だな、君は。

「だ、大丈夫なの、ジン⁉」

平気平気――って言えたら格好よかったんだけどな。

笑みを貼り付けようとするが、引きつったものしか浮かばない。これ、マジでやばい。……マジックポーションで少しでも魔力の補充を……いや、ストレージ漁ってる余裕ないな。……待て。

目の前にとびきりの美少女がいるじゃないか。

俺はおっくうだが手を伸ばし、アーリィーの頭の後ろにその手を回した。

「ごめん、アーリィー。ちょっと魔力、分けてくれ」

「へ？」

驚くアーリィー。だがそれ以上言わせず顔を引き寄せると、彼女の唇に、俺は自身の唇を重ねた。

唇が触れ合う。魔力を一挙に喪失した反動、そして衝動を抑えられなかった。情緒もへったくれもなく、その時の俺は魔力欠乏症状で、ろくに頭が働いていなかった。

「んーっ！」

いきなりされて、アーリィーもびっくりしただろう。だが、もう少し……。

相手との接触で魔力を受け取る――乱暴な言い方をすれば奪って自分のものにする。ベルさんとの契約で得た能力のひとつだ。

基本的に、相手の身体に触れれば魔力を得ることができる。が、ただ触っているだけでは微々たるもので、短い間に多くの魔力をいただくなら、より性的な接触が望ましい。いわゆる接吻《せっぷん》だったり、その先だったり……。

アーリィーの柔らかな唇の感触を味わう余裕ができた頃、ようやく俺は魔力の漲りを感じて、彼女から離れた。

起き上がって胡坐《あぐら》をかくと、俺は息を吸い、そしてゆっくりと息をついた。吸い込んだ酸素が血液に乗って、温かな魔力が全身を駆け巡る。深呼吸。かなり楽になった。

「んー、んー……！」

アーリィーが顔を真っ赤にして座り込んでいた。もう口は離れたのに、何か言おうとして、しかし言葉が出ないのか、なにやら呻いている。……そりゃそうだよな。いきなりキスされたら。

俺は自分の頭をかいた。

どうしよ、ちょっと言い訳できないな。正直に、失った魔力を補充するために接吻したと言うべきか。

しかしよくよく考えれば、女の子相手にその言い分は酷いかもしれないが、決して下心があったわけではないのだけはわかって欲しい。

「むー！」

そんな恨みがましい目で見ないでくれ。相変わらず顔を赤らめたままのアーリィー。

「ひょっとして初めてだった、とか……？」

「！……むーっ！」

そうなのか。俺はますます申し訳ない気持ちになった。まあ、男を演じなければいけない以上、そういうキスとか、できないもんな。

自分でもテンパっていた。だからつい早口になる。

「何事も経験だ。そう、遅いか早いかの違いであって、そもそも君を王都に送り届けたら、お礼のキスを――」

「おい、ジンよ。これ以上は墓穴掘る羽目になるかもだから言っておくけどな」

ベルさんが、俺の傍らにやってきた。

「アーリィー嬢ちゃん、替え玉じゃなくて、本物の王子だぞ」

「は？」

「⁉」

俺とアーリィーは同時に驚いた。いや、ちょっと待ってベルさん。

「この子、女だぞ⁉」

「あぁ、正真正銘、女だよ。だけどな、間違いなくこの国の王子様だ」

はあぁ⁉　俺は素っ頓狂な声を上げる羽目になった。

「そうなのかっ⁉」

俺は、アーリィーに迫る。彼女はビクリと肩を震わせ、身を引いた。

「な、なな、何のことかなぁ？　ボ、ボクは、王子さまの影武者で……」

めっちゃ目が泳いでいるし、顔が引きつってる。先ほどのキスのせいで、ただでさえ動揺しているところにこの仕打ち。普段の、冷静に役を演じているようにはいかなかったようだ。

「だって、王子って普通、男だろ……。何でこうなった？」

「知るかよ。だがオイラの『鑑定眼』は、この娘がこの国の王子だと言っている」

ベルさんの鑑定が間違っていたことはない。つまりは、本当のことなのだろう。

アーリィーは女の子だが、ヴェリラルド王国の王子ということだ。おそらく複雑な家庭の事情が、彼女を男として生きさせているのだろう。たぶん、そうだろう。そうとしか考えられない。

「何てこった」

期せずして、この国の王子様が女の子だっていう秘密を知ってしまった。おそらく国家機密。バレたら一大スキャンダルに発展する事柄で……下手すると俺の命が危ない。国の秘密を不用意に知った人間は、消されると相場が決まっている。

「やっぱ、王子が女の子だってのは、知られたらマズいよな……？」

俺の言葉に、すっとアーリィーは顔を逸らした。どうやら当たりのようだ。……これは口封じされるパターンか。それは嫌だな。

「そこで、オイラから提案なんだがね、お嬢ちゃん」

ベルさんが、アーリィーに話しかけた。

「お互い、ヤバい秘密を抱えている者同士だ。ここはひとつ取り引きといかねえか？」

「と、取り引き？」

アーリィー、いや王子殿下の声は上ずっていた。まだ動揺が収まっていないのだろう。

「嬢ちゃんは、王子だけど女って秘密を抱えてる。ジンは……先ほど見たとおり、強大な魔法を操ることができる。小国なら文字通り一人で滅ぼせるくらいの危険な力だ」

たとえ事実でも、そういう言い方は、やめてくれないかベルさん。あんただって魔王って秘密、抱えているでしょうが……。

とはいえ、自分が核弾頭並みに危険なのはわかっている。……そうでなければ連合国に暗殺されかけたりはしないだろう。

「だがジンもオレも、静かに暮らしたい。さっきはあんたの国の王都が危ないってんで力を使ったが、できればあんな力は使わずに過ごしたいと思ってるんだ」

チラッ、とアーリィーが俺の顔を見た。コクリと頷きを返しておく。女の子のお願いは聞くけど、できればのんびり穏やかに暮らしたい。

「だがジンの力を周りの人間が知れば、その力を利用しようとしたり、あるいは排除しに来るかもしれない。もちろんそうなったらオレたちは力を使って抵抗するだろう。それこそ、この国が滅んでしまうかもしれない……それは嫌だろう、王子様?」

ベルさんが、ねっとりとした調子で話し続ける。いや、ベルさん、いくらバレて抵抗しても、国を滅ぼしたりはしないぞ、うん。

だからアーリィーや関係のない人間を殺すとかそういうのは認めないよ、ベルさん。俺は視線で主張する。

そうとは知らない王子様は、ベルさんを見つめたままゴクリと唾を飲み込んだ。

「そこで取り引きだ。オレたちは嬢ちゃんが女である秘密を誰にも喋らない。その代わり、嬢ちゃんも、ジンが反乱軍を一撃で消滅させたことは黙っていてもらいたい……」

「……つまり、お互いに秘密を守る、ということだね……?」

アーリィーは窺うように言った。ベルさんは頷く。

「そういうことだ。バレたら困るのはお互いに一緒だからな。もし秘密を漏らしたら、報復として相手の秘密をバラす」

ベルさんの提案。アーリィーは、すっと深呼吸した。自身を落ち着かせるように。

「……わかった」

次の瞬間、少女は、凛《りん》とした王子の顔になった。

「ボク、アーリィー・ヴェリラルドが約束する。ジンが使った力、魔法のことは絶対に喋らない!

「オレたちもあんたが女であることは誰にも話さない。それでいいな、ジン？　神に誓って」

……その代わり」

「あぁ、神に誓って、君の秘密については口外しない」

どの神様だろう、と、言ったそばから俺はそんなことを思った。元から信仰心のない俺である。

ともあれ、ベルさんが話を進めたおかげで、話はまとまった。魔力の一挙解放で、まだ頭が充分に働いていなかったからな。

この美少女王子様の口を物理で封じるなんて事態にならなくて、本当によかった……。

『この嬢ちゃん、物分かりがよくて助かったな』

ベルさんの声が脳内に響いた。魔力念話だ。俺も切り替える。

『おいおい、じゃ物分かりがよくなかったら殺すつもりだったのかい？』

『もちろんだ。当たり前だろう』

魔王様は容赦ない。

『だけどお前さんは、そういうのは断固反対だろ？』

『言うまでもない。いくらベルさんでも許さないよ』

『だろうな。……知ってる』

ベルさんは苦笑した。だがこの魔王様は、やる時は本気で実行する。しかしそれは俺も同じだ。

自分たちの正体がバレて追われるようなことになるなら、また逃げればいいのだ。この国でなければならないことはないし、無理にしがみつくこともないんだから。

それはそうと、俺はアーリィーから魔力を吸収したわけだが、ちと面倒なことになった。

普通の人間にそれをやれば吸い取る量にもよるが、ほぼ一日動けないなんてこともある。俺は遠慮なしに魔力もらっちゃったから、アーリィーも今日一日、ろくに足腰が立たないだろう。

よし、責任をとっておんぶか、あるいは抱っこして運んであげよう——。

とか思っていたら、アーリィーが立ち上がった。少しふらついたが、すぐに真っ直ぐ立っている。

まるで何事もなかったかのように。……嘘だろ？

『あー、ジンは知らなかったんだな。アーリィー嬢ちゃんは「魔力の泉」能力の持ち主だよ』

マジかよ！　魔力の自然回復が早いスキル、というか能力の『魔力の泉』。……俺のような魔力消費大、回復力凡人にとっては、めっちゃ羨ましい能力だ。

だがそれよりも、合法的なお触りを逃したのが痛かったりする。……ちくしょう。

そんな俺の脳内葛藤をよそに、ベルさんは口を開いた。

「もう歩けるなら行こうぜ？　いつまでもこんなとこにいるわけにもいかないだろ？」

「そうだね」

「……そうだな」

アーリィーと俺は頷く。大森林とおさらばして、王都を目指すのだ。

歩き出すベルさんに続く俺。その隣に、アーリィーがきて歩調を合わせてきた。

「どうした？」

「えっと……その」

少し照れているように見えるのは気のせいか。

「ありがとうね」

はにかむ彼女に、俺はドキリとした。不意打ち過ぎて、胸がときめいた。

「君は王都を救ってくれたんだ。反乱軍の蛮行《ばんこう》の危機から」

アーリィーは遠くへと視線を飛ばす。穏やかな風が吹き、彼女の耳にかかる金髪が揺れた。

「王都を救ってくれて、ありがとう。そしてボクを助けてくれてありがとう……！」

すっと王子を演じるお姫様は俺に向き直り、頭を下げた。俺は目を丸くしてしまう。ありがとう——ちょっと想像の外だったから、面食らったのだ。

「よかったじゃねぇか、ジン。お姫様にお礼のキスをもらったらどうだ？」

ベルさんが、きひひ、と厭らしい笑い声を上げた。またも赤面するアーリィー。俺は眉をひそめて、相棒を見た。

「あんたも相当、意地悪だと思うよ、ベルさん」

でも悪くない。しかしアーリィーは困ったように顔を背けたままだった。


「反乱軍が消えたッ!?　そんな馬鹿な！」

ジャルジー・ケーニギン・ヴェリラルド公爵は、部下からの報告に声を荒らげた。

王都より北方、ヴェルペの森近郊に待機するは公爵軍が一千。これは王都を目指して行軍してくる反乱軍を襲撃すべく待機していた。

曇り空の下、待つことしばし。監視の兵が、ジャルジーの休んでいる天幕に飛び込んできて、反乱軍の消滅を報告した。

「光に飲み込まれて消えました、だぁ⁉　貴様は昼間から寝ぼけているのか！」

ジャルジーの怒号、そして困惑。それは周りにいる臣下である騎士たちも同じだった。

「いったい何が起きたというんだ……？」

「わかりません。ですが、反乱軍主力が消滅したのは事実であり、つまるところ、我々がここに待機している意味がなくなったことを意味します」

予定を狂わされたジャルジーは頭を抱えた。

ヴェリラルド国王の弟の息子である自分が、王位につくために立てた壮大な計画。

迫る反乱軍に対し、王都にて編成された王国軍がこれを迎え撃つ。その軍にはヴェリラルド王国王子であるアーリィーが総大将として出陣することになっていた。

この一戦で、反乱軍は王国軍を撃破する。そして、事実、そうなった。

王国軍に潜り込んだ内通者を利用することで、王国軍の命令系統を寸断、誤情報を以って軍をズタズタにしたのだ。その結果、王国軍は全面崩壊を引き起こした。

その場でアーリィーを討ち取れれば万々歳だが、どうやら逃げられてしまったようだ。捕虜にしたと思った王子は偽者だったうえに、逃亡まで許したという。捜索は続けたが、どちらも発見の報告はない。

だが、計画は続いている。

王子率いる王国軍を撃破した反乱軍は、兵力が減少した王都へ攻め込む。

国王陛下並びに王都住民の絶対的危機！　だがそこに救援に駆けつけたジャルジー率いる公爵軍が反乱軍を側面より叩き、撃滅する。

すべてが上手くいけば、王都の窮地を華麗に救ったジャルジーが英雄として民の人気を得たうえで王位を継ぐ……そういう予定だった。

アーリィー王子が戦いで死ねば障害はなし。仮に生き残ったとしても、敗戦の将である王子と、功を立てたジャルジー、どちらを民が支持をするか。それによりジャルジーが王位を継承するに有利になる。……通常の手順では、王位継承権第一候補のアーリィーに勝てないが故の、裏工作である。

気がかりがあるとすれば、あの後逃げた影武者の女だが、たとえジャルジーが反乱軍に通じていたと証言したとしても封殺できるようにはなっている。些細な問題だ。

王都側にも反乱軍側にも通じ、工作をしていたジャルジー。つまり自分が王になるための茶番であるのだが、その計画は水泡に帰した。

倒して手柄とするはずの反乱軍が謎の光によって消滅してしまったのだ。反乱軍に潜ませ、いざという時に裏切らせる予定の魔術師もろとも。

これでは民にアピールもできず、王都に立ち寄ろうものなら、反乱軍との決戦に遅参した公爵の汚名を着せられる恐れすらあった。

「公爵閣下」

臣下たちは、一様にジャルジーを見つめ、指示を待つ。だが彼らの中では、すでにこの場はどうするべきか結論が出ていた。ジャルジーにもそれはわかっていたが、自ら口にするのは躊躇われた。

これは、屈辱以外のなにものでもない。ジャルジーはギリリと歯を食いしばり、やがて、ため息とともにそれを吐き出した。

「陣を引き払う。領地へ戻る！」

臣下たちは、公爵の決定に頭を下げると、部下に指示を出すべく天幕を後にした。

「くそっ！」

ジャルジーは手近にあった兜を掴むと、床に荒々しく投げつけた。

第三章　ヴェリラルド王国の王都

草原の先に、ヴェリラルド王国の王都はあった。

かつて小高い丘があったそこに築かれた王都は、外敵からの襲撃に備える長大かつ頑強な城壁に囲まれている。

俺にとって、この王都は初めて訪れる土地だ。大帝国とも連合国とも離れた西の国にまでやってきた俺とベルさんにとって、ここは安らぎの場所となるか否か……。

「ようこそ、王都スピラーレへ！」

アーリィーは両手を広げて、巨大な王都を背景に俺たちを歓迎した。……したのだが、すぐにその表情が曇った。

「いまさらどのツラ下げて戻ったんだろうね……」

アーリィーは、悲しげに言うのである。

反乱軍討伐のために王都から出撃した王国軍。その総大将に担ぎ上げられたアーリィーは、名義上の指揮官であり、実際に采配を揮《ふる》った訳ではない。

だが立場上、最高責任者であり、しかも敗戦した後となれば、堂々と王都に戻るなどできるはずもなく……。その辺りの見栄を張るくらいには、王子様を演じてきたらしい。

古今、負けても図太く戻ってきた将軍や王族など掃いて捨てるほどいる。その中には後世が伝える大英雄や将軍だっていた。かの徳川家康だってボロ負けしたことがあったが最後には天下の将軍様だからな。

それはさておき、王都入り口の門には、当然の如く複数の兵士がいて、出入りする人間を監視し、また必要なら審査していた。

アーリィーなら、彼ら兵士らのもとへ行けば、そのまま保護してもらえて王城に戻ることができるだろう。そう言ったら、彼女は両手を合わせて。

「ごめん！　ボクの近衛騎士か従者を呼んできてもらえないかな。戻るにしても、相談してからのほうが……」

などと泣き言をもらした。護衛もなく、一人で行っても怪しまれるかもしれない。それで仮に身体検査などをされる事態になったら、本物なのに偽者扱いされてしまう、とか何とか。

俺は仕方なく、透明化の魔法をアーリィーにかけてやった。これで門の兵士たちの目をかいくぐるのである。

俺とベルさん、そして透明になったアーリィーは王都正面門へと行った。

デカい……。高さは十メートルくらいあるだろうか。幅も馬車が二台ほど余裕で通過できる広さがある。頑強な石造りの城壁は、相当な地震が起きてもビクともしない重厚さと迫力を振りまいている。

「……王都は初めてか?」

門番の兵士に、声をかけられた。鉄兜にチェインメイル、腰にはショートソード。メインはポールウェポンたる槍。中年の域に達するその兵士の目は笑っていた。

たぶん、俺の格好がいけないのだろうと思う。が、わざとなんだこれ。

「ええ、そうなんです。王都って大きいですね」

「身分証明になるものは持ってるかね? 冒険者ならプレートとか」

「いいえ、実は田舎から出てきたばかりで。王都の冒険者ギルドに入ろうと思っているので、まだプレートは持っていないんですよ」

俺は、いかにも素朴な少年を演じる。魔術師のローブマントを身に付けているが、これは一般に出回っている中では一番安く買える代物で、持っている杖も木製の魔法杖である。

初心者魔術師。門番の目が笑っているのも、いかにも都会に来たばかりの田舎者に見えたからだろう。

「そうかそうか。証明できるものがないか。じゃ規則だから、ちょっとカードを作ろうか……。名前と出身を教えてくれるかね？」

そう言うと同僚を呼んで、手早く手続きを開始する。この手の来訪者はそう珍しくないのだろう。対応が手馴れているのを見ればわかる。まあ、この時代、いやこの世界に自国の民の戸籍をそれぞれ管理しているはずないもんな。

「……よし、行っていいぞ。ただし、トラブルだけは起こしてくれるなよ」

「どうも」

俺は頷くと門を通過する。その足元をトコトコとついていく黒猫姿のベルさん。門番はそれを見やり小さく笑うと、仕事に戻った。

「……何とも呑気なもんだな」

ベルさんは首をかしげた。

反乱軍が迫っていたわけだから、もっとピリピリしてるものだと思っていた。だがこの安穏とした空気をみると、反乱軍が消えた話は、王都に届いていると見るべきだろう。そうでなければ、こうも審査があっさりしているわけがない。

きっちりと石畳で舗装された王都の中央通り。王都の住民が行き交い、行商人や旅人、傭兵と思しき者の姿など雑多な印象だ。同時ににぎやかでもある。ちらちらと獣耳の獣人の姿も見える。

案外、他種族にも寛容な土地のようだ。これまで、獣人お断りとばかりに都市に入れない、なんてところも見たことがある。

「で、アーリィー。行き先は王城でいいか？」

王都中央、少し盛り上がった場所にそびえる王城。王都外縁からでもその偉容が建物の影からのぞいていた。

「ううん、アクティス魔法騎士学校に行こうと思う」

少し声を落としてアーリィーは言った。

「今ボク、そこに住んでるから……」

「そうか」

王城ではなく、魔法騎士学校か。学生だって言っていたし、寮にでも住んでいるのかもしれない。

ともあれ、王都に着いたし、いよいよ、この王子を演じるお姫様とお別れの時か。……そう思うと寂しくもある。

知り合ってわずか三日なんだけどね。何というか、こう彼女ともう少し一緒にいたいっていうか……。

せっかく王都に来たわけだし、小洒落た町並みを散策したいというか、できればもっとこう――！

『ジン～』

魔力念話でのベルさんの声。視線こそ適当に飛ばしているが、声には明らかに圧力が加えられていた。

『お前、わかってるだろうな？』

『……』

俺は、そっとため息をついた。……はいはい、わかってますとも。

アーリィーの案内で、俺たちは王都を進む。

やはりホームタウンなのか、アーリィーの声は少しずつ明るくなっていった。王都にある建物とか、町の様子とか彼女が教えてくれたが、やがて王都東側にあるアクティス魔法騎士学校へと到着する。

頑強な城壁に囲まれた魔法騎士学校。……へぇ、こいつは、ちょっとした城だな。城壁の向こうには宮殿に見えなくもない豪奢な建物や尖塔《せんとう》がいくつも見える。……非常時にはこの学校、籠城戦が出来そう。

さすがに学校前では、アーリィーは透明化の魔法を解除した。どこかそわそわした感じだったが、彼女に導かれて正面門の前へ。

歩哨《ほしょう》が顔を上げた。

「あ、アーリィー殿下！」

その姿を見かけた若い歩哨は駆けてきた。アーリィーは笑みを浮かべたまま、表情を引きつらせた。

「や、やあ、ランデッロ君。今日は君が門番の日なんだね……」

「殿下、お戻りになられたのですね！　ご無事で何よりです！」

ランデッロ君と呼ばれた若い歩哨は声を弾ませた。まるで主人の帰りを待っていた犬のようだ。

「……それで、お一人ですか殿下？」

「え？　一応、ここまで付き添ってくれた人がいるんだけど——あれ？」

振り返ったアーリィーは言葉を失った。

何故なら、そこに先ほどまで一緒だった俺とベルさんの姿がなかったからだ。

アーリィーの表情が見る間に曇る。慌てて周囲を見渡し、忽然《こつぜん》と、姿を消した俺たちを探す。

「ジン……？　ベルさん！」

すまん、アーリィー……。

俺とベルさんは、透明化の魔法で姿を消すと、その場をそっと離れたのだ。挨拶もなしにお別れというのも気が引ける……いや、はっきりいうと物凄く嫌なんだけど！

畜生！　本当は彼女とデートしたかったし！

『キスもしたかった！』

『お前、あの娘とキスしたろ』

ベルさんが、魔力念話で棒読みのような口調で言うのだ。

『魔力吸収のことを言ってるのか？　ありゃノーカンだ！』

『いいかジン。あのままあの娘と一緒にいたら、近衛なり従者なりにオイラたちは紹介されちまうぞ。そうなったら、ここまでの道中のことを色々説明しなくちゃいけなくなるんだ。名前とか覚えられると面倒だろ』

『まだ報酬はもらってない！』

『キスしたらお金はいらないって言ったのはどこのどいつだ？』

『デートはしてない』

『もう一緒に王都を歩いたじゃないか』

『あれをデートに数えるのかよ⁉』

ひでぇよ、ベルさん。

『諦めろ。相手が影武者じゃなくて、本物の王子様ってんだ。ただの町娘を抱くのと話が違うんだ』

正直、影武者を送り届けるより、王子様をお届けしたほうが謝礼はかなり期待できるのだが、今回は、ただ迷子を送り届けました、では済まないのが事実だろう。

危険に見合うだけのお礼は間違いないが、その分だけ、色々こちらにとって都合の悪いことを詮索され、事と次第によっては目を付けられてしまう。

『万一、王子様が女の子だったっていう秘密を知っているなんてことが、あちらさんに知られたら、それこそ機密を守るために命を狙われるぞ』

のんびりとやりたい俺たちにとって、いきなり国からマークされるのは困る。そうだけど……そうなんだけどさ。

俺は自分でも表情が険しくなるのがわかる。アーリィーにきちんとお別れのひとつも言えなかったことが、重ね重ね心苦しくもある。根が素直だったから余計に。

『実に、惜しいことをしたと思う』

『……』

『アーリィーは、めちゃくちゃ俺の好みのタイプだった……！』

本音をぶちまけると、ベルさんは笑った。

『あっはっは、そういやジン、お前、金髪お姫様が大好物って言ってたもんなぁ。大侯爵の娘に、一国の姫……。まあ、今は英雄じゃねえんだ。諦めろ』

『……』

逃した魚は大きい。

諦めるも何も、たぶん、もう関わることはないんだろうな……。だからこそ惜しい！

くそぅ……。あれこれ未練が込み上げる。

しかし、切り替えよう。感情の整理する方法は、ここ二年間で身に付けた。ここから俺たちの新生活が始まるのだ！

アーリィーとは関わることはないだろうが、もしかしたら遠巻きにその姿を拝見するくらいのことはあるかもしれないな、と思った。

……未練たらたらだった。


ジン・アミウールという冒険者がいた。

そいつはSランク冒険者であり、オリハルコン製のランクプレートを持っていた。何故か、俺の革のカバン《ストレージ》の中に、オリハルコン製の冒険者プレートがあるが、それはそのまま取り出すことはないだろうと思う。

アクティス魔法騎士学校を離れ、俺とベルさんは王都の町並みを歩いていた。中央通りを引き返しつつ、途中見かけた王都案内の看板の前で現在地を確認。ちなみに透明化は解除している。……魔力消費も案外馬鹿にできないからな。

王城は王都中央のやや北寄りに位置している。まず目指すは――。

「冒険者ギルド」

俺とベルさんは、王都の南側へと足を向ける。商店や宿が立ち並ぶ一角を抜けると、やがて目指す建物が見えてきた。

一瞬、宮殿かと思えた。正面入り口の両側に太い石柱がそびえる荘厳《そうごん》な石造りの建物。昔テレビで見た西洋の図書館か博物館の入り口みたい。

中は……これまた洋画ドラマなどで見る銀行じみた雰囲気。入ってすぐのフロアは広く、ロビーのようだ。ここのギルドは案外綺麗なんだな、というのが第一印象。さすが王都のギルド。

複数の窓口があるカウンター。入って右手には休憩スペースを兼ねているのか椅子やテーブルがあって、冒険者とおぼしき連中が談話したり酒を飲んだりしている。対して左手方向に目を向ければ、掲示板があって貼り付けられた依頼を吟味している仕事熱心な冒険者の姿があった。

さて、まずは窓口へ。黒猫姿のベルさんが俺の肩に飛び乗った。手続きの様子を眺めるためだろう。窓口にいる冒険者を尻目に、折りよく空いているカウンターに。

ギルド職員――茶色い髪に褐色肌の女の子。年のころは十代後半といったところか。美人というほどではないが、地味ながらも素朴な可愛さがある娘だ。

「こんにちは」

俺はスマイルを浮かべる。挨拶は基本である。日本人魂。

「こんにちは。ようこそ、冒険者ギルドへ」

受付嬢は挨拶を返したが、すぐ視線が俺の肩の上のベルさんに向く。よっ、と黒猫はカウンターの上に着地すると行儀よくお座りした。

「初めてなんですが、冒険者登録をお願いします」

「かしこまりました。手続きをさせていただきます。登録料は一銀貨です。……字は書けますか?」

羊皮紙に似た紙を出しながら、受付嬢が聞いてきた。

現代ではないので、識字率が高くないのは、すでに経験済みである。あまり上手ではないが、二年もいれば字くらい……あ、エスト文字でいいんだっけ? 連合国での共通文字でなかったらどうしようかと思ったが、そういえば王都の看板もエスト語だったから問題ないだろう。

「書けます。ありがとう」

「それではこちらにご記入ください」

羊皮紙とインク瓶に入った羽筆を受け取る。名前、出身、生まれ年(年齢)、職業……。

はてさて、『ソーサラー』と書いていいものか。連合国で登録した時は、ソーサラー(妖術師)だったが。あまり魔術師でも名乗る人いなかったから、目立ったんだよねぇ、その時は。

「どうかされましたか……?」

「初心者魔術師って、どういう扱いになるのかな、と思いまして」

「見習い、ということですか？」

「違います」

俺は即答である。見習いではない。受付嬢は小首をかしげる。

「初級の魔術師なら、マジシャンかメイジでしょうか。ウィザードだと少なくとも他の魔術師からの認定が必要らしいですし……」

「ではマジシャンで」

俺は書き込む。元の世界では『手品師』なマジシャンだけど、個人的にはメイジと聞くと、明治を連想してしまうので、致し方ない。そのあたり、割と自称が通用する魔術師界隈。

一通り書き終わり、登録料を支払う。受付嬢が確認すると、「プレートを発行しますので、少しお待ちを」と言い残して、彼女は席を立った。

カウンター向こうの席に座る魔術師風の男のもとへ、受付嬢が何事か話しながら、俺の書き込んだ受付用紙を手渡す。男は、デスク脇の小箱から銅製のプレートを取り出すと、指先でなにやらなぞり始めた。

魔法文字である。

俺は彼が何をしているのか察する。いわゆる冒険者の証であるプレートに、名前を刻んでいるのだ。作業はすぐに終わり、受付嬢はプレートを受け取るとカウンターに戻ってきた。

「どうぞ、あなたのランクプレートです。登録したばかりの方はFランクです。……ああ、ランクの説明をさせていただきますね」

冒険者のランクについては、すでに存じている俺ではあるが、初めてであると言った手前、黙って受付嬢の説明を聞いた。

Fランクから始まって、E、D、C、B、A、Sとランクが上がっていき、昇格は一定数の依頼を達成したり、貢献度からギルドが判断する。ランクが上がれば、より多くの依頼を受けることができ、特典もつくのだという。

受けられる依頼は、自身と同じランクか、その一つ上までとなる。身の丈に合わない依頼を受けられて失敗されたら、依頼主はもちろん、仲介しているギルドも信頼を失い困ってしまうからだ。

そのため一部の依頼には、失敗した場合、違約金が発生する場合があると注意された。

依頼の受け方は、窓口で直接聞くこともできるが、主に掲示板に貼り出された依頼書を窓口へ持っていき手続きをすればいい。……異世界転生ものでよくあるやつだ。

「手続きは完了です。たった今から、あなたは冒険者です」

受付嬢が笑顔を向けてきた。ここでは試験とかないのか――何ともお手軽に冒険者である。

どうも、と俺もつられて笑顔で返す。この受付嬢は当たりだな。俺は上機嫌でベルさんに声をかけ、カウンターを離れる。肩によじ登ったベルさんが小さく言った。

「普通だったな」

「ああ、普通だった。受付嬢は可愛かった」

一度、掲示板のほうへ足を向け、他の冒険者と共に、無数に張り出された依頼を眺める。討伐依頼、採集依頼、護衛依頼に、探索依頼、配達依頼などなど。

「どうするんだ、ジン。受けるのかい？」

ベルさんが言えば、近くにいた冒険者が一瞬ギョッとしたように視線をくれた。猫が喋ったからびっくりしたのだろう。獣人たちが普通に喋ることはあっても、猫が喋ることはないからわからなくもないが。

「今日はパスだな。とりあえず寝床と、情報収集」

大森林で野宿が続いたから、屋根のある場所で寝たい。体力魔力を回復させたいというのが本音。こういうのを疎かにすると寿命を縮めることになるのだ。

俺は掲示板を離れ、窓口に戻る。だいぶ空いているようだが、挨拶した手前、先ほどの受付嬢のもとへ。

「ご依頼ですか？」

「いや、王都に着いたばかりでね。冒険者御用達の店とか宿の場所を、教えてくれると嬉しい。それと……もしよかったら、今から一緒にどうかな？」


素朴だが可愛い受付嬢は、マロンさんと言う。彼女に教えてもらった宿へ向かう。

「お前も懲《こ》りないな」

足元を歩いているベルさんが言った。

「最近、女とくれば声をかけずにはいられないって感じになってないか？」

「せっかくやり直すんだぜ？　もっと自分に素直になってもいいと思うんだ」

英雄になると色々しがらみもあったが、今はそれもないからな。

「嬢ちゃん、逃して自棄になってね？」

「……」

「ほどほどにしておけよ、色男」

「残念ながら、俺は色男からはほど遠いよ」

マロンさんは、優しく場所を教えてくれたけど、そこまでだったからね。残念、また次に期待しよう。

物凄く安いけど他の客と雑魚寝になる宿と、比較的安いけど宿泊客が荒っぽい人が多いことで有名な宿と、普通の料金でこじんまりながら個室で休める宿を紹介してもらった。……当然、普通の宿を俺は選んだ。色々秘密を抱えている人間としては、何はなくとも個室のほうがありがたい。あと静かなところがいい。

「ロックだね」

宿屋『岩』。通称『ロック』。だが見た目は、ありふれた西洋宿。三階建て、一階が食堂と酒場を兼ねており、部屋は二階からだ。

受付で宿泊手続き。宿のひょろ長い中年おっさん曰く、食事代込みで一泊二百ゲルド。……ゲルドというのがお金の単位だ。

ゲルド銀貨二枚。銅貨だと二百枚出すところをたった二枚で済むのはありがたい。ちなみに国や地方にもよるが、一般的な労働者の平均日給が三百ゲルドである。

……。

ちなみに、ペットOKだそうだ。ただし、おっさんに「宿のものに傷つけたら弁償ね」と言われた。なお、ペット扱いされたベルさんは怒っていた。

個室は、ベッドがひとつ。あまり広いとは言えなかったが、こざっぱりしていて清潔感はあった。

「さて、とりあえず屋根のあるところで寝られるわけだが」

俺は部屋にひとつだけある窓を開く。王都の景色——といっても道を挟んだ向こう側の建物しか見えなかった。

「当面の問題として、五日以内に収入がない場合、この宿を引き払うことになる」

残金千百三十五ゲルド。現金に限れば、手持ちはそれだけになる。拾い物を売り払うなりすれば、ある程度のお金は工面できるが、冒険者登録もしたことだし、そちらで稼げばいい。

まあ、英雄時代の隠し財産があるので、そこまで切羽詰まってはいない。が、基本それは使わない方向でやっていきたい。

「まずは生活費を稼ぐことだ」

宿屋『岩』の二階の部屋。俺はストレージから木製のタライを取り出す。

「このヴェリラルド王国が住み心地がよさそうなら、定住も視野に入れる。目指せ、夢のマイホーム生活」

縮小の魔法をかけてあるタライを元のサイズに戻す。直径一メートル半にもなるジャンボサイズのタライを床に……おっと、その前に床に敷物を置いておかないと。俺は壁に巨大タライを立てかけ、DCロッドを出すと、床にスライムベッドと同種のスライム床を作り出して軽く覆っていく。

「なあ、ジンよ。マイホームってことは、ここで家を買うのか？」

「んー、どうしようかねぇ」

スライム床を設置。……よし、水防対策ばっちり。

「DCロッドがあるから、どこかの適当な穴とか洞窟を利用すれば、金をかけずに拠点は作れるぞ？」

「ベルさん、俺が欲しいのは普通の家であってダンジョンじゃないんだよ」

DCロッド——ダンジョンコアを杖にしたそれ。膨大な魔力を持ち、放っておいても大気や地面から魔力を吸収して力を蓄える。

ベルさんの言うとおり、どこか適当な洞窟にでも設置すれば、その一帯はダンジョン化することができる。そうなれば、ダンジョンコアの所有者たる俺は、ダンジョンマスターであり、まさに一国一城の主が如く、自由にダンジョンをクリエイトできるのだ。

ちなみにこのダンジョンコアは、俺の英雄時代にとあるダンジョンを攻略した際に手に入れたものだ。

「まあ、この前、大魔法でコアの魔力もほとんど使っちまったからなぁ。しばらくは魔力回復しないと大きなことには使えないけど」

勝手に魔力を周囲の環境から吸収するので、急がなければそのうち回復する。

「とはいえ、確かに家を買うとなると、相当お金が必要だろうし。やっぱダンジョンコアを中心に、それっぽく拠点でっち上げたほうが楽なんだよな」

ただその場合、王都に拠点を置くのが難しいから、外に出て適当な候補地を探すところから始まるだろう。落ち着いたら探すか。

「ダンジョンコアで思い出した。大魔石が欲しいな」

俺はスライム床の上に巨大タライを置いた。その様子を見ていたベルさんが口を開く。

「大魔石？　何に使うつもり――あぁ、魔法車か」

「そう。魔石エンジンが壊れちゃったからね。ついでだから車を新しくしたい」

魔石水筒から、どぼどぼと巨大タライに水を注いでいく。

「エンジンのコアに大魔石が必要だ。普通の魔石だとすぐ魔力が枯渇するから」

「ま、そういう大魔石持ちの上位種は滅多に遭遇しねえけどな。大竜みてーな、上位ドラゴンとか」

「そこなんだよな。ＤＣロッドを代わりに使ってもいいんだけど、そうなるといざという時困るからさ」

巨大タライに水を張ると、俺はカバンから火属性の魔石を取り出し、その表面をこすって魔力を解放させる。途端に火の魔石は熱を帯び始める。俺はそれをタライの中の水に放り込んだ。ぽちゃんと音を立て、水がタライの外に跳ねたがスライム床に当たり、宿の床には水はかからなかった。

ベルさんが、片手、反対側の足で立ちながら、残る手と足を伸ばし始める。俺はローブマントを

はずし、服を脱ぎ始める。

「まずはお金。次に拠点。余裕ができたら車、かな」

「当面はこの三つを目指すってこったな」

ベルさんが着々と準備運動をこなし、俺はすっぽんぽんになると、タライの水に指を突っ込み

……うん、いい塩梅にお湯になってる。湯の中の魔石に再度触れ、熱の放射を弱める。

「車については急がないから追々ね。……というわけで、明日からバリバリ働くぞー！」

と言いながら、俺は巨大タライに足を踏み入れ、そして座り込む。湯気をくゆらせているお湯に浸かる。熱せられた湯が露出した肌を覆うようにかかり、ぽかぽかと全身が温かくなる。ベルさんも黒猫姿で、巨大タライの湯船にするっと入った。

「「ふぁぁー」」

俺とベルさんの息が同時に漏れる。久しぶりのお風呂。生き返るー！

「俺、魔法使えてよかったー」

このなんちゃって中世風世界、連合国をはじめとした東方諸国では、風呂は贅沢品だった。王侯貴族など一部のハイクラスしか馴染みがなかった。一般に普及していないのはこの二年あまりで痛感している。

「昔は、風呂ってのはあまり好きでも嫌いでもなかったんだが――」

ベルさんがタライにもたれながら、猫にあるまじき姿勢で湯船に浸かる。

「この歳になって、風呂のよさがわかったっていうな」

「え、ベルさん、いくつなんだよ？」

笑いながら、お湯で顔をごしごし。旅の垢などで、このお湯もすぐに汚れてしまうが、それは仕方がない。

俺たちは風呂を満喫し、英気を養った。


翌日、俺とベルさんは今後の活動の下見として、手近なダンジョンへ行ってみることにした。

そのダンジョンは、王都より南に行ったところにある。森林を越えた先にあり小高い山に、ぽっかりと穴を開けていた。

大空洞。

亀裂のように入った大きな空洞は長く、そして深くまで続いている。

複数の階層から構成されているこの洞窟は、その浅い階層では出現する魔獣が比較的弱いため、初心者向けダンジョンなどと呼ばれている。

だが中途から、このダンジョンは様変わりする。底知れぬ深さのある空洞は、やがて出没するモンスターの質が変わり、その行き先も分岐する。

さらに下の階層に潜ると、強力なモンスターが出没するようになり、一気に上級者ダンジョンへと変わる。

最下層と思われるあたりまで行くと、溶岩が流れる地獄のような空洞に行き当たるらしい。そこでは炎の巨人を見た、などという噂が流れている……。

　というのが、俺が冒険者ギルドの受付嬢から聞いた話である。

　浅い階層が初心者冒険者向けという話だったが、確かに吸血コウモリやスライム、ゴブリンやスケルトンといった、よくあるタイプの魔物ばかりが出てきた。

　はっきり言って、俺とベルさんにとっては印象に残ることもない雑魚である。こちとら英雄時代にSランクまで上がった冒険者。目をつぶってたって倒せる。

　初心者にとって、ちょっと厄介なのは、ジャイアントスパイダーとか、小型二足竜のラプトルか。まあ、これも俺たちにとっては朝飯前。……大蜘蛛《おおぐも》の糸は魔力を通し、なおかつ頑丈だから、回収。魔石もおいしいです。

　それにしても、途中でジャングルの如く植物が大きく育っているエリアとか、氷に覆われたエリアなど、ダンジョンならではの異常環境もあった。なるほど、こりゃかなり大きなダンジョンだわ。

　DCロッドを使ってダンジョンをスキャン、そしてマッピング。行けるところまで行った後、引き返した。気づけば半日が経っていた。

　ダンジョンを出た後、飛行形態になったベルさんに乗って王都への帰路につく。

　翼を四枚持つ漆黒のドラゴン。もっとも、その姿は子竜程度と控えめ。やたら図体を大きくする必要はないのだ。

　風の音がうるさい。空を飛ぶということは風圧との戦いであり、先ほどから俺の髪やフードローブは風になぶられている。本来なら口を開くのももどかしいので、風除けの魔法を使ってその影響を軽減させていた。

夕焼け空をのんびり眺めていたら、後ろから切り裂くような獣の声が聞こえた。

視線を向ければ、茶色い鱗《うろこ》を持つ飛翔体――ワイバーンが接近してくるのが見えた。

ドラゴンによく似た、しかしドラゴンとは違う生き物。頭はドラゴン、腕はなく竜の翼となっている、いわゆる飛竜だ。

翼を広げた幅は十メートル以上はある。バッサバッサと音がしそうな羽ばたきは、中々ダイナミックなものがある。

……どうやら、こちらを獲物と定め、一戦交えるつもりのようだ。

高度な知性を持つこともある（持たない場合もある）ドラゴンと違って、ワイバーンは基本的に頭が悪いとされる。……少なくとも、獲物を見つけると突っ込んでくる獣並みと言えばわかるだろうか。

茶色い鱗に覆われたワイバーンは、斜め後方からグングン迫っている。

『ジンよ、向こうはやる気だが、どうするよ？』

魔力念話で、ベルさんが慌てた様子もなく聞いてくる。一般社会では高ランクの魔獣として恐れられるワイバーンだが、俺もベルさんも、正直飛竜は飽きるくらい戦った経験がある。

「面倒くさいんだなあ、……ベルさん、アイツ任せていい？」

『いいけどよ、ワイバーンだぞ。剥《は》ぎ取れる素材ダメにしちまうけど、いいのか？』

「うーん、解体するのも面倒なんだよなぁ」

とはいえ、高ランクの魔獣だけあって、金にはなるんだよな。狩れるなら狩っておいて損はない。

『よしきた。ちょっと派手に動くが、すぐに奴を仕留めてやるぜ！』

そう言うと、ベルさんは急上昇に転じた。

俺はベルさんの背にしがみつく。比較的低空を飛んでいるとはいえ、振り落とされたらただでは済まない。高速で地面に叩きつけられたら即死だ。

追いかけてくるワイバーンは、ベルさんの急上昇に対応できず、俺たちを通り越した。弧を描き、天地がひっくり返る。インメルマン・ターンを決めたベルさんは、ワイバーンの背後に回り込むと、その背面めがけて一気に降下、喰らいつく。

『いっただっきまぁ～す！』

次の瞬間、巨大化した黒竜の頭が大口開き、ワイバーンの背中から後ろを一気に喰らい引き裂いた。


墜落したワイバーンは、半身を失い絶命していた。

さすが暴食王と謳《うた》われたベルさん。ひとかじりで半分以上が綺麗さっぱりなくなっていた。

地上に降りた俺とベルさん。せっかくの飛竜なので、解体して剥ぎ取れる素材を回収する。ストレージから解体用のナイフを取り出す。

赤み掛かった刀身は、かつて倒した火竜の牙を刃に、同じく火竜の骨を土台に、火竜の鱗を握りに使い、さらに魔力供給用の火属性のオーブを拵えた、オール火属性素材のナイフだ。名前は特にないため、『火竜の牙』とそのまま呼称している。

オーブを通して魔力を注ぎ込めば、刃は熱を帯びて切れ味を増すと同時に溶断する。迂闊にさわると火傷ではすまないが、火に耐性のある火竜の鱗を加工して作った握りの部分は手に熱を通さない。

解体、解体〜。わーい、半分でもこれ解体するの面倒ー。

ということで、牙のような歯と爪、ある程度のワイバーンの鱗、少々のお肉を回収して、残りはベルさんに食べてもらった。……自分の身体より遙かにデカい飛竜を食った直後に、今晩のメシはなんだろうと言うベルさんの底なしさには苦笑。暴食王の名は伊達ではない。

予想外の遭遇はあったが、俺とベルさんは燃えるような夕日を左手に見ながら無事、王都に帰還した。

どこまでも広がる草原の向こう、地平線の彼方に沈んでいく太陽と、赤から紫、そして闇色に変わっている空もまた神秘的だった。


翌日、冒険者ギルドに行く前に、俺たちは王都にある魔法道具屋を訪れた。大空洞の大蜘蛛から手に入れた魔石を売って、生活費に充てるためだ。

魔法道具屋は、その名のとおり魔法道具を取り扱っている店だ。

魔石やオーブを用いたペンダントやアクセサリー、魔法文字を刻んだ護符や、特殊な魔法繊維で織り込まれた紙や布、妖精のレリーフや得体の知れないモンスターを模った飾り、魔法金属性の短剣や杖などなど……。

　魔石や魔法金属を単品で扱っており、持ち込まれた魔石の買取も当然してくれる……はずだが、何せここの魔法道具屋を訪れるのは初だからな。どこかの紹介がないと買いませんとか断られるなんてこともあるかもしれない。……昔、一回だけとある魔法都市であったんだよなぁ。

「いらっしゃい」

　王都の魔法道具屋さんは、いかつい体躯《たいく》で、がっちりした男だった。

　三十代後半か四十代。バンダナを着用し、角ばった顎《あご》には無精ひげ。……何だか船に乗ってる海の男って感じだ。袖なしのベストに、作業ズボン。

「おや、魔術師か？　どうした、坊主。欲しいのは杖か？　それともお守りか？」

　見た目はおっかなさそうだが、気さくに声をかけてくる。

「いっちょ前に使い魔を連れてるが……うーん」

　俺をじっと見やり、店主は小首をかしげた。――灰色の初心者ローブマントに魔道士の杖。歳は若いが、魔法学校の生徒ではない。田舎から出てきた見習い魔術師、か……？

　とか何とか値踏みしているような。俺は営業スマイル。

「品はのちほど見せてもらうとして、いくつか魔石を手に入れたので買い取ってもらえないかと思いまして」

「おお、魔石の持ち込みか。そいつは歓迎だ。さっそく見せてもらえるか？」

　店主はカウンターまで俺を導くと、トレイを置いた。そこに魔石を置けということだろう。ちなみに俺の位置から、店の奥がチラッと見え、そこで妖精族だろう。子供より小さなしわくちゃ爺《じい》さん妖精が、机に向かい道具作成をしていた。

俺は革のカバンから、小さな皮袋を出す。大蜘蛛からドロップした魔石をまとめて入れておいたものだ。口を開き、トレイの上にカラカラと魔石を出す。

紫色に輝く魔石が七つほど。ひとつは大きめ、あとは小ぶりである。

「ほぅ……」

店主は、まず大きな魔石を手にとって、光にかざして覗き込んだ。

「紫色とは珍しい。……これはどこで手に入れた？」

「『大空洞』です。馬鹿でかい蜘蛛の巣がありまして」

「ジャイアントスパイダーか！　ほー、なるほど、『大蜘蛛の目』か」

「大蜘蛛の目？」

知ってはいるけど、一応初心者らしく振る舞っておく。店主は語り出した。

「ジャイアントスパイダー系の魔石は属性に関係なく、その目と同じ色の魔石が出るって話だよ。魔力自体は、大したことはないが、紫色の魔石ってのは珍しいからな。効果より見た目を重視する魔法道具には特に好まれる。……多くないとはいえ、宝石と比べれば魔力もあるからな」

十七個手に入れたうち、魔力が高めのものは手元に残している。つまりここに出したのは魔力量が特に乏しいものばかりだ。魔力が多いのは魔法具作り用の素材にキープしておくのだ。

店主は、魔石を七千五百ゲルドで買い取ると言った。さあ、どうだ、と挑むような顔。たぶんあれだろう。初回提示額に対して、もう少し勉強できませんかと、俺が上乗せ交渉をしてくると踏んでいるのだろう。

　たぶん粘れば、もうちょっと色を付けてくれるんだろうけど、別にいいかな、と俺は思う。金は欲しいけど、別にケチでも守銭奴でもないし。そもそもこの買取額に特に不満もないしな。

　俺はその額に同意し、取り引きは終了した。

「そういえば、魔法薬を取り扱っている店はご存知ありませんか？」

「うちの隣にあったろ？」

　店主は何を言っているんだ、とばかりに眉をひそめる。俺は隣ってどっち、と指で示せば、店主は左を指差した。

「私は右から来たので」

「そいつは悪かった。隣の薬屋は魔法薬も扱ってる。だが気をつけろよ、坊主」

　店主は、俺から買った魔石を載せたトレイを奥へと運びながら言った。

「隣の店主は、魔女だからな」

「魔女？」


　魔法道具屋の左隣が薬屋だった。

　入り口上に看板がありエスト語で『ディチーナ』と書かれていた。店の名前だろう、たぶん。

魔女が店主、と聞いたが、店の外観はごく普通。しかしベルさんはピクリと髭《ひげ》を撫でる。

「……悪魔が嫌いそうな臭いがする」

「確かに、香水みたいな匂いが凄いな」

店を開ける前から漂う匂いをよそに、俺は扉を開けた。

チリン、と鈴の音がした。ふいにベルさんが、おっと、と扉を跨《また》ぐ時に軽くジャンプした。何かを避けたようにも見えたが……はて、この銀色のラインを避けたのか？

室内は、魔石を加工した照明が幾つも点灯している。赤や緑、青とカラフルなのはいいが、色彩感覚おかしくなりそうだった。

おまけに日が昇っているにもかかわらず、外からの光をカーテンが遮っているので、時間の感覚もわからなくなりそうだ。

「あら、いらっしゃい……」

若い女の、しかし気だるい声がした。……いかにも魔女ですと言わんばかりのつばの広い尖がり帽子を被った美女がそこにいた。

見た目は二十代。切れ長の瞳に、緑色の長い髪の持ち主。カウンターごしに見える上半身はスレンダーかつ胸もとはグラマラスと何とも色欲をかもす体型。端的に言えば『妖艶美女』である。

……抱きたい欲求上昇中。あの胸で迫られたら、あぁやばい。とても柔らかそうで、ダイブしてそのまま抱きしめてやりたいね――。

「お兄さん、見ない顔ね」

魔女店主は、俺を見やり、ついでベルさんを見た。

「そちらの子は使い魔？　ずいぶん変わったものを連れているのね。グリマルキン？」

ベルさん、答えてやれよ。

「我輩は猫ではない」

猫である、じゃないのかよ……。いや猫じゃないんだけどさ。

「あら、驚いた。喋るのねキミ」

魔女さんが興味を示したようだ。

「いったいキミは何なのかしら？」

たぶん種族的なものを聞いたのだろう。ベルさんは身も軽く、カウンターへ飛び乗ると、魔女さんを見上げた。

「我輩は、我輩である」

哲学か何かですかベルさん。というか、あなた我輩キャラではなかったですよねぇ。

俺は店の中を見て回る。陳列棚には瓶に入った液体が、並べられている。ポーションやマジックポーション、毒消し、その他魔法薬と思しきものがずらり……。

んー、ポーション百五十ゲルド？　たかっ⁉　普通の道具屋でもポーションは五十ゲルドくらいで買えるぞ。

「あぁ、うちのポーション。実質ハイポーションだから、その値段なのよ」

目敏く魔女さんが声をかけた。

視線をやれば、彼女はベルさんの顎をつついて遊んでいた。ベルさん、美女とおたわむれ中、まんざらでもない様子。……羨ましいな、この野郎。

別の棚に移動する。こちらは塗り薬だろうか。小さな壺型の容器に入っているものが並んでいる。ちなみに天井からは、なにやら植物の根がぶらさがって……あ。

「マンドレイク」

薬草であり、魔法や錬金術などに用いる素材として物語などで見かけるそれ。この世界にも存在していて、土から引き抜くと、警報さながらの悲鳴を上げることで有名だ。まともに聞くと発狂して死ぬ、というのは尾びれがついているが気絶くらいはする。

「それでお兄さん」

魔女さんが、値踏みするような目になる。

「うちは薬屋だけど、何かお薬を探しているのかしら？」

「マジックポーションを……一枚金貨出したら幾つ買えます？」

「四本ね」

普通の道具屋なら五本買える。少々お高いが——。

「買います」

「ありがとう。あたし自ら調合してるからね。効果は保証するわ」

お姉さん自ら調合した薬なら、このマジックポーションも質がいいに違いない。

「もし効果が実感できなかったら、その時は胸を揉ませてあげてもいいわ」

「……胸……」

たっぷん。さぞ揉み心地のよさそうな大きな胸である。からかっているのだろうが、ちょっと俺、本気にしちゃうよ。ガキの姿してるけど、中身三十路のお兄さんだからねー。

「効果云々はともかく、それは魅力的な提案」

俺はカウンターに行くと、マジックポーション四本分の代金に一ゲルド金貨を置く。

「あら、お兄さん、あたしと寝たいの？　ここはそういうお店ではないんだけど」

そういいながら魔女さんは流し目を送ってくる。

「魔女と一晩一緒に過ごすということは、どういうことかわかって？」

「精力と一緒に魔力も持ってかれそう」

「わかってるじゃない。それでもよければ寝てあげてもいいわよ」

挑発めいたことを言いながら、魔女さんはズイと俺に顔を近づけた。ついでにその豊かな胸の谷もとがくっきり。

「お兄さん、魔術師よね。あなたの魔力はどんな味がするのかしら……？」

あ、この人、普通の魔術師より、数段上の人だ。何と言うか、俺みたく能力隠している類の。

そりゃそうか。魔術師がいる世界で、それでも『魔女』なんて呼ばれるということは相当な実力者なのだろうから。たぶん、生半可に挑むと返り討ちにされる。

「えーと、魔女さん」

「エリサ。エリサ・ファンネージュよ」

「ジン・トキトモ」

反射的に名乗った俺は、そこで相好を崩した。

「ちなみに、ここって薬草とか持ち込んだら買ってくれたりします？」

「なに？　何か珍しい薬草でも持っているのかしら？」

エリサさんが悪戯っ子のように微笑んだ。

「何かご希望はあります？　ダンジョンに潜るので、探してきましょうか？」

「あら、冒険者さん？……そうねえ、いいわよ。薬草とか毒草とか、薬の素材になりそうなもの持ってきてくれたら買い取ってあげるわ」

彼女は、カウンターにマジックポーションの入った瓶を四つ置いた。俺は革のカバンに瓶をしまっていく。

「ちなみに冒険者ギルドに、あたしも採集依頼出してる時があるから、よかったら受けてくれると嬉しいな、お・兄・さ・ん」

「もちろんですとも」

是非もなし、である。美人の依頼は受ける主義だからね。

あぁ、と、ベルさんが呆れ成分込みのため息をついたのが聞こえた。

『なあ、ジン。あまり間に受けるなよ。この手の女は絶対、利用することしか考えてないからな？』

薬屋『ディチーナ』を出た後、俺とベルさんは、冒険者ギルドへ向かった。

今日も今日とて平常運転、特に何かあるわけでもなく、冒険者たちがいる中、俺たちは依頼を探すべく掲示板の前へ。

「おい、ジン。ワイバーンの討伐依頼があるぞ」

ベルさんが掲示板を見上げる。

——ワイバーンが一頭、王都方面へ向かっているとの情報が入った。これを討伐した者には、二万ゲルドの賞金を出す。

「なあ、ベルさん。こいつ、昨日のアレか？」

「たぶんそれだと思うぞ」

今掲示板に並んでいる依頼の中では、おそらくトップの報酬ではなかろうか。そしてそのワイバーンはすでに討伐済みだ。ワイバーンの爪や革を回収したから、討伐の証拠としてギルドに提出できる。

二万ゲルドいただきぃ——思わず手を伸ばしかけた俺だが、そこで止まった。依頼ランクが目に入ったのだ。

Bランク……！

俺はFランク。受けられるのはFか、ひとつ上のEランクの依頼まで。

ぬぉおおぉっ！　受けられないじゃねーか！

思わず頭を抱える。くそぅ。自分の正体＋能力を隠すために新規作成した弊害が……。かつての上位ランク者気分が抜けてなかったのか手を伸ばしかけちまった。

Ｓランクプレートは封印中だが、仮にそんなものを見せた日には、安穏とした生活をおくるという、ささやかな望みをドブに捨てるが如くの愚行と言える。

涙を呑んで見送ろう。……よくよく考えれば、Ｆランクがワイバーン狩りました、なんて言ったら、それこそ勘ぐられるか。いや、何か上手い具合に偶然が重なったことにすればいけるか……？

「さて、ランクに見合う依頼を探そうじゃないか」

後ろ髪を引かれつつ、依頼探し、なのだが。

「……ろくなの残ってないな」

知ってた。

Ｆランクが受けられる依頼というのは、他の下級ランクの冒険者たちも狙っており、争奪戦が繰り広げられる。

ランクの高い依頼は、上位ランカーが受けるものだが、それら上位者に比べると、下級ランクの冒険者のほうが圧倒的に多いわけで、重役出勤などしようものなら、実入りのよさそうな依頼はあらかた取られてしまう。

冒険者とは、様々な依頼を果たし日銭を稼ぐ者である。内容によっては地位や名誉を得て、騎士や貴族になる者もいる。誰でも登録でき、実力と運次第で一攫千金《いっかくせんきん》や称号を得られるが、それには相当の実力と少々の運が必要だ。

ただの思いつきや世間知らずが冒険者になっても早死にするだけである。なので、野心がある者、冒険を心から望む者を除けば、定職につける者がわざわざつく職業ではないというのがもっぱらだ。

そのため金持ちの道楽でなければ、下級ランクの冒険者というのは自らの生活費が掛かっているから、必死なのである。

そう考えると、俺はのんびりしてるもんだ。かつての実績にあぐらをかいている、などと言われてもおかしくない。のんびり過ごしたい、というのはある意味、すでに果たされているのかもしれんな。

一から出直ししている身なれば、気持ちを切り替え……る必要も今のところない。魔石を売ったおかげで、ひと月は余裕でやっていける。切迫はしていないが、ただ安穏としていればヤバいのは間違いない。

まあ、仕事自体はあるんだ。何も掲示板に並んでいるものが依頼のすべてではない。

苦労の割に実入りが少ない仕事とかあるにはあるし、依頼でなくてもモンスターを狩って獲得した素材や戦利品をギルドに売ることで、依頼の報酬こそもらえないが、収入はあるしな。

掲示板の依頼がしょっぱい以上、どうせしょっぱい依頼を受けるならギルド側が処理して欲しい依頼に当たるほうがいいだろう。

冒険者だけでなくギルドもまた、依頼の未処理が増えるのを嫌がるものだ。何故なら全体の依頼受注数が減少するからだ。ギルドは依頼の仲介料をとっている以上、依頼はたくさんあるほうが望ましい。

窓口へ行く俺とベルさん。今回は、前回のマロンさんは他の冒険者を受け付けていたので、別の受付嬢に。

「こんにちは」

「……どうも。ご用件は？」

ずいぶんそっけないお嬢さんのようだ。二十代前半。肩まで伸ばした黒髪に白い肌。目つきがやや鋭く、落ち着いた雰囲気をまとっている。

知的な感じだ。眼鏡とか割と似合いそうで、本とか読んでる姿とか絵になりそう。誘うなら静かな場所とかかな――。

「うん、仕事ができる人だと思う」

思わず口に出していた。受付嬢は、何言ってるんだこの人って顔になった。

「あぁ、失礼。あなたに見とれてしまってね。その黒髪は素敵だし、肌も綺麗だよね」

「は、はぁ……どうも」

困惑の表情を浮かべる受付嬢。うん、ちょっと入りがまずかった、と俺も思う。ただ冒険者ギルドの受付嬢なんて、ここに通うとなると常に顔を合わせる相手だから、なかよくしておきたいって思うじゃない？

ベルさんが念話を寄越す。

『なんだ、ナンパか？』

違うっつーの！　いや、まあ、違わないかもしれないけど。コホン――俺は気を取り直して、受付嬢に向き直る。

「依頼をいくつか見繕って欲しいんだけど」

「字が読めない人ですか？」

淡々と言われた。興味ないことにはそっけない系だな。わかってる、問題ない。

「よかった、掲示板あるからそっちから持ってこいと言われなくて」

「……」

受付嬢は何か言いたげな視線を寄越したが、諦めたようにため息をついた。……笑ったほうが素敵だと思うけどな。

「Fランクですか……安い仕事しかないですよ」

「だろうね」

いい仕事はもう持っていかれている。俺とベルさんが顔を見合わせて苦笑していると、受付嬢は難しい顔をして書類とにらめっこしていた。

「えーと、あなた魔術師ですよね。駆け出し魔術師でもできる仕事って……うーん」

悩んでいらっしゃる。意外と面倒見はいいかもしれない。いいね、そうでなくちゃ。

「いっそ、他の冒険者とパーティー組んだほうが早くないですか？　魔術師なら、駆け出しでも一緒に行きたいって冒険者いるでしょ」

「野郎はお断り」

「は……？」

「ソロで仕事したいんだけどね」

「そうですか」

どうも俺の力量を測れないために、どんな依頼を紹介すればいいか決めかねているのだろう。困っているようなので、とりあえず受けられる依頼見せてもらう。受けるかどうかはそこで選ぶから、と言えば、彼女はカウンターに依頼の紙を適当に広げ始めた。

オオカミ退治。熊退治。スケルトン討伐。荷物運び。薬草採集。毒草採集。……ホーンラビットの角狩り？

「これは？」

「……あー、何か工芸品の材料にするってやつですね。飾りとかにするんじゃないですか？　知らないですけど」

はっきり言う娘だなぁ。まあ、仲介しているだけだからな。何に使うかなんて依頼者が明かさない場合もあるだろうし。

薬草採集と毒草採集は違うところからの依頼だが報酬額が安すぎる。たぶんギルドに依頼の仲介料取られているから、手取りが少ないんだろうな。これ直接業者に持っていたほうが金になるかも。苦労の割に見合わない仕事ってやつだ。パンが二個買える程度の報酬のために近場の森に数時間から半日かけるってどうなのよ……。

それなら危険だが熊退治を選ぶほうが、まだよさそうだ。……クラブベアというのは、こちらでは初めて聞く名前の熊だが、比較的低ランクだから、さほどのことはあるまい。

「グレイウルフ討伐か……一頭仕留めれば金貨一枚か」

Ｆランクでも受けられる依頼の中では破格の報酬だ。熊などと違って、家畜を襲うオオカミは積極的に狩って欲しい獣ということで、報酬が高めに設定される傾向にある。

フッ、と受付嬢が鼻で笑った。

「オオカミ狩りは、狩人ならともかく魔術師には荷が重いと思いますよ。実際、もっと高いランクの冒険者でもオオカミ相手には難儀していますし」

「理由はわかるよ。オオカミは賢いし、足が速い。弓を持つハンターやアーチャーならともかく、近接戦主体の戦士だと、たとえＣやＤランクでも追いつけない」

「わかってるじゃないですか」

小馬鹿にしたように言われた。だが同時に、一頭に金貨一枚出る報酬がまだ選べる理由にも納得はできる。

よしよし、それでは。

「じゃあ、このグレイウルフ狩りと、スケルトン討伐、ついでに薬草採集と毒草採集、クラブベア討伐、ホーンラビットのやつ受ける」

「は？」

受付嬢は固まった。こいついきなり何言ってるの、と言わんばかりの目を向けてくる。

「あの、いきなりそんなたくさんの依頼を受けるのは……」

「え？　駄目だった？」

俺はカウンターに肘をつきつつ、真顔で言った。ここの冒険者ギルドって、複数の同時に依頼を受けるのは禁止なのか……？

「いや、駄目じゃないですけど……。あなたは駆け出しのFランクですよね？　いきなり複数の依頼を受けても、こなせないんじゃないんですか？」

「大丈夫だよ。問題ない」

はぁ、と受付嬢はあからさまなため息をついた。

「こういうこと、あまり言いたくないですけど、身の程ってのをわきまえたほうがいいですよ。冒険者になりたての新人によくある傾向ですけど、自分はできると思い込んで威勢よく受けたはいいけど、実際ひとつも依頼果たせなくて逃げ帰る人だっています。……いや、それはまだマシなほうで、命を落としてそれっきりって人もいる」

そりゃあそうだよ。冒険者ってのは命の危機と隣り合わせだからね。

「心配してくれてありがとう」

「いや、別にそういうんじゃなくて、いやそうなんですけど、そうじゃなくて……ああ！」

彼女ガリガリと自身の頭をかいた。

「依頼を受けて失敗されたら、ギルドにも迷惑がかかるってことです！」

結局は心配してくれていると思うけどね。俺は肩をすくめる。受付嬢は振り返った。

「すみません、ラスィアさん！　ちょっと来てもらっていいですか？」

カウンター奥の、ギルド職員たちのデスク。そこにいた褐色肌の長身美女が呼ばれてやってくる。

艶《つや》やかな黒髪、真紅の瞳を持つ美女。俺の心臓がドクリと跳ねる。

見惚れるほどの美人だ。そして髪の間から尖った耳が覗く。……エルフ、いや肌の色からしてダークエルフだ。

黒いワンピースタイプのギルド制服をまとう彼女は、他の制服に比べても飾り具が目立ち、それなりの役職の人物なのは一目瞭然だった。

「どうしました、トゥルペさん？」

涼やかな声。ラスィアを呼ばれた美女は、受付嬢——トゥルペさんというらしい、に声をかけた。

「その、このFランク魔術師が、依頼を複数同時に受けようとしてまして」

「あら、それは——」

ラスィアはその赤い瞳を細めた。

「はじめまして、当冒険者ギルド副ギルド長をしているラスィアと申します。少し、よろしいかしら……？」

美女の誘いなら断らない、それが俺だ。


副ギルド長ラスィアさんは、クールビューティーだ。

いや、そうじゃなく、駆け出し冒険者が複数同時に依頼を受けることの無謀さと、討伐系依頼を五回果たす前に死亡ないし引退する者が多いことを、冷静かつ丁寧に教えてくれた。

「あなたが多少、腕が立つ方だとしても、残念ながらそれを証明する手立てを私たちは存じていません。まずはコツコツと実績を積み上げて、私たちが安心して依頼をお任せできる実力があることを示していただきたいのです」

親切な美女に男は弱いんだ。まあ、話はわかる。わかるのだが、一件一件報酬が安い低ランク依頼を受けるのに、こう何度も往復するのは時間の無駄、というか非効率だと思うのだ。

「実力さえ示せば複数同時に受けても問題ない。今断られているのは、僕に実力がないと思われているから、そう言うことですね？」

ああ、僕なんて言っちゃった。いつもは俺だし、公の場では私だったりするけど。

「そう受け取っていただいて結構です」

ニコリ、とラスィアさん。要約すると、ようやくわかってくれましたか、この雑魚、である。でも素敵な笑顔で言われると、たとえ心の中で何を言われていようが平気になれるのが男の悲しい性。

「では、とりあえず簡単そうなのを一、二件。残りは戻ってきて、まだ依頼が残っていたらその時改めて、その場で受けるという形でよろしいですか？」

「……ええ、構いませんよ」

少し間があったのは、俺が言った意味を考えたからだろう。そして特に問題ないと思ったか、そう返事してきた。

俺は『グレイウルフ討伐』と『薬草採集』の二つを受けた。ラスィアさんは意見を挟まなかったので、同時に二件受けさせてもらった。

「ああ、ラスィアさん。ちょっとお聞きしますが、僕はFランクなんですけど、もし上位ランク……

例えば、ワイバーンを討伐した証拠を持ってくれれば依頼を受けて、その報酬もらえたりします？」

受付嬢のトゥルペさんが「はぁ？」と呆れを露わにすれば、ラスィアさんは少し困ったように顔を傾けた。

「それは……難しいですね。受けてもいない者が、依頼を果たした後に受けたと聞いたら、依頼主が報酬を出すことを渋るかもしれません。あなたが出したワイバーンの例えだと、それを倒した冒険者のことも知られるでしょうし。FランクではBランク依頼を受けられないという規則ですので」

依頼主がなんやかんや理由をつけて報酬を出さない可能性が高くなるということか。オーケー、それなら仕方ない。

「わかりました。どうもありがとう」

俺がお礼を言えば、ラスィアさんは一礼して戻っていった。うーん、後ろ姿も素敵。ダークエルフさんを見送り、俺は依頼手続きを済ませてトゥルペさんにひとつ質問した。

「依頼とは別に、魔獣の解体場とかあるよね？」

「ええ……。持ち込んだ魔獣の解体はもちろん、素材の買取もしてますよ」

胡散臭そうな顔でトゥルペさんは言うのである。彼女にとって俺は厄介な客に認定されてしまったかもしれない。なかよくしたかっただけなんだけどな。

さてさて、ところ変わって、冒険者ギルドの正面フロア右手の奥には、解体場がある。

奥の解体場は、自分で解体できない冒険者が有料で解体してもらったりするための場所で、倉庫のように広い。

持ち込み解体を行っているので、中を見学すれば、いろんな魔獣や獣の死体を見ることができるだろう。ちょっと血の臭いが漂っているのが、慣れない人には難点か。

俺はワイバーンの素材を売り払うことにした。Bランク依頼を受けられない以上、ワイバーン素材を持っていても仕方ないのだ。Fランクがワイバーン狩ったって怪しまれないか？　聞かれたら冒険者パーティーの代表で来た、とでも言えばいいさ。

解体場の入り口脇には、素材買取用の窓口がある。そこにいたのは眼鏡をかけた、いかにも事務職といった平凡な顔立ちの男性職員。なおエプロンをしているが、血の跡がついていたりする……。

「どうも、素材の買取をお願いします」

「どうぞ。……モノは何です？」

この人も愛想はないが、淡々と仕事を進める感じだ。解体とか日常的にやっていると、無感動な人間になるとか何とか。

「ちょっとした大物です」

ワイバーンです、と言うのが少し気恥ずかしかった。だって今、Fランクのド素人魔術師を演じているから。

「……ほう。これは」

眼鏡の職員は、表情こそ変わらなかったが、まじまじと俺が置いた爪と鱗を観察する。

「リザード……いや、これ、ワイバーンですね。へぇ、意外に早く討伐されたものですね」

感心の声を上げるが、職員は俺のほうを見なかった。並べられた爪六つと鱗——アーマー三着分くらいになるそうな――、ワイバーンの歯をいくつか。職員は、カウンターの奥にあるノートのような羊皮紙の本をとると、それに目を走らせながら査定を行う。

さらに紙――買取査定書に、素材とそれぞれの査定ランク、金額を書き込んでいく。

買取額、合計九千五十七ゲルド。……あれー、これ。

ちょっと思いがけなく高額なような。いや、そりゃBランク指定のワイバーンだから素材が高く買い取ってもらえるのはわからなくもない。

えーと、確か依頼だと報酬二万ゲルド……。あの大きさからすると、俺が持ち込んだのは半分どころか三分の一以下だ。爪や歯が高く査定されたのか。……ひょっとして、あの依頼の二万って実はかなり安い額だったり？　えぇーと、以前狩った時、いくらもらったっけ……？　うーん……。

「君の持ち込んだ素材だけど」

男性職員の淡々とした声に我に返る。

「非常に状態がよい。特に鱗は綺麗に剥がしてあって、切り傷や傷みもない。たぶん、傷のある部位はとってこなかったんだろうが」

「どうも」

「この金額でよければ、サインを」

俺は羽根筆を借りて、査定額の書類にサインする。男性職員も同様にサインをすると、振り返って声を張り上げた。

「ピーノ、金貨だ！　金貨持ってこい！」

先ほどまでの淡々とした調子からは想像できない大声だった。思わず俺も振り返れば、フロア休憩所の冒険者たちにもその声が聞こえたようで、こちらに視線を向けてきた。……嫌な予感がしてきた。

「すまんね。この窓口で、まとまった金貨を出すほどの買取ってあまりないから」

淡々と眼鏡の職員は言うと、金貨九枚をカウンターに置いた。そして銅貨を並べようとして手を止めると、銀貨を一枚出して、査定額に訂正の線を引いた。九千百ゲルドと書き直したのだ。

四十ゲルド余分にもらえた。たぶん、銅貨を五十七枚並べて数えるのが面倒だったのだろう。こういうところは日本人とは違う、外国、いや異世界人の傾向だった。

Bランク依頼を受けられる身だったら、素材売った金以外に二万ゲルドもらえたわけだが……まあ、結構な額で買い取ってもらえたらからよしとしよう。滑り出しとしては悪くない。

俺は、借りてきた猫のように大人しいベルさんと冒険者ギルドを離れる。一応、依頼を受けているから果たさないとね。

「そういえば、ベルさん、ほとんど喋らなかったね」

「なんだ、喋って欲しかったのか？」

ふふん、とベルさんが言った。

「窓口でオイラが喋ることとなんて特にないだろ？」

それよりも、と、ベルさんは振り返った。

「何か、やな感じの奴らがつけてきてるぞ」

「……ああ、たぶんアレだ。俺いま金貨持ってるからね」

ギルドの入り口があるフロアには休憩所があって、解体窓口は近い。あの眼鏡さんの大声で高額買取があったのが聞こえたのだろう。

「さて、どうしたものか」

いわゆる初心者狙いのゴロツキ冒険者か。食うに困って、金を奪おうとする強盗まがいの行為に走ろうとしている冒険者か。たまにいるんだよな、恐喝や暴力に訴える悪党崩れが。

仕方ないので通りを避けて、狭い路地に入り込む。ひと気のない場所に入ったのを見て取り、追跡者たちは一気に距離を詰めてきた。

「あらまあ、行き止まり！」

「ジン、もう少し上手に演技できね？」

あまりの棒読みに、ベルさんから突っ込みが入った。

路地は行き止まり。そして退路は、三人の男たちに塞がれている。

うん、絶体絶命のピンチだー！　と心にもないことを言いつつ、俺は冒険者ギルドで見かけた三人を眺める。

「さて、俺に何かご用かな？」

「わかってんだろ……」

へへ、とガラの悪い男その一が言った。

レザーアーマーをまとった軽戦士が三人。いや、ひょっとしたらシーフかもしれない。ガラの悪い男その一は、斧を持った青年。その二はスキンヘッドで骸骨《がいこつ》じみた顔、武器はショートソード。その三はバンダナを巻いた、いかにも荒くれ者といった風貌で、ダガーが得物だ。

「ようルーキー。オマエ、金持ってんだろ。大人しく出したら、怪我しないで済むぜ?」

見た目、ガキな俺だからか、ガラの悪い冒険者たちは嫌味ったらしい顔でニヤニヤしている。ちょっと脅せば、大人しく従う、とでも思われているのかね。

「魔法使いらしいが、新米のオマエにオレたち三人を相手できると思ってるのか? たとえ一人に魔法をぶつけても、この距離だ。残る二人がオマエをぶちのめすぜ」

「……どうしようか、ベルさん?」

「ぶちのめしていいんじゃね。オイラたち、言いがかりつけられるような悪いことは、何もしてないぞ?」

確かに。この現場を見た人間は、おそらく十人が十人、向こうが悪いと思うだろう。……まあ、その見ている人なんていないんだけど。

「ちなみに皆さん、冒険者ですよね? ランクをお伺いしても?」

「は? Eランクだが、それがどうした?」

何かキレ気味に返されたのは、たぶん自分でもちょっと恥ずかしいと思っているのかもしれない。残り二人は何も言わないので、たぶんランクは同じだろう。

では――冒険者先輩として後輩を教育してやろう。

「冒険者の心得その一、見た目で判断するな」

「はぁ？　なに言って――」

沈黙――俺の魔法が、ガラの悪い男その一から言葉を奪う。突然、声が出なくなり、男は喉元《のどもと》に手を当てる。何とか声を出そうとするが、傍から見ると、まるで胃の内容物を吐き出そうとしているようにしか見えない。

「お、おい？」

周りの二人が、言葉を失った男を訝しむ。

「冒険者の心得その二……決して、敵から目を離すな」

スキンヘッドが突然、首を押さえてもがく。俺は左手を向け、そいつの首を魔力で絞め上げる。

「くそうっ！」

バンダナ男がダガーを手に突っ込んでくる。俺は左手を振るう。スキンヘッド男の身体が宙を浮き、俺に突っ込んでくるバンダナ男の身体に横からぶつかった。スキンヘッドとバンダナ男はそのまま気を失う。

俺は、先ほどから膝をついて必死に声を出そうとしている男へと歩み寄る。

「このランクプレートが見えるか？　ん？」

Fランクのブロンズプレートを俺は見せ付ける。

「そう、Fランクだ。だが後輩君。君の目の前にいる男は、本当にFランクだろうか？　疑ったことはないか？」

男の顔がみるみる青ざめる。

「冒険者ギルドにいる冒険者は、本当にランクどおりの奴ばかりなのだろうか？　こいつは本当は上位ランク者で、何か目的があって低いランクにいるのではないか……？」

声にならない悲鳴。俺は、そんな彼をじっと見つめた。

「俺は寛大だ。だが二度目はない」

てめえらみたいなクソ雑魚を捻るのなんて簡単なんだよ、こっちはね。戦場の地獄を見てきた俺の目は、はたしてこいつにはどう映っただろうか。……まあ、どうでもいいが。ぶっちゃけ、野郎には興味ない。

ベルさんに声をかけ、俺は路地を後にする。沈黙の魔法を解除してやれば、男は嗚咽《おえつ》を漏らし、うずくまった。

「泣かせた」

ベルさんは何か言いたげな調子だった。俺は肩をすくめる。

「野郎がいくら泣こうが知ったことか。むしろそれだけで済ませてやったんだ。感謝して欲しいくらいだね」

反撃しなかったら、ボコられていたのは俺のほうだぞ。因果応報ってやつだ。

さてさて、それじゃさっきギルドで受けてきた依頼をこなしにいくか。何だっけ、あーそうそう、オオカミ狩りな。

「はい、依頼達成を確認しました」

冒険者ギルドの窓口で、受付嬢のマロンさんが、依頼達成証明書を確認しながら笑顔を向けてきた。

「グレイウルフを二頭も狩ったんですね。初討伐でこれは凄いです」

「そうかい？　狩人とか、オオカミと向き合ってる冒険者なら仕留める人もいるでしょ？」

俺は、報酬を受け取りながら答えた。グレイウルフ討伐一頭で千ゲルド＝一金貨。二頭で二金貨。そして薬草採集依頼の達成で銅貨五十枚。……銅貨が一円なら、銀貨が百円扱いなので、その中間の十円に当たる硬貨が欲しくなる。

「確かにグレイウルフ依頼を一回で果たした冒険者さんはいますが、初回で二頭を一度に狩ってきた人は、私の記憶にはないですね」

素朴な美女であるマロンさんが笑顔でそんなことを言うと、俺も少しこそばゆいものを感じる。

傍らで聞いていたベルさんもにっこり。

「どうやったんです？」

「なに、獣ってのは自分の縄張りにうるさいのさ。そこに土足で踏み込んでやれば、向こうからやってくるんだよ」

グレイウルフ自体は強くないが、追いつくという意味で討伐が困難。だったら追いかけなければいい。襲わせればね。

「もし興味があるなら詳しく話すけど？　お昼一緒にどう？」

「……えーと、約束があるので、お気持ちだけで」

そりゃ残念。

それはさておき、強さの割りに報酬額が高いオオカミを仕留めたことで、しめて報酬二千五十ゲルドの獲得である。労働者の平均日給が三百ゲルドであることを考えれば、充分すぎる額である。

「あー、それでマロンさん。依頼二件をこれで果たしたわけだが、次の依頼も受けたいんだが……いいかな？」

「二件終えたばかりなのに、もう次の依頼ですか？」

マロンさんが目を見開く。俺はカウンターに肘をついてもたれながら、「まだ昼前だし」と言えば、褐色肌の少女職員は頷いた。

「そうですね。まだ日が高いですから。でもでも、頑張りすぎはよくないですからね。冒険者に成り立ての方は、討伐依頼を五回――」

「遂行する前に死ぬか引退する者が多いって話ね。ありがとう、心配してくれて」

本心からの笑みが出た。そういう心遣いは、嬉しいものだ。

「マロンさんは優しいな。この仕事、色々なこともあるけど、君と話しているとホッとする」

「そ、そうですか？　なんか照れちゃいますね」

はにかむ彼女に、俺もにっこり。さっきは断られたけど、もう一押ししたら――。

『おーい、ジン。彼女にその気はないぞ。しつこいのは嫌われるぞ？』

ベルさんがやんわり、しかしどこか呆れ口調だ。失敬な、今のは誘いとかじゃなくて、純粋に褒めたの！

お疲れ様です、とマロンさんの癒やしボイスが五臓六腑に染み渡る。これ聞くだけでも価値はあるのだ。

「それで、朝に来た時、確かホーンラビットの角のやつと、クラブベアだかの討伐の依頼があったと思うんだけど、まだ残ってるかな？」

「クラブベ⁉……確認しますね」

マロンさんが確認に席を離れる。待つ間、俺はカウンターに座るベルさんと他愛ない お喋り。

「お待たせしました。まだ依頼残ってました。受けられますけど……その、受けられるんですか？

クラブベアの討伐依頼」

「ああ、頼む」

俺が頷いたら、マロンさんが物凄く心配そうな顔になった。マジで心配されちゃってるみたい。

「大丈夫。クラブベアなら昔相手したことあるから」

嘘です。でも何も心配いらないよマロンさん。こっちはもっとおっかないドラゴンとか倒しているから。

「殴り合うならいざ知らず、俺は魔術師だから対処できる」

「そう、ですよね。ジンさんは魔術師ですし。でも油断はしないでくださいね」

「ありがとう。またよろしくね」

依頼手続きを終え、マロンさんに礼を言った俺は窓口を離れ、そのままギルドの出入り口へ足を向ける。ベルさんが口を開いた。

「……もう達成しているから、受けたその場で終了手続きすると思ったんだが」

「どうせ昼飯食いに出るんだし、少し時間を置いたほうがいいかなって思ってさ」

単純に、もうクマ倒したよ、って言うタイミングを逸したというか。マロンさんが表情豊かなもので、つい、つい。

クラブベア。こいつは適当な木を倒して、それを鈍器として振り回す。だがこれも、オオカミ狩りの片手間に討伐を済ませていたりする。


トゥルペ・メランは、黒猫を連れたFランク冒険者の魔術師少年がギルドを出ていくさまを、ぼんやりと眺めていた。

そろそろ食事時ということで、窓口が暇になっていた。隣のカウンターのマロンは真面目に書類整理していた。

「ねえ、マロン。先、食事行ってきなよ。ここあたしが見ておくから」

「んー？　もう時間かー。わかりましたー、先にお昼行ってきまーす」

冒険者相手だと普通の口調だが、仲間内だと、妙に間延びした口調になるマロンである。結構、田舎者。

マロンが席をはずし、トゥルペは窓口に肘をついて、ぼんやりと時間が流れるのを見やる。冒険者ギルドの一階フロアは閑散としたもので、時間はずれの冒険者がやってくる様子もなく、また掲示板の前には誰もいない。

いや、いた。ただしうちの職員だ。

三十代にも四十代にも見える、背の高い細い男性。眼鏡をかけた淡々とした顔立ちの彼は、ソンブルだ。

解体部門のチーフをしているが、血のついたエプロン姿でウロウロしていると、ちょっと怖い。血の匂いは職業病だから仕方がないとはいえ、あの表情が動かないところは、トゥルペは苦手だった。そのソンブルが、掲示板を離れると窓口――今はトゥルペしかいないため、真っ直ぐこちらへとやってきた。……怖い！

「メラン君。あのワイバーンの討伐依頼は新しく貼り出されたやつかね？」

「はい……？」

新しく？　どういう意味だろう、とトゥルペは首をかしげる。

「今朝、貼り出された依頼ですけど。……新しいと言えば新しいですけど」

Bランク依頼で、確か重要案件扱いだったやつだ。ただ、運悪く王都の上級冒険者が出払っているために、指名依頼にすべきかとギルド長と副ギルド長のラスィアが言っていた。

なお、その二人は上級冒険者でもあるので、都合がつかなければ自ら赴《おもむ》くか、とも話していた。

「今朝の？　ではまた別のワイバーンが出たわけではないのだな？」

「……ええ」

この人は何が言いたいのだろうか？　まったくわからないトゥルペである。

「そういうことなら、今掲示板に貼ってあるワイバーン討伐の依頼書、剥がしておいたほうがいい」

「はい……？　あ、指名依頼になったんですか？」

もしそれなら確かに剥がしておかなくてはならない。Bランク依頼なので、Cランク冒険者が受ける可能性もあるのだが、指名依頼となれば、いつまでも掲示板に貼るわけにいかない。

「いや、そのワイバーン、たぶんもう討伐された」

ソンブルは、例によって表情ひとつ動かさずに言うのである。討伐された？——トゥルペは眉を吊り上げた。

「どういうことです？」

「今朝、ワイバーンの解体素材を持ち込んだ冒険者がいた。まだ新しいやつだった」

「え……それじゃあ」

トゥルペは席を立つが、ふと気づく。

「でもおかしくないですか？　討伐したのに、掲示板の依頼書見なかったんですか、その冒険者」

二万ゲルドの報奨金が出る依頼だったはずだ。それを見逃したとあれば、その冒険者はその二万をみすみす捨てたことになる。

「さて、それは私にもわからんな。だから掲示板見たときは首をかしげたか……。まあ、そんなことはどうでもいい。とりあえず、剥がしておきなさい。いないワイバーン求めて時間を無駄にする冒険者を作らないためにも」

「わかりました」

トゥルペはカウンターを離れ、掲示板のもとへと歩く。ソンブルもついてきたので、聞いてみる。

「ちなみに、そのワイバーンを討伐した冒険者ってどんな人だったんです？」

「初めて見る顔だったな。灰色ローブの少年だ。名前はそう……ジン・トキトモとあるな」

「は――？」

剥がしたばかりの依頼書がトゥルペの手から落ちた。その名前は……あのFランク？

「ええっーーー！！！」

トゥルペは素っ頓狂な声を上げた。


昼飯を王都の料理処で適当に済ませた俺とベルさんは、一度宿である『岩』に戻り、狼肉をお土産に料理担当のおばちゃんに渡した。おばちゃんは、思いがけない肉が手に入ったことを喜び、晩御飯を楽しみにしておいてと言っていた。

さて、冒険者ギルドに戻った俺たちは、一時間ほど前に受けた新たな依頼の達成を報告する。マロンさんは休憩でお留守だったが、トゥルペさんはいたのでそちらへ。

「クラブベア討伐……は、早いですね」

トゥルペさんは、何故か緊張の面持ちで依頼達成証明書を見つめていた。Fランクをどこか軽く見ていた彼女の様子が、明らかに違って見えた。

「あ、あの、ジンさん」

唐突に彼女は声を落とすと、顔を近づけてきた。

「ひとつ聞いてもよろしいですか？」

「ん、うん」

どうしたの？　怪訝《けげん》な俺に、トゥルペさんは周囲を気にしながら言った。

「……ワイバーンを狩ったって本当ですか？」

何故知っている？　と一瞬思ったが、ワイバーン素材をここのギルドの解体部門に買い取ってもらったのだから、知られても当然か。

俺も声を落とした。

「あまり大きな声で言うつもりはないが、答えはイエスだ」

ちょっと反応が見たくて、正直に答えてみた。トゥルペさんは、一瞬絶句し、内緒話をするように小さな声で言った。

「あの、こんなこと言うと失礼かもしれないですけど、ジンさんって、実は高名な魔術師のお弟子さんとか、あるいは宮廷魔術師とかだったりします……？」

俺は思わず顔がにやけそうになる。手のひら返しがきたかな？　いや笑うのは失礼だけど、いかん、ちょっとこの子面白いな。そう思ったら、俺の悪い癖が出てきた。

「誰にも言わないって誓えるかい？」

トゥルペさんはゴクリと唾を飲み込み、コクコクと頷いた。俺は革のカバンを引っ張り、カウンターの上に置くと開いて、中に入っている薄緑色の小さな板切れを見せた。

冒険者を示すランクプレート。そして薄緑色といえば希少な魔法金属オリハルコン製。もちろん名前のところは指で隠している。

「……Sランク冒険者の証！」

しー、と俺は人差し指を立てて口元に当てる。

「さて、問題です。このオリハルコンプレートが、何故ここにあるでしょうか？」

一、俺の本当の冒険者プレートだから。
二、この冒険者プレートの持ち主を殺して手に入れた。
三、この冒険者プレートの持ち主から盗んだ。
四、拾った。
五、買った。

生温かな目で答えを待てば、トゥルペさんは顎に手を当て考え込んだ。

「まず、二はないかな……」

「いいね、どうしてかな？」

「だって、Sランク勇者を殺すなんて、普通の人ではできない。仮にできるなら、その人はSランクに匹敵する実力者ということに」

「闇討ちしたかもよ？　あるいは暗殺したとか」

「それも難しいのでは。そもそもSランクって、人間やめた化物みたいな人だって」

「……否定はしないな」

「三の盗んだもないですね。たぶん、手を出したら間違いなく生きて帰れない」

「うん、Sランクが君の言う化物なら、そうかもね。……でもうっかり盗まれることもあるかもしれない」

「……四は」

あ、無視した。

「拾った、というのも無理がありますね。同様に五の買った、というのも。そもそも冒険者ランクプレートは身分証明で、だいたい肌身離さず持っているものです。落としたり失くしたりなんてことになれば徹底的に探すでしょうし、Sランクの冒険者が売るほど生活苦になるなんて事態はありえないので売り買いというのもありえない……そうなると」

トゥルペさんはゴクリとまたも唾を飲み込んだ。

「……」

「……」

「……あの、なんでSランクなのに、わざわざ新規に作り直したんです？」

「公には、俺は死んだことになっている」

俺はトゥルペさんの顔を間近に見ながら言った。距離にして二十センチも離れていない。周囲から見れば、親密ともとれる距離である。彼女は気づいていないようだけど。

俺は至極真面目ぶって、しかし囁《ささや》くように優しく告げる。

「君にだけは話したけど、今の話は他言無用だよ。……もし誰かにバラしたら……俺は君を殺さなくてはいけない」

もちろん冗談である。俺が本気で彼女を殺すなんてことはない。

だがトゥルぺさんは絶句している。真面目に考えてくれての反応だ。俺はわざと軽い調子で言った。

「秘密だからね、約束だよ？」

「……はい、もちろん」

トゥルぺさんは歪な笑みを浮かべる。知りたくなかったそんな秘密、というやつか。あまりからかうのも可哀想だな。

「まあ、殺す云々はしないよ。……でもそうだね、俺の言うこと何でも聞いてもらうつもりだから、そのつもりで」

「えっ……と、何でもって？」

「何でもさ。……何をしてもらおうかなー」

「気をつけます。誓って、言いません」

「そう……？」

ちょっとがっかり感を出しておく。

「さ、仕事の話に戻ろうか。クラブベア討伐と、ホーンラビットの角採集を達成。あと何が残ってたっけ？」

「は、はい！　毒草採集とスケルトン狩りです。あ、あと、薬草採集系とグレイウルフ討伐は常時発生している依頼なので、まだ受けることができますが」

背筋を伸ばして真剣な顔で、残る依頼の紙を見せるトゥルペさん。

「四つ同時に受けたら駄目だし」

「いえ、ジンさんなら問題ないと思います」

「でも俺、Ｆランクだよ。上のほうでもめない？」

「あ、あたしが上手く処理しておきますので、だ、大丈夫です、はい」

何とも話が早いというか、通しやすいというか。これまでの態度が嘘のような変わりようだ。

まあ、Ｓランク冒険者なんて、化物に足を突っ込んでいる以上に、ギルドからしたら英雄も同然の相手となるわけだから、無理もない。……デートに誘ったら、受けてくれるかな……？

「いやまあ、Ｆランクからの出直しだし、別に贔屓《ひいき》とかしなくていいからね。俺はガキの姿してるけど、これでも一応、三十の大人だから」

大人げない大人である。

新たに依頼を受けて、冒険者ギルドをあとにする俺に、ベルさんは意地の悪い調子で言った。

「わざわざプレート見せる必要はなかったんじゃねえの？　案外、ジンさんは口が軽いな」

「百聞は一見にしかず、ってな。回りくどい説明しなくても一発で済んだろ？　まあ、ビックリさせてやれって、ちょっと悪戯心が働いたのは認めるよ」

「調子がいいところがあるもんな。……ジンよ、お前さんは相当ワルだな」

何だかとても楽しそうにベルさんは言うのだった。

第四章　冒険者な日々

トゥルペさんに本当のランクを明かしてから一週間が経った。

俺は適当に冒険者ギルドに行き、いくつか軽い依頼を果たしていた。連日、オオカミ狩りをしてもいいのだが、あまりに毎日だと悪目立ちするだろうから、ちょっと日を置いたりしていたのだ。

先日は、ギルドが抱えていた不人気依頼の、王都地下水道のスライム狩りを紹介してもらい、それを達成した。

冒険者ギルドとしては、受注されない依頼が残り続けるのは困るから、そういう依頼を積極的に俺がこなすことで、受付嬢さんたちの好感度を上げることができるのだ。

正直、スライムなど、魔術師にとっては雑魚だし、駆除してまわる数が多かったことを除けば楽な仕事だった。

さて、掲示板のほうを見れば、人だかりができていた。いつにも増して多い気がするが、何より皆難しい顔をしている。

反対側の休憩所に目を向ければ、冒険者たちがやはり深刻な顔で話し合っているのが目に付いた。

……何か、あったのかね。

今日も窓口にはトゥルペさんとマロンさんがいて、比較的マロンさんは忙しそうだった。トゥルペさんは普段の愛想ない対応のせいか、冒険者たちもマロンさんのほうに行く率が高い。なので、俺とベルさんは、トゥルペさんの窓口にするりと向かうことができた。

「おはようございます、トゥルペさん」

「ジンさん、おはようございます！……って、大変ですよ、ジンさん」

周囲のざわつきを考えると、何かトラブルがあったんだろう。冒険者がらみの。

「何があったんだ？」

俺が聞くと、トゥルペさんは、一度周囲を見回したあとで、声を落とした。

「昨日、ダンジョンで冒険者が二人、殺されていたのが発見されたんですよ……！」

殺された……？

俺とベルさんは顔を見合わせた。冒険者がダンジョンで死ぬことは珍しくない。特に駆け出しのFランクや、EやDランクの下級冒険者がちょっとした油断や無茶して魔獣に喰い殺されたりなどというのも、よくある話だった。

「いえモンスターではなくて、どうもやったのは、人らしいんですよ。殺人です、殺人！」

冒険者には荒くれ者も少なくない。普段の言動によっては恨みを買い、ダンジョンなどに遠出した際に、襲われて殺されるなんてこともない話ではない。

「それが二件。まったく別の場所で起きたから問題なんです。一人はEランク。もう一人はCランクの冒険者だったんですけど」

「Cランク」

そこそこ強い冒険者か。それを殺すとなると……正面から挑むなら同等かそれ以上の実力者。不意打ちや罠などを使うなら、低いランクの冒険者や盗賊などでも可能か。

「追い剥ぎか何かか？」

「はっきりしたことはわかっていないのですが、どうも物取りではなく、冒険者を狙った冒険者狩りではないかと、上のほうで話していました」

盗賊やアイテム狙いではない、というのは、死体から金目のものが盗られなかったからだろうか。それにしても、冒険者狩りとはね……。

「それで周りがざわついていたのか。まあ、気をつけるよ」

俺が言えば、トゥルペさんは首を横に振った。

「なに他人事みたいなこと言ってるんですか！　今回のことで、単独でのダンジョンへの侵入が禁止されたんですよ。今回の事件の調査が終わるまで、ソロでのダンジョン依頼は受けられません」

つまり――。

「ジンさん、ソロじゃないですか？　他の冒険者とパーティー組まないと、ダンジョンがらみの依頼受けられませんよ？」

「……なんだって？」

俺は思わず聞き返した。冒険者狩りだか何だか知らないが、よその話だと思っていたら、俺の仕事にダイレクトアタックじゃないか！　マジかよ……。

「まあ、パーティーを組めば問題ないんですけど……その、ジンさん。パーティー組む人に心当たりあります?」

「特にいないかな」

「あぁ、ぼっちだからな、お前さん」

ベルさんが、ボソリと言いやがった。野郎と組むのは嫌なだけだよ。ベルさんは別だけど。

トゥルペさんが目を丸くして、ベルさんを見た。

「え、今、この猫、喋りましたよね……?」

「そうか、ベルさんがいた」

俺は、その黒猫をつかみ、トゥルペさんの目の前に出した。

「トゥルペさん、ベルさんを冒険者登録してくれ。代筆は俺がするから」

「え……はあ?」

呆然とするトゥルペさん。ベルさんは俺の手の中で、何やら照れだした。

「えへへ、オイラが冒険者か? へへ」

「あの、ジンさん。さすがに猫はちょっと……」

「あぁっ?」

ベルさんが声を荒げた。……まあ、そうなるよな。

俺は首を捻る。人間形態になったベルさんだったら、たぶん問題ないだろうけど。

それにしても、冒険者狩りとか、物騒な世の中だよなぁ、といまさらながら思った。

なお、ソロでダンジョン関係の依頼を受けられなくなっただけで、別にダンジョンに入れなくなったわけではない。わざわざダンジョンの入り口に、ギルド職員を置いたり、冒険者に監視させたりはしていないのだ。ただ、個人的に素材を手に入れたりするためでない限りは、入ってもお金にならなくなった、ということである。

もちろん、ソロで入って例の冒険者狩りにやられた、となれば、完全に自己責任だが。

仕方ないので、常時依頼の出されているグレイウルフ討伐をしつつ、ダンジョンに行かなくてもいい依頼をこなしていくことになる。早くソロ制限解除されて欲しいねぇ。

「そこはお前、他の冒険者とパーティー組めばいいじゃねえかよ」

ベルさんが至極真面目な指摘をするが、俺は無視するのである。

女の子から頼まれるのならともかく、自分から声をかけるなんてとんでもない。

だって、どう考えても、ほかの冒険者とパーティー組んだら、こっちの行動力が大きく下がってしまう。ベルさん、あんた、俺以外の冒険者を乗せて空飛ぶ気ないでしょ？

ダンジョンが駄目でも他の場所に行けば、魔獣やモンスターがいるところはある。ベルさんの飛行形態を利用すれば、遠方でもひとっ飛びだ。

王都近場の森でグレイウルフ用の罠を仕掛けたら、いろんな場所に行って、狩場を開拓する。

今のところは、ボスケ大森林地帯が魔獣が多くて、オススメポイントである。以前、アーリィーが、冒険者や狩人以外入る人がいないと行っていた場所だが、確かに奥へと入り込むと、出てくる魔獣も、そんじょそこらでは見かけないようなものが出てくる。

「おやおや、マンティコアじゃないか」

一見すると大柄のライオン。だが尻尾が巨大なサソリの尾、もちろん毒針付き。そしてその獅子《しし》の顔が、どこか人面っぽいのが特徴だ。

燃えるような赤い毛並。そしてそこそこの図体の割りに足が速く、好物は人肉というが……。こんなところに冒険者や狩人以外に人なんているのかね……？

まあ、要するに、俺のことも絶賛獲物としか見ていないということだ。返り討ちにしてやんよ。

シャドウバインド！

マンティコアの足元、影が蠢き、その四本の足に絡みつく。咆哮を上げる魔獣だが、その足の速さで挑まれると面倒だから先手必勝で動きを封じる。逆に言うと、このマンティコアは俺を見つけた時に突進すべきだった。威嚇《いかく》してに睨みつけてくる間に、勝機を逸したのだ。

マンティコアには猛毒の尻尾があり、刺されればこちらも命はないが、近づかなければどうということは――。

「!?」

すっと、マンティコアが息を吸う。それが竜などのブレスを使う攻撃動作に見えた俺はとっさに、マンティコアの正面から逃げた。

一瞬遅れて、針のようなものが十数本放たれ、俺が先ほどまで立っていた場所を通過した。おいおい、マンティコアって針のブレスなんて使うモンスターだったっけか？

「ライトニング！」

お返しとばかりに電撃をその顔面にぶつけてやれば、マンティコアは悲鳴を上げ、そして絶命した。脳天ぶち抜かれれば、さすがにひとたまりもない。

「まあ、そうね。いくらゲームチックとはいえ、異世界なんだもの。そりゃ毒針ブレスなんて技持ってるなんてこともあるよな……」

俺がひとり呟けば、様子を見ていたベルさんは、あくびを漏らした。

「マンティコア素材、ゲットだぜぇー」

「棒読みやめてー」

俺も棒読みで返しながら、さっそくマンティコアの解体作業を始める。

狩ったモンスターの素材は、冒険者ギルドが買い取りしてくれるので、ダンジョン系依頼ができなくても、まあお金を稼ぐことはできる。何か貴重なものがあれば、俺自身が道具や武具製作の素材にするし。

「合成か……」

「ん？　どうした？」

「いや。そういえば武具合成を最近してなかったな、と思ってね」

素材同士を結合ないし融合させて、別のモノに変換する合成魔法。これまた昔遊んだＲＰＧの影響で、アイテム合成とかできないかなーと考えた結果、魔法具作りの一環で習得した魔法である。

以前、アーリィーに貸したライトニングソードとエアバレットは、それで作り上げた合成武器だったりする。

そういえば貸したままなんだよな。いまさら取りに行くということもできないので、あげてしまったに等しい。元気にしてるかねぇ、王子様、もといお姫様は。

「合成武具を、ギルドに売りつけるのか？」

ベルさんの声。俺は呟く。

「魔力消費がデカいのがネックなんだよなぁ。でもまあ、適当な素材あるなら、それも手だよな」

ぼんやりとそんなことを思っていると、解体中のマンティコアの遺体の中から――。

「やった。魔石発見！」

魔法的な能力を持つ魔獣には、魔石があることがある。すべての獣にあるわけではないが、このマンティコアに魔石があるということは、何か魔法的な技やスキルを持っていた率が高い。足の速さか、あるいは、あのニードルブレスかもしれない。

思いがけない魔石発見に俺がニヤニヤしていると、ベルさんがピクリと反応した。

「ジン、お客さんが来たぜ。空からだ」

新たな魔獣のご登場。やってきたのは……鷲《わし》の前半分と翼、獅子の後ろ半分を持つ飛行魔獣、グリフォンだった。

「どうする、ベルさん。こいつも俺が倒してしまっていいのかい？」

「譲ってくれるのかい？　嬉しいね、退屈すぎて死にそうだったんだ」

ベルさんは不敵に笑うと、その姿を暗黒騎士姿に変えた。禍々《まがまが》しい暗黒オーラをまとい魔王様は飛んだ。

「それじゃ、遠慮なく！」

「身体が冷えるもの？」

薬屋『ディチーナ』店主である、魔女エリサさんはカウンターで、俺の質問に首をかしげた。

「魔法薬なら『クーラー』があるけれど……どこか暑いところにでも行くの？」

王都にある魔法薬を扱う店内。俺は魔女さんの質問に答える。

「エスピオ火山って、今も溶岩が流れている暑いところがあるって聞いて、行ってみようかと」

「何をしに？」

「素材とか魔石とか……魔石が目当てかな。火属性のが欲しくて」

「あらあら、魔法具でも作るの？」

カウンターを離れた色っぽい魔女さんは、棚を見ている俺の背後に来ると、そのたっぷりある胸を押し付けてきた。

この店に来るのは三度目になるが、何だろうね。初めてきた時はエロいことする店ではないと言っていたはずだが、何故この美女さんはその揉みたいおっぱい押し付けてくるんですかねぇ。……悪い気はしないけど。むしろ、いいぞもっとやれ、である。

「簡単な武器を作ろうと思っているんですよ」

「魔石を使った武器？　若いのに、魔法武器が作れるんだ、お兄さん」

背中に当たる柔らかいお胸の弾力。……シモいこと言うけど、股間が熱くなってきた。そういえば最近ご無沙汰。

「で、クーラーはどこ？」

「股間でも冷やすの？」

ふっ、と俺の耳元に魔女さんが軽く息を吹きかけた。ゾクゾクっと背筋にきた。

「ねえ、お兄さん。エスピオ火山に行くのなら、あたしから頼みたいことがあるんだけど……聞いてくれる？」

上目遣いに見つめてくるエリサさん。実に刺激的。俺の答えはもちろん。

「女性のお願いは聞くことにしてる」

「さっすが。助かるわ」

エリサさんは、俺から離れる。甘い香りも同時に移動して、少しさみしくなる。

「お兄さんは、ヴルカン・ブルーメって花を知っているかしら？」

「ヴルカン……あぁ、火山花」

火山地帯に咲く花だった。連合国にいた頃、火の大竜討伐の時に、お目にかかったことがある。

地元の炎の一族は――と、思い出すと辛くなるので無意識のうちに首を振って思考から閉め出した。

「ヴルカン・ブルーメは、火の力を宿した花で魔力も豊富。つまり、あなたは俺にそれを採ってきて欲しい、と」

「ご名答。話が早くて助かるわ。ギルドに依頼を出しても、受けてくれる人がいなくてね。そもそも火山なんて、行く人がいないし。お願いできるかしら？」

「もちろん。ご褒美は期待していいかな？」

「ええ」

エリサさんは、カウンターにもたれかかるように尻を押しつけて振り返ると、蠱惑《こわく》的な笑みを浮かべる。

「もちろん、依頼料は払うし、火山花を採集して持ってきてくれたら、ボーナスもつけちゃう……。ああ、でも――」

魔女の手が、その引き締まった腰回りを這《は》うように動く。

「あなたには、こっちのご褒美のほうがいいかしら？」

そいつはとてもそそられ――おっと、いかんいかん。ニヤけるのはまだ早い。でも正直、うんと頷きたくなってはいる。

「魅力的な提案だけど、ここそういう店じゃないんじゃなかったっけ？」

「お仕事とは別に、してもいいって思うこともあるのよ。それとも、お兄さんは軽そうに見えて、ユニコーン並みの処女信仰者かしら？」

一角獣。あの角を持った白い馬の姿をした『魔獣』。ところによっては神聖な獣と信仰されているが処女厨である。美少女（処女）にしか懐かず、男とくれば角で突き刺し、非処女の女も殺す。

筋金入りの処女厨だ。

「俺は一角獣ほど気は短くないよ」

でも――。

「ご褒美については、期待しちゃおうかな」

悲しいかな、俺も男なんだな。たまには、異性のお肌の温もりを感じたい時もあるんだ。


エスピオ火山は、王都よりかなり北西に行った場所にある山岳地帯の端にあり、ノルテ海に面している。

所々あふれ出したマグマが流れ、それが海岸に流れ込んで蒸気の壁を巻き上げている。

そのもうもうたる蒸気が上がる光景は、絶景とも聞いた。……まあ、夜ではそういうのはあまり見えないだろうけど。

エスピオ火山は熱気と所によっては有毒なガスが噴き出ている危険な場所として、一般人は近づかないと聞いている。

さて、その火山にやってきた俺とベルさんであったが、対火山帯用装備一式を身に付けている。

ファイアドラゴンの鱗製の兜と革鎧、火鼠《ひねずみ》の毛皮で作られたマント、サラマンダーの手袋、ブーツと、対火属性用防御を重視。

というのもマジで溶岩流れているような場所は、熱気が凄まじく、素肌さらしたらそこから火傷なんてのは当たり前。普通の装備なら燃えることもある。

当然、顔を防御するためのマスクとゴーグルを装着。遠目から見たら、外見で誰か判別つかないことになっていると思う。

マスクはドワーフ族が鉱山採掘に使っているものを火山帯仕様に改造したもので、大体の毒性ガスを防ぐ優れものだ。ゴーグルは、目を火山灰などから守るためのものだが、これ自体は特に何か特別な仕様があるわけではない。

ぶっちゃけると、普段つけている安物装備とはお金のかかり方が全然違う。この装備一式を売ったら、数年は遊んで暮らせるんじゃないかな。

連合国時代に頑張って作ったり集めたりしたものだが、こういう時のためにちゃんと取ってあるのだ。

ただフル装備だと別の意味で暑いのだが、クーラー薬買って、それを飲んである。周囲の熱の影響を下げることができる魔法薬である。火山地帯での作業が必要な時には必需品と言ってよい。

夜で薄暗いが、溶岩の影響で思ったより明るく感じる。たぶん、これ昼に来たら、思いのほか暗く感じるパターンだと思う。ベルさんは黒騎士形態で俺の横を歩いている。

「ジン、あのあたり」

マグマが川となって流れている近くの岸を指差す。

「魔力が濃い。……魔石があるかも」

普段猫だったり豹だったりするベルさんの騎士姿。猛牛を連想させる二本の角に頭蓋骨を模した面貌の兜をつけるベルさんは、その二メートルの高身長もあって何とも頼もしい。

俺たちは溶岩川の傍までよると、近くの石を吟味する。

溶岩の熱と魔力の結びつきは、単なる石を火属性の魔石へと変えることがある。なので、火属性の魔石を探すなら、この手の火山や溶岩流れる場所を探すのが見つけるための近道と言える。

ただし、生半可な装備では命を落とす。

俺のはめている黒い鱗状の手袋は、サラマンダーの鱗で出来ている。ただしここで言うサラマンダーというのは火の精霊とかではなく、トカゲみたいな姿をした両生類生物のほうだ。ただこっちの世界ではマジで背中に火がついて燃えていたが。

サラマンダーの手袋は溶岩ですら触れられるというが、俺は試したことがない。だが熱せられてかなりの高温になっている石に触れても何も感じない程度の耐火性能なのは間違いない。

耐火装備一式をまとい、もっさい俺と黒騎士のベルさんが溶岩川のほとりにしゃがみこんで魔石を探している姿は、なかなかシュールなものがあるだろう。

大半は魔石未満な石ばかりだった。これらが魔石化するには長い年月が必要となる。が、中には結晶化した魔石もあった。しめしめ……。

ふと、背後に気配。俺とベルさんは武器を手に取る。

やってきたのはフォグラプトルが二頭。二足型肉食恐竜、ヴェロキラプトルに似たスタイルのモンスターだ。赤黒い身体は耐熱性に優れる。うっすらと霧のような蒸気を噴出して、周囲に紛れようとすることもある。なお毒を含んだ霧を口から吐く。

「ベルさん」

「任せろ」

黒騎士は、正面からフォグラプトルに向かう。二頭の霧竜も突進する勢いで突っ込んでくる。ベルさんは赤く輝きをもたらす大剣、デスブリンガーを振るう。その一撃は、硬いフォグラプトルの鱗をあっさりと割き、肉を切り裂き、骨をも両断する。

すれ違った時には、二頭のラプトルは首なし竜となり、熱せられた土壌に突っ伏した。

この火山周辺の環境に生息する魔獣は、耐火性に優れている。その素材も希少価値があるので、俺たちは早速、解体。……魔石ゲット！　鱗状の革と爪を回収。

「肉は？」

「毒あるかも」

「じゃ、ベルさん食べていいよ」

悪食なベルさんは猛毒でさえ、ペロリと平らげる。毒殺不可。ベルさんの回復方法は、食べることが一番だと言う。

さて、探索続行である。

魔石を探したりして、彷徨っていると、この地方特有の魔獣がちらほらと。

尻尾の先が燃えているファイアリザード――全長二メートル近い大トカゲや、棍棒竜の異名を持つガロテザウロ、溶岩を跳ねるラーヴァスライムなど……。あと、すでに血祭りにあげたフォグラプトルとか。

ファイアリザードは大トカゲだが、身長は低い。それが這って来るのは剣を持つベルさん的には、若干やりづらい相手。が、ベルさんも魔法は使える。炎を吐くファイアリザードも、射程に入る前に俺とベルさんの魔法で撃退。

火を吐く系の魔獣は、大抵、腹の中に火の魔石を持っているが、倒した後の解体で案の定出てきた。

ガロテザウロは、アンキロサウルス型の四足歩行。背中には無数の岩のような装甲、尻尾はハンマー状のこぶがついており、顔が肉食恐竜じみた強面であることを除けば、アンキロに近い姿をしている。見た目どおり防御は硬く、尻尾のハンマーは一撃で敵の骨を砕く威力がある。

だが、こんな奴と近接戦を挑んでやる道理はない。ベルさんの腕、グラトニーハンドが装甲ごとガロテザウロを喰いちぎり、棍棒竜は近づくこともできずに沈んだ。

厄介なのはラーヴァスライムだ。こいつは溶岩を泳ぐこともできるスライムで、その身体は触れるものを燃やし金属さえ溶かす。ベルさんのデスブリンガーは魔法金属製で、溶岩でも溶けないが、彼はスライムを相手にするのを嫌がった。……俺だって触りたくないよ。

仕方ないので、土属性魔法で落とし穴作って落とした後に、冷やした水を生成してガンガンにぶっかけて急激に冷やしてやったら、黒曜石じみた黒い石になって果てた。というか、黒曜石かね、これ。

「おや……」

やがて、黒ずんだ土の一帯に赤い火花が弾けたような花が咲いているのがいくつも見えた。ヴルカン・ブルーメ——エリサさんのご依頼の品だ。マグマの明かりにちらと咲いているように見えるが、昼間はもっと大きく花が開く。……それにしても、よくもこんな地獄みたいな土地に植物が生えるもんだ。

これを持って帰ったら、エリサさんは何してくれるんだろう？　期待に胸を膨らませつつ、ヴルカン・ブルーメを採集。

その後、三時間ほど粘って、俺たちはエスピオ火山を後にした。クーラー使って冷やしながらの探索だったが、汗ぐっしょりの有様だった。

王都に帰った頃には日が変わっていたが、お風呂に入って汗を流したのは言うまでもないだろう。


翌日、起きたのは昼過ぎだった。

宿で遅い朝ごはん、いや昼ごはんを摂った後、部屋にこもって武具の製作を開始する。

武具合成——素材を用意し、多量の魔力を注ぎ込むことでそれらを掛け合わせて、新しく作り変える。これには術者、つまり俺の想像力がかなり出来に影響する。……なので、最初はかなりの素材を駄目にしてきたが、今では、魔力を喰うものの、強力な魔法武具を作れるようになった。

その派生で、全体合成ではなく、一部の部位だけ作り変える部分合成による武具合成もこなせるようになった。というか、こっちのほうが魔力の消費も少ないし楽だ。

今回の素材は、長さおよそ二メートルの鉄の棒、火の魔石、ファイアリザードの鱗。

鉄の棒をベースに、片方の先端に火の魔石を接合。魔石がついていない方からおよそ一メートルの間を持ち手とするため、そこにファイアリザードの鱗を巻く。あとはこれに魔力をぶち込んで、接合部分、張り合わせ部分を変形融合させることで、それぞれ部品だったものが一つのモノになるのである。

「合成」

素材が青い魔法陣に包まれる。そこに俺の魔力を注ぎ込むと、魔法陣は赤く輝き、イメージと共にそれらが形となっていく。魔法陣が緑色になれば完成。ちなみに失敗すると魔法陣は一瞬黄色く輝き、次には消えてしまう。

出来上がったのは、火の魔石を先端に持つ槍のような長さの杖。槍と言えないのは、穂先が石の形のままで、刺したり斬ったりは無理だからである。

一応魔法の触媒として魔石を設《しつら》えてあるので、最低限の魔法の杖としての機能はあるが、今のままでは魔法が使える者にしか扱えない。

では、仕上げにかかる。この杖としてのスペックは出来損ないレベルだが、とある目的に特化したレベルには充分。だがまだ不完全なのだ。

俺は杖モドキの柄を左手で支えると、魔力を右手人差し指に集めて、柄に文字を刻んだ。

魔法文字と回路。

魔力の線とその機能を刻んだ文字を刻み込むことで、一定条件で刻んだ文字の効果が発動するようになる。

俺が刻んだのは、スイッチと定めた円に触れると、回路に沿って魔力が走り、杖の穂先について

いる火の魔石から、数十センチ先に炎を噴射するというもの。

つまり、短射程『火炎放射器』である。

スイッチ式にしたのは、魔法が使えない素人でも、火炎放射が可能なようにするためだ。放射範囲を限定したのは、火の魔石の性能もあるが、特定目的以外に使いづらくするためだ。要するに、対人戦用の『武器』としてはあまり使い勝手がよくないようにしたのである。

刻んだ魔法文字がちゃんと機能するか柄についたスイッチを押して、実際に火が出るか確かめる。

……よしよし、ちゃんと火を噴いてる。

あとは、魔石に直接、大気から魔力を吸収する魔法文字を刻んで完成だ。魔石内の魔力を使いきると、ただの石になってしまうが、大気中の魔力を吸収する機能をもたせれば、使用外のときに、魔力を勝手に充電するようになる。

仮称ファイアロッド一型が完成。杖にするか槍にするかは個人的に迷った。一応杖としたが、周囲の反応を聞いてから正式な名前を決めようと思う。

俺はファイアロッド一型をもう一本製作する。

対スライム用火炎噴射杖――これを冒険者ギルドに持っていったら、魔法の使えない初心者冒険者の便利道具のひとつとして採用されたりしないかな。

例の不人気依頼であるスライム駆除をはじめ、魔法が使えない冒険者でもスライムを簡単に蹴散らせる道具は、需要があるのではないか？

それしか使えないというデメリットはあるが、それは製作コストを下げ、入手しやすくするためでもある。

副ギルド長の美人ダークエルフさんと、お喋りする機会になるかもしれない、などと、ニヤニヤしていた俺だが、ふと思う。

この鉄の棒に穴を通して風を送り込んだら、火力がアップするのではないか？　いや穴をつけなくても、火の魔石と一緒に風の魔石を設えて、魔法文字でつなげたら――。

また今度、やってみようと思った。


ヴルカン・ブルーメを薬屋『ディチーナ』のエリサさんに納入した。報酬金を弾んでもらい、ついでに褒美をもらった。

――ここから先は大人のお時間。

さすがの彼女のその身体、触り心地は格別だった。しかも快感を引き出すのが上手い。何だか夢を見ているようにふわふわして、気持ちよかった。

「あら、そのまま眠ってもいいのよ？　あたしが天国まで昇らせてあげる……」

「魔法は使うなよ？　そういうのは効かないようにできてる」

そっと抱きしめ、彼女の豊かな胸の感触を堪能。……おっと、君は今どこに手を伸ばしているのかな――やばい、何て献身的なの、この人。

めくるめく大人のご褒美でございました。

「魔力を分けてくれてありがとう」

「こちらこそ、もらえるものをもらって感謝してるわ」

エリサさんは事が済むと、にこやかに言った。

「また依頼すると思うけど、その時はお願いね。もちろん、ご褒美はつけるわよ」

「依頼か……。個人的に付き合ったりは？」

「あたしは魔女よ？　深入りしないほうがいいわ。お互いのためにもね」

ドライなお付き合いをご希望か。まあ、俺が人より魔力を持っていて、それなりの力があるのはわかったはずなのだが、彼女はそれを聞かなかった。……うん、詮索されない関係は気が楽でいい。


外へ出ると、俺がエリサさんのご褒美をもらう間、待っていたベルさんにからかわれた。

「ああ、随分とお楽しみだったみたいだな、ジンさんよ」

「覗いてたのか？　趣味が悪いなベルさんも」

「待たせるお前さんが悪いのさ」

気を取り直して、冒険者ギルドに赴く俺とベルさん。

まずは依頼掲示板を眺めるところから始まり、何か適当に受けられる依頼がないか探していると、受付嬢のトゥルペさんに声をかけられた。やあ、今日も綺麗だね、と、おや、何やら不安顔？

「パーティーメンバーの募集？」

「ええ、魔術師系の職業の冒険者を探しているパーティーがあるんですけど……。ジンさん、フリーですよね？」

「まあ、そうだけど」

野郎と連むのは嫌だぞ。トゥルペさんは、ギルドの休憩所の一角にいる冒険者たちのほうへ視線を向けた。

「なら、一度、お話を聞いてはどうでしょう？　今ソロだとダンジョン絡みの依頼を受けられないですけど、パーティー組んだら受けられるようになりますし。……女の子、いますよ？」

以前、野郎はお断りと言ったのを、きちんと覚えていたらしい。さすができる受付嬢は違う。

「ありがとう。でもできれば俺は君と出かけたいな。どう？　これが終わったら食事でも」

俺はニコリとトゥルペさんに笑みを返した。……俺がソロでダンジョン系依頼を受けられないから、受けられるように探してくれたんだと思う。そんな優しいトゥルペさんには、お礼もしたい。

「お気持ちはうれしいですし、行きたいところではあるのですが……」

チラッ、とトゥルペさん。

「私も仕事が立て込んでいて。ジンさんが、この相談を解決してくれたら、時間が作れるかも……」

おっと、これは前向きなお返事。エリサさんのご褒美もあったし、今日はラッキーデイかもしれない！

ここはひとつ、トゥルぺさんの好意を無駄にしないためにも、いいとこ見せましょ。

そんな俺とは対照的に、黒猫は淡々と言った。

「……単に、魔術師系の冒険者を探しているそのパーティーの相談を聞いて、適当にお前を選んだだけじゃねぇの」

「ベルさん、そういう身も蓋もないことを言わないで」

かくて、俺とベルさんは、メンバー募集中の冒険者パーティーと会うことにした。

紹介されたのは『ホデルバボサ団』というパーティー名の、Eランク冒険者五人組だった。

本当は六人組だったらしいが、一名がしばらく離脱することになり、その欠員を補うべく短期の募集をかけたということだった。なお、その欠員が、メイジ（魔術師）だったらしい。

リーダーは、ルングという戦士。茶色い短い髪、悪戯小僧じみた顔つきの小柄の男で、歳は十七か十八といったところだろう。

この団の連中は軒並み若いメンツで構成されているが、リーダーが背が低く少年にしか見えないとあって、素人パーティー臭さが抜けなかった。……もちろん、外見で人を判断するのは控えるべきだが。

「あんた、歳いくつ？」

「今年で三十」

「みえねぇー！　嘘つくならもっとマシな嘘つけよ。どうみてもオレとタメくらいだろ」

言葉遣いも含めて、ガキ大将というか、近所のチンピラもどきにしか見えない。というかタメはないだろ、タメは。

「短期の人員補充って話だが」

「ああ、今抜けてる魔法使いが戻ってくるまでの繋ぎだ」

ルングが言えば、「戻ってくるのかよ」と痩せ型、鋭角的な鼻や顎の持ち主である軽戦士が、吐き捨てるように言った。「ティミット」とルングが睨めば、痩せ型の戦士は肩をすくめた。

何やら事情があるようだ。が、まあ、そこは知らなくても問題ないだろう。

ティミットと呼ばれた奴は、今年二十歳のシーフ。

「正直、あんたも駆け出しみたいだから、あまり期待はしないが、まあよろしく」

皮肉屋だろうか。嫌味っぽく聞こえるのは、まあ俺のこの初心者スタイルがいけないんだろうな。

はいはい、よろしく——俺も投げやり対応。

「……」

ダヴァン。大柄でやや腹の出ているふくよかさん。素朴な顔立ちの青年で、歳は団最年長の二十二歳。クラスはアーマーウォリアー。重装備でパーティーの盾となり前衛を務める重戦士だ。……何と言うか、喋らないなこいつ。

青い帽子に、神官を連想させる服をまとう女性が、ペコリと会釈《えしゃく》する。

「ラティーユと申します。よろしくお願いします」

おしとやかな雰囲気漂う少女だ。クラスは治癒魔法を得意とするクレリック。ルングとは幼馴染みだという。彼同様小柄であるが、意外に巨乳だ。

「こちらこそ、よろしく」

愛想よく振る舞う。そして最後に。

「フレシャ。どうぞよろしくー」

黒髪短髪の女の子、フレシャ。他のメンバーが人間であるのに対し、彼女は獣人だ。

「よろしく、フレシャ。可愛い耳だね」

頭頂部に猫の耳を持つ猫人だった。そう、ねこ耳少女だ。何だか得した気分。

クラスはアーチャー。ほっそり小柄だが、ラティーユと違い、胸はぺったんこである。年齢は最年少の十六歳。

「にゃー、ベルさん、よろしくにゃー」

「おう、よろしくな！」

つんつんと、突かれながらベルさんが答えた。するとまわりの面々が目を丸くした。

「この猫、喋ったぞ⁉」

「にゃー、猫が喋るとは珍しいにゃ」

「おう、お前だって猫の癖に喋るじゃねーか！」

突っつきを続けるフレシャに、ベルさんが器用に前足で猫パンチで反撃する。ラティーユが両手を胸の前で合わせ「可愛いっ！」などと目を輝かせている。あなたも可愛いですよ、と俺もにっこり。

さて、以上の五人が、このEクラス冒険者集団のメンバーだ。

「で、俺がこのホテルバボサ団のヘルプ入っている間の、当面の団の目的は？」

「ホテルバボサ団な」

言い難いんだよ、この名前――というのは心に秘めておこう。

「とりあえずはダンジョンで、金になる依頼を果たして装備を整える。オレたちの装備、まだ借り物がいくつかあって装備を自力で揃えたいんだ」

駆け出し冒険者にありがちな金銭面の問題。

冒険者は、ギルドに登録すれば即冒険者を名乗れるが、装備品は支給ではなく、自前で揃える必要がある。魔物を狩るような依頼をこなそうとする者たちには、そこがまず第一の障害となる。

中古といえど、武器や防具はそこそこ値が張るので、貧乏人から一攫千金を狙うような者にとっては、そこでつまづくのだ。

ギルドでは武器や防具をレンタルしているので、冒険者をしながらお金を貯めて、自力で装備購入できるようになって、初めてスタートラインなんて一部では言われるらしい。このホテル――いやホデルなんちゃら団の面々はEランクではあるが、まだまだお金に余裕がないようだった。

「分け前は均等になるように六等分。きっちり六に割れないようなら、話し合いによって決める」

「……」

このホデルなんちゃら団が、金銭的に余裕がない理由がわかった。低ランクの安い仕事を人数で分けていると、個々の稼ぎが低くなるために、ちっとも装備に回せる金が貯まらないのだ。下手したら生活費稼ぐので精一杯の可能性も……。

ひょっとして魔術師が抜けた理由というのは、そのせいでは……？　マジックポーションは、通常のポーションより高いからなぁ。

せめて、この半分くらいの人数なら、もう少し余裕が出てくるんだろうが。俺のようにソロなら、依頼を果たせば全部自分の取り分になるのだが、人数がいるとそうはいかない。

「そんなわけで、これから早速ダンジョンに行こうと思うんだけど……」

ルングが俺を見た。

「ジン、今からでも問題ないか？」

「あ？　ああ。構わない。ちなみに、ダンジョンはどこの？」

「大空洞だ」


いつもはベルさんに乗ってダンジョンまでひとっ飛びなのだが、さすがにホデルバボサ団の面々がいては無理なので、徒歩で現地まで移動する。

「まったくクソナメクジだわ、これは」

ベルさんが、珍しくそんなことを言った。……一体どこから、クソナメクジなんて言葉が出てくるのか、俺にはわからなかった。

途中の森を通過し、およそ四時間ほどの行軍。到着する頃には昼を過ぎていた。

ダンジョン『大空洞』に突入。

ホデルバボサ団の依頼《クエスト》は、小型竜のラプトル狩り、スケルトン討伐と、最近集団でダンジョンに現れるゴブリンの集団の排除の三つだ。

複数人のパーティーだと同時に複数受けられるんだなぁ、と思っていたら、主な依頼はラプトルとスケルトンで、ゴブリンは遭遇したら、という条件らしい。要するにおまけクエストだ。

さて、Eランク冒険者たちパーティーでの俺の仕事だが、ルングはこう言っていた。

「スライムが出たらジンに任せる。あとは適当にオレたちを魔法で支援。簡単だろ？」

ああ、実に簡単な仕事だ。物理で殴るホデルバボサの戦士たちには、スライムが厄介な敵なのだろう。

前衛は、ファイターのルング、シーフのティミット、アーマーウォリアーのダヴァンが務める。後衛は俺、アーチャーのフレシャ、クレリックのラティーユ。ベルさんは戦力としてカウントされていない。一応使い魔ということで索敵や補助を担当している。

大空洞に入って、一つ下の階層に降りたところで、さっそく動く骸骨――スケルトンと遭遇した。その数ざっと十体。

リーダーであるルングは早速指示を飛ばす。

「ティミット、ダヴァン！　骸骨野郎を叩き潰すぞ。フレシャはラティーユのガード。ジン、後方から支援できたら魔法で援護！」

行くぞオラァ！　とルングがショートソード片手に先陣を切った。シーフのティミットがその隣につき、重戦士であるダヴァンは、やや遅れて走る。

魔力によって動く骸骨たちは、思考と呼べるものがあるか怪しいくらいに単純な動きしかしない。要するにこちらに向かってくるだけである。

俺は、フレシャ、ラティーユの女性組よりやや前に出て、戦場を俯瞰《ふかん》する。前衛の野郎どもが、派手にスケルトンに挑むが、まあ、負けはしないだろう。彼らの剣やナイフは、スケルトンの骨を切り裂き、手足を切り落としてその動きを止めていく。

「ハンマーで殴れば、もっと楽だろうに」

ベルさんが、俺のかたわらで呟いた。戦闘形態をとることもなく、黒猫姿である。支援できたら援護と言うが、俺も出番なさそう。

「出番なさそうだよねェ」

そう俺の後ろで、猫娘のフレシャが苦笑する。

「あたしの武器、弓だから、スケルトンにはあまり有効じゃないんだよねェ……。刺すとか突くって相性よくないし」

「ジン！」

ルングが俺を呼んだ。

「スライムが出てきやがった！　頼むっ！」

おや、出番があった。俺はゆっくりと前線へと足を向けた。十体はいたスケルトンがいまでは半分以下に減っていた。


ファイアボール。

放たれた火の玉は、蠢くスライムに触れた途端、火を投じられた燃料の如く燃え上がった。

つまらん。先日、王都地下道に巣くうスライム退治の依頼をこなしていた俺だが、ダンジョンに出てくるクソ雑魚スライムの相手はつまらなさ過ぎる……！

『大空洞』第五階層。

「やっぱ、魔法使いがいるとスライム相手が楽だなぁー」

ルングが何とも気楽な調子で言った。シーフのティミットも同意する。

「まったくだ。剣でも斬れない、刺さらない、ハンマーで叩き潰せない、だもんな」

「……」

「なんか、言えよダヴァン」

アーマーウォリアーであるダヴァンは、小さく息をついたが言葉はなかった。

俺とEランク冒険者パーティー『ホデルバボサ団』は、ダンジョン『大空洞』を進む。

「この分だと、結構、楽に進めそうだなぁ。とか言ってたらまたスライムだ！」

「ほら、お呼びだぞ、ジン」

と、ベルさん。俺は前に出る。

「先生、お願いします！　みたいなノリだな」

「先生、お願いします！」

「しゃっす！」

ベルさんのノリに、ルングも乗った。なに、いまの体育会系のノリ。

俺が火の魔法で焼き払うと、ティミットがバンダナ巻いた額に手を当てた。

「なんか、今日はやたらスライムを見るような気がするな」

「出てくるなら、まとめて出てきてくれれば、一掃してやるんだけどな」

いちいち個別に魔法を使うのも、面倒臭くなってきた。そんな感情が顔に出たのか、後ろにいたラティーユが口を開いた。

「ジンさん、がんばって！」

「はーい、任せて」

思いがけない女の子の応援に、お兄さんつい反応。調子のいい返事をしてしまう。

……あ、そういえば。俺は革のカバン《ストレージ》から先日作った仮称ファイアロット一型を一本取り出す。

せっかくだから、こいつを実戦で使ってみようか。

「ん？　なんだ、その杖？」

ティミットが俺の手にあるファイアロッド一型に気づいた。

「杖……だよな？　そんなの持ってたか？」

「対スライム用の試作品だ」

ちょうどおあつらえ向きのグリーンスライムが、のそのそとやってくる。

見てろよ、と俺は皆に言うと、前に出て、ファイアロッド一型の先端の魔石を、スライムに近づけた。

杖とスライムとの距離、およそ三十センチほど。俺はスイッチを押し込む。すると刻まれた魔法文字が反応して回路に沿って魔力を流し、ファイアロッドの先端の魔石がボッと火を噴いた。

火はスライムの表面を燃やし、松明よろしく半身が燃え始める。ぷるぷると、のたうつように動くグリーンスライム。

「おおっ……！」

ギャラリーたちから声。俺はもう一回、スイッチを押す。再びファイアロッドが火を噴いて、スライムの無事な部位に火をつける。火だるまとなったスライムは、数秒後には溶け落ちた。

「……うーん？」

俺は首を捻る。最初に当てた位置が悪かったのか、スライム一匹仕留めるのに二発。できれば一発で倒したいところだが、うまく当てれば可能か……？

ルングとティミットがやってくる。

「なあ、なんで魔法があるのに、わざわざ近づいたんだ？」

「こいつは魔法を使わずにスライムを倒すための道具なんだよ」

「は？　今の炎噴いたのって、魔法じゃねぇの？」

ルングが吃驚《びっくり》する。ティミットも頷いた。

「魔法かと思ったぜ」

「魔石から火を噴く仕掛けなんだ。俺みたいな魔術師じゃなくても、スライムに簡単に対処できるように作ったんだ」

「ちょっと待って。それってオレでも、この杖でスライムを燃やせるってこと？」

「試してみるか？」

俺はファイアロッド一型をルングに渡した。

「魔法が使えない奴のために作ったものだから、君のような戦士に使ってもらって使い心地を聞きたいと思ってたんだ」

ファイアロッド一型の使い方を教える。ルングは、ふんふん、と俺の話を熱心に聞いたあと、新しい玩具を与えられた子供のように張り切りだした。

「よっしゃ！　スライム出てこいやー！」

お調子者め。苦笑するティミットに、俺も釣られて微笑した。

ルングはスライムが出てくると、早速近づいてファイアロッド一型を使った。火を噴くギミックが楽しいのか、やたら「すげぇー」とか「楽しー」とか口にしていた。どうやら気分は魔術師になったつもりらしい。

俺は完全に暇人になった。


軋《きし》むような咆哮。肉食恐竜型の小型竜であるラプトルが飛び掛ってきた時、重戦士であるダヴァンはラージシールドを構えながらも、その突進を避けた。

あのまま圧し掛かりを喰らえば、いかに盾で構えていようとも吹き飛ばされるのは人間であるダヴァンのほうだから無理もない。

「フレシャ！」

ルングが叫べば、アーチャーの猫娘が矢を放った。ラプトルの細長い首に一撃が突き刺さる。

ラプトルの足が止まる。矢を撃ったフレシャに向かって殺意を飛ばす小型竜——その背後から、剣を振り上げたルングが切りかかる。

だがラプトルは、それを察知していた。振り向くように回転。その伸びた尻尾がルングの胴体に直撃、彼を吹き飛ばした。

「クソが！」

ティミットとダヴァンが、ラプトルを押さえに掛かる。その間に、ラティーユが治癒の魔法を唱える。

「癒しの光、かの者の傷を癒せ、ヒール！」

ルングを包み込む光。痛みが引き、リーダーである少年戦士は立ち上がった。

「あんがとよ、ラティーユ！——うぉおおぉりゃ！」

改めてラプトルへと切りかかるルング。仲間たちが牽制している隙を突き、ラプトルの細首にショートソードを叩き込む。剣はラプトルの首に刺さるが、骨で止まり両断できない。

「ファイア・エンチャント」

火属性付加の魔法を、俺はルングのショートソードにかける。一度は止まってしまった剣が高熱を帯びて、ラプトルの首の肉を焼き、トドメを刺した。

「すっげぇ、切れ味……！」

「ルング、ぼさっとするな！　ジンの援護！」

ティミットが注意を促す。もう一体のラプトル……そいつを俺が魔法で押さえている。

土系魔法の『泥沼』。ラプトルの足元を泥に変え、その足を捕らえると半身を沈めて身動きできなくさせていた。先ほどから、俺の近くでラプトルが吠え、やたらと噛みつこうとしているが、残念、あと十センチほど届かない。

とはいえ、何かの弾みで届きそうで、あまり生きた心地がしないがな。

そうこうしているうちに、ホデルバボサ団の連中がラプトルを取り囲み、タコ殴りにした。

「うっしゃー！　これでラプトル三体、ぶっ倒したぞ！」

ルングが勝ち鬨《どき》を上げる。弓使いのフレシャも、とても嬉しそうに万歳している。クレリックのラティーユは、肩にかすり傷を負ったティミットに治癒の魔法をかけているが、その顔には勝ったことの安堵と共に笑みがこぼれている。

「ジン、大丈夫か？」

無口なダヴァンが、のっそりとした声で声をかけてきた。俺は肩をすくめる。

「まあ、生きてるよ」

ソロでここに来ていたら、泥沼で足止めなんかせずに、さっさと仕留めていたんだがね。一応俺はFランク冒険者だ。皆が一丸になって頑張って倒したラプトルを、一人で一撃で倒したら、何か、悪いだろう……？

「盾になるのは、おいらの役目だ」

ダヴァンは、やる気の感じさせない普段の表情を幾分か沈ませた。

「すまん。魔法使いのおまいに、盾のようなことをさせて」

「相手が二頭いたんだ。一人が同時に二頭を相手にできないさ。気にするな」

どうやら、この素朴な大柄戦士は俺を矢面に立たせたことを恥じているらしい。……気にすることないのにな。案外、あの顔で真面目なんだな。

倒したラプトルから剥ぎ取りをするティミット。ラプトル討伐のノルマは果たしたが、スケルトンも討伐しているし、あとはゴブリンと遭遇したら、というのが残っているが。

「まだ皆、余裕あるな？　探索を続けるぞ」

ルングは宣言した。ダヴァンが小首をかしげ、俺を見る。

「魔力、まだ大丈夫か、ジン？」

「あー、まあ」

ぜんぜん余裕だけど、初心者らしく、しんどそうなフリしたほうがいいか？　いや、それは過剰か。別に弱いフリする必要もないし。

「ルング！　ラプトルを三体倒したんだし、ここで引き返しましょう。最初の予定ではそうだったでしょう？」

ラティーユが笑みを引っ込めて言った。どこかできの悪い弟を嗜める姉のようだった。ルングとは幼馴染みって紹介だったたっけ。

「確かにそうだったけどさぁ。今オレたち、結構余裕あるだろう？　こういう時は、少し冒険して、オレたちの技量を上げておくべきじゃね？」

オレたち、今日はやれそうじゃね——ルングがそう言えば、普段より調子がいいのか、思うところがあるのか、反論はなかった。

「いいんじゃないか?」

「そうだよ、ラティーユ。あたしたち、まだまだやれるって」

ティミット、フレシャからも言われ、ラティーユは腰に手をあて、ため息をついた。

「もう、しょうがないんだから。……でも、無理はだめよ?」

若い娘ながら、何だか皆のお姉さんみたいなことを言うラティーユ。優しい、可愛い、胸大きい——嫁にもらうなら、優良物件ではなかろうか。

リーダーの意見に反論がでなかったということで、オレたちは先を目指し、ダンジョンを進むことになる。

「……今日上手くいっているのは」

ぼそぼそとした声で、ダヴァンが呟く。

「ジンがいるからなんだけど……みんなわかってるのかな……?」

おうおう、わかってるじゃねーか——ベルさんが呟いたが、俺以外には聞こえなかった。


第七階層。すでに初心者向けゾーンは抜けている。俺やルングらホデルバボサ団の連中は、出てくるワームやスケルトンを叩きのめしていたが、たまに混ざるラプトルのせいでさすがに消耗の色が隠せなくなっていった。

肩で息をしながら、ティミットはリーダーであるルングを睨むように見た。

「なあ、もうそろそろ引き返せないか？　帰りの体力ってもんがあるぞ」

「ああ、そうだな。そろそろヤバいかも」

ルングも同意した。チラッと後方を見た彼は、クレリックのラティーユ、アーチャーのフレシャも疲労で息が荒くなっているのを確認した。

平然としているのは重戦士のダヴァンと、俺、ベルさんである。

「ゴブリンと出遭わなかったのは残念だったけど、まあ、戦果は充分だよなぁ」

引き返そう、というルングに、皆は同意した。ラティーユが、そんな彼のもとに近づく。

「顔についているのは返り血？」

「ん？　ああ、どうだっけ。痛くないから、そうじゃね」

ルングは袖で、自身の頬についている血を拭う。もう、とラティーユが困ったようにポケットからハンカチを出した。

「え……？」

突然、ラティーユが消えた。いや、彼女がいたところにはぽっかりと穴が開いている。

「お、落とし穴ァ⁉」

ルングが素っ頓狂な声を上げた。消えたラティーユ、いや落ちたのだ。この穴に。

「うわぁ、ラティーユ！」

ルングとフレシャが穴に駆け寄る。だが穴は深く、ラティーユの姿はない。底が真っ暗で下が見えない。

「おい、ヤバイぞ、この穴！」

シーフのティミットが怒鳴った。

「これ下の階層まで繋がってるやつだ」

「助けに行かないと！」

ルングが立ち上がったが、ティミットは首を横に振った。

「いや、待てルング！　お前、今の状況わかって言ってるのか？　俺たちはこれ以上、深い階層に行くのはキツい。仮に行っても今度はダンジョンの外に戻れるだけの体力が残るかどうかも怪しい！」

「んなもん、一階層くらい、根性で何とかならぁ！　ラティーユは今ひとりなんだぞ⁉」

助けないとモンスターにやられてしまう。なにせ、彼女はクレリック。回復魔法を使う後方支援系のクラスで、攻撃手段に乏しい。

「馬鹿野郎！　そのクレリックを欠いた状態で、俺たちにとって未知の階層を進めるかって言ってるんだよ！　ポーションだってほとんど持ってないだろうが！」

ちょっと待て——俺は進み出た。

「ポーションを持ってない？」

「あ、ああ。回復はラティーユがするから……」

ルングは答える。おいおい、マジか。魔法で手当てする者がいるから、ポーションなどの回復薬を用意しない。……薬代ケチる金欠冒険者がよくやるやつだ。あー、俺も昔、RPGやった時も魔法頼りでポーションをケチったっけ。

だが、現実はゲームとは違う。回復役がいない、もしくは何らかのアクシデントに備えて薬などを用意するのは、生き延びるために必須だ。ホデルバボサ団は、そのあたりをケチったツケがいま表面化しようとしている。

「どうすんのよ、ルング!?」

フレシャがヒステリックな声を上げる。

「ラティーユは!?」

「もちろん、放っておけないだろう! 助けに行く!」

「だから闇雲に助けに行くのは――」

「ティミット! お前、ラティーユを見捨てるっていうのかよ!?」

「……俺だって見捨てたくはない。だけどな」

ティミットは俯いた。

「この下の階層がどうなっているか俺たちにはわからない。ラティーユのもとにたどり着けるかもわからない。そもそも、落ちた彼女が無事かもわからないんだ。もしかしたら、落ちた時にすでに死んでるなんてことも――」

「バカヤロウ! ティミット、お前っ――!」

ルングがティミットに掴みかかる。ダヴァンが慌てて間に割って入る。

「今は仲間内で争っている場合じゃないだろう」

まったく――俺は、チラッ、とベルさんを見やる。ベルさんも呆れた顔で俺を見返した。

「ここでお喋りしていてもしょうがない。だがお前たちはツイている」

「は……？」

一同が俺を怪訝な目で見る。

「何故なら、俺がここにいるからだ。こんなところでもたついてないで、早く彼女を助けにいくぞ！」

「お、おう！」

ルングは加勢を得て、すぐに乗っかった。ポーション？　それなら俺が持ってるわ！

「ジン……」

「いやいや、お前、Ｆランクだから！　なに言ってんだ？」

ティミットが声を荒げる。俺は、穴を覗き込む。

「議論している暇もないから、お前たちがどうしようが、俺は助けに行くぞ。組んだパーティーメンバーが死ぬなんて御免だからな！」

生きている可能性がある時に、ためらったらその人間は死ぬ。――英雄魔術師時代、何度同じような状況、光景を見たことか。後悔なんぞ、したくもない！


第八階層。大ホールのように開けた階層だった。

石もむき出しの地面。多少傾斜があって丘のように見えるのが、この階層がいかに広いかを暗に物語っている。壁には幾つも横穴があいていて、その行き先も分岐している。

このどれかが上に行く階層に繋がっているのだが、上から落ちてきたラティーユには、どれが正解なのかわからない。

だが、彼女にはそれよりも切迫した問題があった。

ゴブリンの集団に遭遇してしまったのだ。

落下の時に足を痛めたが、こちらは治癒魔法で何とか歩けるまでには回復した。この時ばかりは自分が魔法の使えるクレリックであることを感謝した。そうでなければ、今頃動けずにいたはずだ。

だがゴブリンに遭遇したことで、自身がクレリックであることを呪いたくなった。奇声を上げながら向かってきた一体は、何とか杖で撲殺できた。ゴブリンは体格的に子供に近く、一対一なら何とか対抗できる。

問題は、これが複数いた時だ。そして現在、ラティーユはゴブリンの集団に追われていた。

「……どっちへ逃げれば――はぅあっ⁉」

脚に矢が刺さった。ゴブリンアーチャーだ。やや離れたところから、狩人よろしく次の矢を番える。足を撃たれ、倒れるラティーユ。ナイフや石斧を持ったゴブリンたちが、追いつき、彼女を取り囲んだ。

「ギャバババババッ！」

仰向けになるラティーユの身体に、一体のゴブリンが飛び掛る。とっさに杖を持った手で顔を庇うと、ゴブリンはラティーユの杖をがっちりと掴み、取り上げようとする。さらにまわりにゴブリンたちが奇声を上げて迫り、ラティーユは杖から手を離してしまった。

――怖いっ、殺されるっ！

ぎゃあぎゃあ、とうるさいゴブリンたち。その白い目が、無機的にラティーユを見つめる。しかし牙をむき出し、いまにも喰らいつかんとする姿は、獰猛な獣のそれだ。

――助けて……ルング！

とっさに幼馴染みの戦士を思い出す。彼が冒険者になるというから、じゃあ私は神官さんになって、助けてあげるね――幼い頃の思い出。これは走馬灯か。

「ギヤァバッ！」

上に乗ったゴブリンが石斧を振り上げる。もう駄目――。

風が吹いた。同時に、ゴブリンの重圧が消える。何が起きたかわからなかった。

「てめぇら、ラティーユから離れやがれ！」

ルングの怒号が耳朶《じだ》をうった。

――ルング――！

すでに半泣きだったラティーユは、彼の声を聞き、大粒の涙がこぼれた。

――助けに、来てくれた――！

落とし穴の先には、ラティーユがいる。

そう思って降りてみれば、そこに彼女の姿はなかった。だが離れた場所でゴブリンたちの奇声が聞こえた。

連中の狩りの声。ここが開けた平原じみた地形なのが幸いした。これが迷路上に入り組んでいたりしてたら、助けが間に合わなかったかもしれない。

俺は『衝撃波』を放ち、ラティーユを取り囲むゴブリンどもを一時的に吹き飛ばした。その間に、ルングはショートソードを手に、猛然と倒れる彼女のもとへと走った。

「てめぇら、ラティーユから離れやがれ！」

うん、若者は元気だ。

ルングの声をよそに、俺はオーク材の杖《オークスタッフ》を二本、それぞれの手に握る。いわゆる二刀流というやつだ。……『硬化』『電撃』、二つの魔法を付加。

ルングが一体のゴブリンを一撃のもとに切り伏せると、ラティーユに駆け寄る。——はいはい、本当は俺が颯爽と駆けつけたいところだけど、幼馴染み君に花を持たせてやろう。残るゴブリンは俺が相手をしてやる。

エアブーツの加速もそこそこに、俺は一気に、ゴブリンどもへと突っ込んだ。

鋼鉄の強度に達したオークスタッフを叩き込まれ、ゴブリンの身体が宙を一回転した。

思いがけない加速で迫る俺に、ゴブリンたちは一瞬声を失い、呆然とする。

はいはい、見惚れないッ！

脳天に一撃。ゴブリンの頭蓋が砕け、二体目。

てめぇらに、惚れられても嬉しくねぇっての！

左手のオークスタッフで、そばにいるゴブリンの足に一撃。電撃を付加された杖の一撃にゴブリンは「ギャッ！」と短い悲鳴と共に硬直し、次の瞬間、転倒した。

地面を踏み込む。エアブーツに仕込まれた風の魔法で、距離を詰め、二本の杖でゴブリンどもを叩き、吹き飛ばし、あっという間に一掃する。

周りに倒れるは皮膚を焦がし、身体の一部を異様な形にへこまされた小鬼どもの死体。

「……おっと！」

俺は、視界の端に、弓を構えたゴブリンアーチャーの姿を捉える。とっさに右手のオークスタッフ、その先端をゴブリンに向け――。

「ライトニング！」

電撃が、光線よろしくゴブリンアーチャーの矢よりも早く獲物を捕らえ貫通した。

さて、あとどれだけ残ってる？

視線を飛ばせば、遅れてきたホデルバボサ団の面々が残るゴブリンに襲い掛かっていた。フレシャの矢が敵を穿《うが》ち、ティミットはダガーで小鬼の喉もとを掻っ捌《さば》き、一撃で仕留めていく。

ダヴァンは……彼は勘弁してやってくれ。重装備だから、追いつくのがやっとなんだ。

残りは彼らに任せれば大丈夫か。俺は、振り向き、ラティーユとルングのほうへ。

「す、すげぇ……」

俺を見て、ルングが呆然と呟いた。

「ジン、あんた、本当に魔法使いか？」

どうやら、複数のゴブリンを直接ボコったことで驚かれたようだ。

「魔術師が魔法だけというのは思い込みだ」

俺がしゃがみこむと、ラティーユの様子を見る。右脚に矢が刺さっている。苦痛に顔を歪める彼女。

「治癒魔法は使えるか？」

「……ちょっと厳しいかも、しれません」

魔力を消耗しているのだろう。治癒魔法を使うだけの魔力がない。下手に強行すれば魔力切れで意識を失う。

「わかった。手当てする。あとでお礼を弾んでくれよ」

お茶して、デートして、生きていることを実感する。そして怖いことも忘れようってね。

さて、普通に矢を抜くと出血する。当たり前だな。手当ての手段がないなら、抜かずに帰り、きちんと処置できる場所までそのままのほうがよい。

だがゴブリンの矢は、たまに毒が塗られていたりする。そして、非常に幸いなことに、俺はまったく手がないわけではなかった。

「魔力が回復したら、解毒の魔法は使えるか？」

「はい、一応は」

「よし、なら矢は抜く。痛いが我慢してくれ」

言うや否や、俺は矢に手をかける。ラティーユは歯を食いしばり、さらに手はルングの手をギュッと握り込む。……こういう時、お肌のふれあいは苦痛を和らげるとか何とか。

矢を抜くと共に血が流れだした。じわりとにじみ出るそれは、やや暗めの赤。

「我、かの者の傷口を洗い、塞がん――ヒール・ウォーター」

傷口にかざした手から、青いほのかな光と共に、清らかなる水が流れる。最初はビクリと身体を奮わせたラティーユだったが、すぐにそれも収まる。

「治癒、魔法……?」

「水属性の魔法だ。治癒は光……神聖系の専売特許じゃない」

出血が止まり、やがて傷口が塞がる。俺は一息つくと、革のカバンからポーションとマジックポーションを一本ずつ取り出した。

「帰りがあるからな。これを飲んでおけ」

「あ、ありがとうございます、ジンさん」

お礼を言うラティーユ。俺は頷くと立ち上がった。ルングも立つ。

「ジン……その、ありがとう。あんたがいてくれなかったら、ラティーユを助けられなかった……」

「なに、当然のことをしただけだ」

基本、戦場ではおふざけはなしだ。どんな些細で簡単に思える戦いでも、小さな油断で取り返しのつかない悲劇を生むこともあるのを知っている。そこで味わう後悔は、時に死にたいほどの傷を心に刻む。

胸の奥に冷たい空気を感じた。仲間がいて、共に戦った英雄魔術師だった頃の感覚が戻ってくる。最近の、つとめて明るく振る舞おうとしている俺ではなく、素に近い部分が顔を覗かせる。

「ジン、どうもヤバイ状況だ」

ベルさんが駆けてきた。ホデルバボサ団の連中も、こちらへと引いてくる。

「ゴブリンの増援だ。いや、増援なんて言葉じゃ生易しいくらいだ。たぶん、百を超えてる」

「ど、どうしようルング⁉　や、やばいよこれ！」

フレシャが顔を青くさせながら言った。ティミットやダヴァンでさえ表情は暗い。

「少数の敵に大勢で襲い掛かるっていうが……限度ってもんがあるだろ……」

「ひょっとして、スタンピード？」

ダンジョン・スタンピード。ダンジョン内のモンスター量が一定の値を超えた際に起きる現象である。いわゆる、モンスターの吐き出しだ。

「さすがにこの数に襲われたら、ひとたまりもねえぞ……！」

ゴブリンどもに蹂躙され、皆殺し――ホデルバボサ団の面々が強張る。

「スタンピードかどうかはわかんねえよ？」

口を開いたのはベルさんだった。こちらは何とも呑気な調子だ。

「なあ、ジンよ。どうする？　やっちまう……？」

それは自身の正体明かして、ゴブリンどもを喰い散らかすということでＯＫ？　うーん、ちょっとルングたちがいる前でそれをやるのはどうかな……。どうせ、たかがゴブリンが百とちょっとだろう？　スタンピードというには少な過ぎるし。

「とりあえず、一発脅してみようと思う」

俺は前に出た。ルングやラティーユは目を見開き、ティミットが思わず手を伸ばす。

「お、おい、ジン、何を言って――」

「連中を全滅させるのは奥の手ということで……まあ、何とかしてみるよ」

あー、お前ら――俺は、一同を見回す。

「鼓膜やっちまうかもしれないから、耳を塞いどけ」

え？　と皆がわけもわからず困惑する中、ベルさんはさっそく前足で自身の耳を塞いだ。

「お前たちに、本物の雷を見せてやる」

俺は杖を置くと、自身の右手に魔力を集める。ばちっ、と、一瞬静電気じみた紫電が弾ける。

ドドドッ、とゴブリンの大集団が向こうから駆けてくる。さすがに百も超えると一端の軍隊らしく見える。津波のように押し寄せるゴブリン集団。

落ちろ雷。轟《とどろ》け雷鳴！

すっと上げた右手。次の瞬間、閃光が走り、一筋の雷が第八階層を貫いた。

大気を引き裂く雷鳴。鼓膜を破らんとするかのような大轟音。

それが走り抜けた時、ビリビリとした大気の震動が、離れていても肌に伝わり、ざわめかせる。

心臓が止まるかのような大音量。それだけで、雷がもたらす恐るべき力を心の奥底から呼び覚ます。

耳を塞いでもなお、耳の奥へと響くそれは、聞く者すべてを恐怖へと突き落とした。

「ぎゃぁー！」

「きゃあああ！」

近くで、男女の悲鳴が聞こえた。ルングは耳を塞いで、地面を転がり、ラティーユやフレシャも耳を塞いでしゃがみこんでいる。

ティミット、ダヴァンもまともに立っていられないらしく片膝をついている。

視線を転じれば、ゴブリンたちもまたその動きが完全に止まっていた。

斜線上にいた十数体のゴブリンは黒こげ、骸と化している。まわりにいたゴブリンたちは、階層すべてに轟いた雷の音に身をすくませた。

そして次の瞬間、ギャアギャアと悲鳴を上げて、元きた道を引き返しはじめた。恐慌、パニック。押し合いへし合い、ゴブリンが穴へと消えていった。


百を超えていたゴブリン集団は、俺の放ったサンダーボルトに恐れをなして逃げた。

気持ちはわかる。ゲームとかで雷の魔法って聞くけど、実際の雷って、滅茶苦茶怖いんだよなぁ。

右耳が若干違和感を覚える、間近で雷ぶっ放せば、鼓膜どころか人体の脆い箇所がやられちまうから、防御魔法も同時展開したが……それでもこれだからな。

「ジン……さん？」

ルングが目をパチパチさせながら起き上がった。

「今の……なに？」

「雷の魔法だよ。サンダーボルト」

「ま、魔法？　嘘だ……」

声が裏返っている。何故か四つん這いになっているフレシャも顔を上げた。

「こ、ここ、ダンジョンの中なんですけど！　か、雷なんて落ちるわけないじゃない！」

「電撃の魔法ってのは聞いた事があるが……」

ティミットが立ち上がる。まだ片方の耳を押さえている。

「そんなモンじゃないな、今のは。本物の雷みたいだった」

アンタ、何者だ――シーフの青年は眉をひそめた。

「とてもFランクの魔術師には思えない。……それにアンタの武器捌きも」

「正真正銘、Fランクだよ」

今はね――俺は淡々と告げた。

「どんな奴でも、ギルドに所属したばかりの時はFランクだろう？　どんな能力を持っていても」

「……そう、だな。そのとおりだ」

ティミットは小刻みに頭を縦に振った。俺の言葉で、自身を納得させようとするかのように。

何故かにやにやしているベルさんを肩に乗せつつ、俺はルングを見た。

「ゴブリンが戻ってくる前に、さっさと帰ろう」

「あ、ああ、そうだな」

ルングは広々とした第八階層を見やり、ゴブリンの焼死体しかないそれから、奥の壁に開いた複数の横穴を睨む。

「で、オレたち上から落ちてきたわけだけど……どの横穴が上に通じてるんだ？」

どの横穴が上の階層に繋がっているのか。落とし穴を使った手前、わからない。さっさと帰りたいところだから、別の階層や横道に逸れるわけにはいかない。

俺は革のカバン――ストレージに手を突っ込み、紙の束を取り出す。ティミットが言った。

「それは？」

「ダンジョンマップ」

「な――!?」

初めてこの『大空洞』に足を踏み入れた時に、DCロッドで走査して把握した内部構造を、地図に起こしてものだ。面倒ではあったが、さすがに人が見ている前で、ダンジョンコアを使った杖を見せるわけにもいかないからね。

「地図なんて持ってたのか!?」

「欲しいのか？　まあ、あれば欲しいよな地図。でも高いぞ」

俺は気のない口調でいいつつ、地図と周囲の地形を確認。くるりと反転させて位置関係を合致させた。

「向こうだ」

俺は地図を畳むと、オークスタッフを拾い、さっさと歩き出すのだった。

『大空洞』を後にした俺たちとホデルバボサ団が王都に着いた時、すでに夜になっていた。冒険者ギルドにようやく到着。

「改めて、ジンさん。今日はありがとうございました！　おかげでオレたち、誰ひとり欠けることなく帰って来れました！」

ルングがバッと頭を下げた。あれからずっと、さん付けである。完全に目上の方扱いである。彼は依頼の達成を報告するためカウンターへと行く。それを待つ間、ラティーユが頭を下げた。

「命拾いしました。ゴブリンに襲われた時、私、もう駄目かと思って……。このお礼は必ずお返ししたいと思います」

「いやいや……。お礼？」

それはどんなお礼だろうか？……期待してもいいかな？

つい邪な目で彼女を見てしまう。小柄ながらたっぷりある胸に、女性らしい腰回り。いかにも抱きやすそうな体つきをしていらっしゃる。魔女さんからの大人なご褒美があったばかりで、ついそちらに思考が寄る。

周囲の好意的だった視線が、戸惑いに変わった。当のラティーユも困惑して胸もとを庇うように手を動かした。

「えーと、ジン、さん……？」

「ん？」

ティミットやフレシャの冷めた目。ダヴァンは……よくわからないが、首を横に振っている。ベルさんはため息をついた。

「色々台無しだぜ、ジンよ。ゴブリンどもと対峙した時は、元の格好いいジンさんだったのによ」

と、残念な視線を寄越す。いや、俺、そんな周囲が引くほどガン見してた⁉

ルングが戻ってきた。彼は報酬を六等分に分けつつ、割り切れない分を何と俺に渡そうとしてきた。

「あの、少ないっすけど。感謝の気持ちってことで！」

「いいのか？」

「もちろんッス！」

誰も文句は言わなかった。そういえば、ポーションとマジックポーション使ったな。マジックポーション代には足りないが、断ったら彼らがさらに恐縮してしまいそうだから受けておく。……でも、本音を言えば、六等分だとやはり少ない印象だ。

「ジンさん、何か困ったことがあったら、いつでもオレたちに声をかけてください。ぶっちゃけ、力ではジンさんの足元にも及ばないんでアレなんですけど、役に立てることがあれば遠慮なく言ってください！」

別れ際に、ルングは力強くそう言った。……完全に信頼を勝ち得てしまったようだ。まあ、何かあれば、その時は言葉に甘えよう。

さて、トゥルペさん、俺やりましたよ——とギルド受付へと足を向ける。

受付を見れば夜勤の人に代わっている。トゥルペさん、もう帰っちゃったかな……？

おっ、奥に向かってるのは目当ての——。

「トゥルペさん！」

「あ、ジンさん、お疲れ様です」

ペコリと頭を下げると、彼女は夜勤の同僚たちに帰ります、と告げ、職員用の扉から奥へと消えた。

「……」

「……」

「……」

「……だから言ったろ？　単に都合がよかったから声をかけられただけだって」

「もう夜だし、勤務時間が過ぎていたんじゃないかな？」

と、元の世界にいた頃を思い出し、前向きに解釈してみる。経験があるから思い出しただけでもうんざりするけど。

「あるいは待っててくれたのかも……」

「さっさと帰ったように見えたけどな」

「……うん、俺たちも帰ろう」

ということで、冒険者ギルドを出る。外で彼女が待っていてくれた、ということもなく、残念無念。ちょっとは期待したんだけどな……。

「まあ、今日は遅いからな、仕方ない」

「お前はいつでも前向きだな」

宿へ帰る道すがら、俺とベルさんは夜の王都を歩く。

「ホデルバボサ団……役に立つことって、何があるかね？」

俺が呟けば、ベルさんが小首をかしげる。

「実力はまだまだ素人。正直危なっかしい」

「ソロだとダンジョン入れないから、その時に呼ぶか？」

「でもクソナメクジ団の連中と一緒だと移動に時間がかかるだろう？　今日だって、オイラとジンだけなら、さっさと行き来できたぜ？」

確かに。移動で時間食ったもんなぁ。俺はしみじみ思う。

魔法車をどうにか修理したいところであるが、素材がない。こう、集団移動用に馬車でもいいから乗り物を早めに用意しておいたほうがいいかもしれない。

「ところで、ベルさん。気になっていたんだが……」

「なんだ？」

「なんでホデルバボサの連中を、クソナメクジとか言ってるの？」

初見から辛らつだな、と思っていたから覚えていたが、今も同じことを言ったのでとうとう聞いてみる。

「知らなかったのか、ジン。スペン語で『ホデルバボサ』はクソナメクジって意味なんだよ。ホデルがクソ、バボサがナメクジ」

「なんだって……？」

俺は目を丸くする。ちなみにスペン語とは、大陸東側の国の言葉だ。

「あいつら、自分でクソナメクジって名乗ってるのか？」

「そういうことになるな。……ただ、意味わかって使ってるのかまでは知らんがな」

「知らずに使ってる……？」

「外国語は、なんか響きがカッコよく感じるものらしいからな」

「ああ、何となく理解した」

外国人が、漢字がカッコいいから刺青《いれずみ》にして入れてるとかってテレビで見たことある。意味を知ってか知らずか、日本人からしたら「何でその漢字なの？」と真顔になるようなものとかも。

「ルングは、絶対意味わかってないだろうな。もしわかっていてあの名前なら、センスを疑うね」

なお、英語に直訳したら『シットスラグ』団ということになる。カッコいい……か？


自分たちの団が『クソナメクジ』であることを、リーダーのルングは知らなかった。

ジンと『大空洞』に行ってきた翌日、シットスラグ団、もとい、ホデルバボサ団は冒険者ギルドにやってきた。

今日も今日とで依頼探しである。Eランクは、割と真面目に仕事こなしていかないとすぐ生活に影響するのだ。

ところが、冒険者ギルドにいる冒険者たちが少し騒がしかった。また、冒険者狩りでも出たのかと思って耳を傾けてみると——。

「『大空洞』にドラゴンが出たらしい」

「ドラゴン⁉」

モンスター界隈で、頂点に君臨するという最強の種族ドラゴン。その鱗は鋼の剣すら弾き、並みの魔法では傷一つつかないと言われる。強力な牙や爪は、鋼鉄すら引き裂き、口から吐くブレスは、凄まじい威力を有する。中には空を飛ぶものもおり、希少なタイプほど強いとされる。生半可な冒険者では返り討ちにあうのがオチだ。

そんな恐ろしいモンスターが、大空洞にいる。ルングをはじめ、ホデルバボサ団の面々は顔を強張らせた。

「なんでも、昨日、ダンジョン中に響くような咆哮があったらしいぞ」

「姿を見ていないが、あんな咆哮はドラゴンしかありえねえよ」

「まるで雷みたいだったたって言うじゃないか……雷竜か？」

冒険者たちの噂。それを聞くと、どうやら誰もその竜の姿を見ていない様子だった。昨日、その大空洞にいたが、ルングたちはとんと覚えがない。いるとしても上級者向けの下の階層だろう。そうに違いない。そうであってくれ――ルングは思った。

「……なあ」

口数の少ないダヴァンが、唐突に言った。

「ドラゴンの咆哮って……ジンの魔法のことじゃないかな」

「……あ」

ルングをはじめ、フレシャもティミットも固まった。ラティーユは苦笑する。

「もしかしたら、そうかも、しれませんね……」

洞窟内にあんな凄まじい雷が落ちることなどありえない。ゆえに、ドラゴンの声と聞いた者が勘違いしたのではないか。

なお、後日、ギルドから『大空洞に潜む雷竜の捜索』の依頼が出されるが、当然ながら見つけた者はいなかった。

王都東地区の一角に、アクティス魔法騎士学校がある。

ヴェリラルド王国における魔法騎士養成学校。貴族や魔術師の子女が多く在籍し、魔法騎士になるべく勉学、修練を重ねる場所だ。

魔法騎士とは、魔法を操るのみならず、剣技などの武術にも長けた戦士、いや騎士だ。より高度な魔術を身に付けた魔法騎士は、距離を問わず戦うことができる万能のクラスであり、通常の騎士よりも上位に位置し、待遇もよい。

魔法騎士というだけで、エリートとして見られ、また箔《はく》が付く。ゆえに貴族は自身の子らをこぞって魔法騎士学校に送り込む。もちろん、貴族以外にも魔術師の弟子や、魔法に才が見られる者も在籍する。

だが、実際のところ、真に魔法騎士としての実力を持って卒業する者は多くはない。エリート待遇に目がくらんだ貴族生たちには魔法の才能に疑問符がつく者が多く、また自らの優位を作り出すために一般生を蹴落とす傾向にあった。

ゆえに、本当に才能のある者が学校を追い出されるという本末転倒な事例も見られたのである。

アーリィー・ヴェリラルド王子は、このアクティス校の魔法騎士生だ。ヴェリラルド王国の王位継承権第一候補。涼やかな美形の王子は、中性的でどこか少女のような印象を与える。

が、実際のところは、女である。王子だが、本当は王女であるはずなのに、家庭の事情で王子を演じている。

魔法騎士学校内にある、王族専用寮の一室に、アーリィーはいた。

窓側に寄せた椅子に座り、外を眺めてはため息がこぼれる。温かな日差しが差し込み、快晴の空が広がっていても、王子は退屈そのものといった表情。

遠くから、騎士生たちの掛け声が聞こえる。今は授業中であるが、アーリィーは休んでいる。サボっている。サボタージュ。いや、引きこもっているというのが正しい。

先日、王都に迫る反乱軍を迎撃するために編成された討伐軍の指揮官に任命されたアーリィーだったが、肝心の戦いは討伐軍の完全敗北に終わった。

一度は反乱軍に捕らえられたが、そこに旅の冒険者ジンと黒猫のベルが現れ、助けられた。

「ジン……ベルさん。今頃、どうしているかなぁ」

何度目かわからないため息がこぼれる。

王都に、この魔法騎士学校まで送ってくれた黒髪の魔術師の少年と黒猫は、突然、アーリィーの前から姿を消した。

本当はお礼もしたかったし、もう少し一緒にいたかったが、忽然といなくなってしまった。まるで初めから存在していなかったかのように。

――いや、確かに存在していたんだ……。

アーリィーは自室の中、壁際の机の上へ視線を投げる。

そこには黄色い塗装のクロスボウ、エアバレットが置かれている。さらに視線を少し上げれば、壁にかけられた一振りの剣、ライトニングソードがある。

ジンが、ボスケ森林地帯を抜けるにあたり、アーリィーに貸してくれた武器。魔石の上位、オーブが取り付けられた魔法武器は、高名な魔法技師が製作に携わったものに違いない。そんな高価なものを二つも貸したまま、いなくなったジンとベル。

思い出せば、不思議な人と猫(?)だった。

近接武器の扱いに長けた魔術師。失礼ながら身なりは貧相で、どこにでもいそうな低級の魔術師だったが、その力は近衛隊の騎士や魔術師以上だった。

豊富な魔獣知識、旅に慣れていて、何事もテキパキとこなした。本当なら、ひとりで心細くなるところを、彼らといると安心感があった。

危険な魔獣の森でもお風呂に、と聞いた時は耳を疑ったけれど、その安心感とジンの持つ不思議な魔法具に見せられて、つい見入ってしまった。

「……」

あの時、アーリィーは戻ってきたベルに驚いて、バランスを崩し転倒しかけた。ジンが助けてくれたのだが――、む、胸を触られた。

「……ッ！」

どくん、と心臓が痛いくらいに鳴った。女を隠し、王子として生きてきたこれまでの人生。ジンには初対面でバレてしまったが、まさか、そこで胸を触られるようなハプニングが起きようとは！

無意識のうちに、アーリィーは自分の胸に手を伸ばしていた。王子として振る舞っている今、矯正下着によって平坦である。その下の、女としての胸を――異性に揉まれるなんて、むろん初めてだった。

もちろん、あれはアーリィー自身の不注意が原因で、ジンは助けてくれただけだ。だから彼を恨むようなことはしないが、ドキドキしたのは隠しようがなくて。

……とにかく、そう、彼は凄いのだ。

王都へ押し寄せる反乱軍を、たった一発の大魔法で一掃してしまったのだ。

反乱軍にも強力な魔術師がいた。その攻撃に討伐軍も痛い目にあったが、ジンの魔法はそんなレベルとはまるで違った。もし彼が初めから討伐軍にいたなら、あんな手酷い敗北を経験することもなかった。

反乱軍を消滅させたジン。その後は――……その後は……初めてのキ、キス！

アーリィーは顔が真っ赤になった。ジンからは消耗した魔力を回復させるため、と言われたが、キスには違いない。初めてのキスを、彼に！

アーリィーはベッドに飛び込んだ。奪われてしまったのだ。初めてを。

顔から湯気が出るかと思うくらい熱く、そして赤くなる。誰にも見られていないにもかかわらず、顔を隠すように枕に押しつける。

火照りが止まらない。王都の危機を払いのけて、不可能を可能にしてみせて、正直格好いいって思っていた時の不意打ちだった。だから、なおのこと衝撃的過ぎて。

異性にここまで胸が高鳴ったことが、他にあっただろうか。

彼は強くて、頼りになって、何よりアーリィーを『女の子』として扱った。

王子として生きていた自分。そうしなくてはいけないことを強要され、女でありながら男を演じなければいけなかった自分。

『さあ、お姫様。お姫様――』

お姫様。そう呼ばれた時、胸の奥につかえていた何かが弾け飛んだ気がした。彼が王子ではなく、女子として扱ってくれるたびに、それまで塗り固められていたモノが綺麗に剥がれていくのを感じた。

だからアーリィー自身、影武者だとジンが思い込んでいたとはいえ、素の態度で接することができきたのだろう。

彼はそれで怒ったり、変な顔をしたりはしなかった。だからアーリィーは自分が王子であることを忘れることができた。

歳も同じくらいのようだったし、友達みたいに付き合えたのが、とても貴重で、そしてこの上なく嬉しかった。そもそも性別を隠しているから、アーリィーには心を許せる友人はいない。

ジンとのキスのことがフラッシュバックし、アーリィーはまたも悶《もだ》えた。凄まじく、激しく、心臓が鼓動を繰り返す。掻き毟《むし》りたいほどの衝動に、焦がれる想い。

しばらくして、幾分か気持ちが落ち着いた頃、ぽつり。

「会いたいなぁ」

学校前で、突然消えてしまったジンとベルさん。会いたい。また会ってお話したい。王子としてではなく、普通の人間として、彼に憧れる女の子として――。

アーリィーは孤独だった。

王子であるだけでなく、自身が女であることを隠している身の上。アーリィーが女であるようにと押し付けている父王もまた、最近特に関係がよくない。

生きて帰ったことで、討伐軍とその後の反乱軍について報告する立場だったアーリィーは、父王と面会。その際、反乱軍に従兄弟であるジャルジー公爵がいたことを告げたが、父はそれはあり得ないと言い、まともに取り合ってくれなかった。

実際、その後、国王がジャルジー公爵やその家に何かしらの制裁を加えたということもなかった。

アーリィーの証言だけでは、証拠不十分と見たのかもしれない。事実、「証拠は？」と言われたら、自分が見ただけとしか言えず、敗戦の責任を逃れるための言い訳では、などと疑われてしまえば、アーリィーにはどうすることもできなかった。

実の子の言うことには、もう少し耳を傾けてくれてもいいと思う。

鬱屈したものが込み上げ、ため息がこぼれた。

その時だった。

扉がノックされた。アーリィーが適当な返事をすれば、扉が開き、初老の執事長ビトレーが入ってきた。

「殿下、お茶の用意ができました」

「ありがとう、ビトレー。……ねえ、ひとつお願いがあるんだけど」

「何なりと、殿下」

執事長は頭を下げた。

ここしばらく、ずっと心の中でくすぶり、口に出そうとしていたこと。何度もひっかかり、諦めたその言葉。……今こそ、今度こそ言ってやる！

衝動が抑えられなかった。何せ初めてのことだから、行動も大胆になる。

「人を探して欲しいんだ」

「人、でございますか……」

ビトレー執事長は表情こそ変えなかったが、声には疑問の色が混じる。

「ジンという名前の魔術師。歳はボクと同じくらい。冒険者だって言っていた。この王都にしばらくいると言っていたから、たぶん冒険者ギルドに所属していると思うんだけど――」

「そのジン様をお探しすればよろしいのでしょうか？」

「うん。凄腕の魔術師で冒険者なんだ！」

アーリィーが言えば、執事長は首をわずかに傾けて。

「殿下を王都までお連れしてきたという方、でしょうか……？」

「ビトレー」

少女王子の顔がにわかに険しくなる。王都へたどり着いた経緯については、冒険者に助けられた、とは言ったが、その素性や行動については、黙秘してきたアーリィーである。

「失礼致しました、殿下。早急に使いを出します。……して、殿下。ジン様を見つけた後は、どのように？」

ビトレーの問いに、アーリィーはそっと目を伏せた。

「その時は――」


朗らかな天気。吹き抜ける風が心地よい。

俺とベルさんは、王都より東にあるデュシス村にいた。冒険者ギルドに寄せられた『とある品』を輸送するクエストを受けたためだ。

とある品は、箱詰めされており、外から見る限りでは中身がわからない。依頼によれば希少価値のある古い時代の壺らしい。まあ、とにかく派手に揺らすな、乱暴に扱うなという代物だった。

Dランクの依頼……ああ、そうそう、俺、先日ランクがFからEに昇格した。現状、依頼達成率百パーセントだから、案外スムーズな昇格らしい。まあ、E、Fランク依頼で躓《つまず》いてもいられないが。

かくて、Eランクになったので、一つ上のDランクも受けられるというわけだ。

壺の入った箱は革のカバンに入らなかったので、魔法で大荷物用ストレージの入り口を作り、そこに保管。あとは飛行形態になったベルさんの背に乗り、目的地へひとっ飛び。文字通り、簡単なお仕事である。

お届け先であるデュシス村在住の大地主さんは、予定より遥かに早い荷物の到着に驚いていた。中身を確認して間違いなかったらしく、受け取り証にサイン。報酬である五千ゲルド、金貨五枚を受け取り、俺たちは帰途についた。……ランクの割に高額報酬だった。

地上を行くより格段に速く、空には脅威が少ない。ワイバーンだってめったに出るものじゃない。空輸のスピードに敵うもの無し。ひょっとしたら運び屋は、俺たちにとっては天職かもしれないと思う。

そういえば、英雄時代、発掘された古代機械文明時代の戦闘機に乗ったことがある。大帝国との戦いで失われてしまったが、独自に作れたりはしないかな……？

と、あれは――。

「ベルさん、ベルさん。降りてくれ」

俺は細長く伸びる道の、とある場所を指差す。飛行形態のベルさんが翼を畳み、緩やかに降下した。

平原のど真ん中である。舗装されていない、土がむき出しの道の横に、馬車が一台……いや馬車だったものが捨てられていた。実は来る途中、上から見えて気になっていたんだ。

俺はベルさんの背中から降りると馬車へと歩く。四輪型の荷馬車といったところだ。ただ人や馬の姿はない。馬車自体も右に傾いている。

飛行形態を解き、猫の姿になったベルさんが口を開いた。

「乗り捨てか？」

「たぶん足回りが壊れたんだろうな。……ああ、やっぱり。前輪を繋ぐ車軸が折れてる」

泥濘《ぬかるみ》にはまって動けなくなった可能性も想像したが、車軸が折れていてはさすがに荷物を積んで走れない。修理もできそうにないから放置されたのだろう。俺がじっと馬車の状態を確かめていると、ベルさんが覗き込んでくる。

「なんだ。これ拾うのか？」

「ああ、ちょうど馬車が欲しいと思っていたんだ。……といっても使うには、修理しないと駄目だけど」

「これの持ち主が取りに来るんじゃね？　修理道具なり、牽引用の馬車なりを持ってきて」

「うーん……それはないな。荷物は全部運び出されているし、それでなくても結構年季が入っているから処分時と見られたかもしれないなぁ、この馬車」

正直、まともに修理とか徹底的なメンテしたら、中古でも買ったほうが安くあがりそうな廃棄秒読みレベルの代物だが。……あくまで普通の手段で手を加えれば、だが。

「とりあえず、確保ということで」

大ストレージを開き、浮遊《フライ》の魔法を馬車にかけて浮かせると、中へと入れる。入り口を閉じ、俺は振り返る。

「よし、じゃあ帰るか、ベルさん」


王都冒険者ギルドを珍しい客が訪れた。

プレートメイルに、近衛を表す青いサーコート。腰に下げた剣、どう見ても騎士、それも近衛の人間である。

長い赤い髪の、凛とした顔つきの女性騎士は、油断なく視線をギルド一階フロアにめぐらせた後、迷うことなく窓口へとやってきた。

対応したのはトゥルペだった。

「王国近衛騎士、オリビア・スタッバーンだ。王室より、ある人物を探すよう命じられた。速やかに責任者に取り次いでもらいたい」

「は、はい！　ただいま」

トゥルペは席を立つと、直属の上司である副ギルド長のラスィアか、ヴォード冒険者ギルド長を探しに行く。ラスィアに報告するのが一番だが、ギルド長を見かけたらそちらでもいいと思っている。

ヴェリラルド王国の王族を守護する近衛隊が、わざわざ騎士を送るということは、それ相応の重要案件だろう。少なくとも、一窓口スタッフであるトゥルペが、軽々しく案件内容を聞いていいものではない可能性が大である。


王都冒険者ギルドの長、ヴォードは現在王都にいる冒険者の中で唯一のSランクだった。ドラゴンスレイヤー——竜殺しの称号を持つ凄腕。クラスはヘヴィナイト。重装備に身を固めつつ、両手持ちの大剣で敵を一撃のもとに切り裂く、重攻撃・重防御型職に就いている。

副ギルド長のラスィアから、近衛の騎士から面会を求められていると聞いたヴォードは、ギルド奥の執務室に、使いの騎士を通すように命じた。

今年、四十四歳になるヴォードは筋肉逞《たくま》しい大男であり、それが執務室の席についているだけでも、見る者に凄まじい威圧感を与える。……強面だが、根は優しいと評判でもある。

オリビア・スタッバーンと名乗った近衛騎士は、二十代半ばの女性だ。何とも武人然とした顔立ちで、その所作も根っからの戦士だろうことが窺えた。

もうひと回り自分が若ければ、腕試しを挑んだだろう、とヴォードは目の前の女性騎士に思った。

「天下のドラゴンスレイヤー、ヴォード殿とは個人的にもお話をしたいと思っていたのですが、今回は我らが主、アーリィー王子殿下の使いゆえ、単刀直入に申します」

何か危険なモンスターでも出たか。あるいは凶悪な犯罪者討伐か——ヴォードは頷いたが、オリビアのそれは、まったくの予想外だった。

「冒険者？」

「ジンという名前で冒険者らしいのですが、名前はそれしかわからないのです」

「人探し、か」

ヴォードは思わず自身の髪をかいた。副ギルド長のラスィアに、冒険者名簿を持ってくるように言えば、ダークエルフの副ギルド長は執務室を一端退出する。

「その冒険者は何かしたのか？」

「貴殿の知るところではない……と本来なら言うところなのでしょうが、生憎と、私たちにもよくわかっていないのが実情です。王子殿下が、そのジンという冒険者を探して、会いたいと申されまして」

「その口ぶりでは、何か殿下に無礼を働いたとか、それらの類ではなさそうだな……」

オリビアは頷く。

そこへ、ラスィア副ギルド長が紙の束を持って戻ってきた。

「わかったか？」

「現在、王都近辺に登録されているジンと言う名前の冒険者は、五人――」

「五人……」

「なにぶん、ジンだけでは……」

ラスィアはその形のよい眉をひそめた。オリビアが口を開いた。

「殿下のお話では、ここ最近、王都に来た者らしい」

「つい最近と言いますと――」

ラスィアは名簿へ視線を落とす。

「ジン・トキトモという東方人がいます。クラスはマジシャン。ランクは……つい先日Eランクになったばかりの新人です」

「それは違うな。王子殿下曰く、凄腕の魔術師という話だ。そんな低ランクの冒険者ではない」

「そうなりますと……申し訳ありませんが、該当する者はいませんね」

ラスィアが眉をひそめれば、オリビアは唸った。

「このギルドに来ていない、ということか……」

無駄足だったか――赤毛の女性騎士は席を立った。

「ヴォード殿、お騒がせしました。他所を当たってみることにしますが、もしジンという凄腕の冒険者が現れたり、話題でもあったりすれば、報《しら》せていただきたい」

「承った」

ヴォードは頷いた。チラッ、と褐色肌の副ギルド長を見やる。

「ギルドの職員にも伝えておけ。それらしい冒険者を見たら、知らせるようにと」

「かしこまりました」


オオカミ狩りをしたり、ボスケ大森林地帯に行ったりしながら、日々を過ごしていた。

日銭を稼ぎ、素材を獲得しつつ、先日拾った馬車の改修作業をコツコツとやっている。ボスケ森林地帯なら、DCロッドや合成魔法を使っても目撃される危険性がほとんどないからね。

本当は、魔法車のほうに手を入れたいのだが、コアとなるエンジン用魔石がない。他の魔力伝達線などの部品の製作は、細々と実施中であるが。

改修作業は、まず折れた車軸を、新規製作の部品に交換。客車部分の床は、ストレージにため込んでいた木材を加工して張り替えた。

地面からの衝撃を抑えるためのサスペンションは、DCロッドからスライム床素材を出して、緩衝材として設置。

補足しておくと、このスライムは、ダンジョントラップの一種であり、床や壁に設置して使う。例えば脚を止めたり、クッションのように使ったり、または触れるものを跳ね飛ばしたりと用途をさまざまである。なお生き物ではない。

この世界では、どう考えても舗装された道以外を走る機会のほうが圧倒的に多い。それゆえ長時間乗るのであれば、揺れや地面のおうとつ対策は必要だ。……馬車というのは、案外乗り心地がよくないのだ。

「車輪にも細工しておくか」

馬車の四つの車輪に、これまたスライム床を加工してゴムのようなものにして貼り付けた。タイヤの代わりである。車輪を保護し、安定性を増す。

「とりあえず、これで走れるようになったか……?」

「まあ、足回りさえできてりゃ、上はボロでも走るだろう」

ベルさんが、どこか適当な調子で言った。

「それで、こいつを牽《ひ》く馬は？」

「実は迷ってるんだ」

俺は、ＤＣロッドで自身の右肩をポンポンと叩く。

「馬でもいいんだけど、こう、フェンリルっぽいオオカミみたいなのに牽かせるってのもありだと思うんだ」

「おう、オオカミか。強そうだな」

「あとは、ゴーレムもいいかなと」

「ゴーレムに牽かせる、か。そいつは思いつかなかった」

ベルさんはわざとらしく言った。

「確かに召喚生物と違って、ゴーレムなら魔力さえ供給できれば疲れ知らずだ。……傍から見ると車じゃなくて、人力車っぽいが」

二足歩行の巨人じみたゴーレムが馬車を牽く光景……確かに、人力車っぽいな。いや、そうじゃなくてだな——。

「ベルさん、ゴーレムって人型だけだと思ってない？」

「ん？　違うのか？」

「コアとなる部分と、身体を構成する素材があれば、形は自由だと思うんだ。人型でなくても、四足の魔獣型とか、イメージできるならどんな形でも」

やってみようか――俺はストレージから、適当な魔石を取り出す。

赤い魔石。以前、エスピオ火山で倒した魔獣から拾ったやつだ。まあ、ゴーレムのコアとなる魔力源になれば、何でもいい。

周囲の土を魔法で持ち上げ、魔石の周りに配置。俺は頭の中で、作り出すゴーレムの形を想像する。

四脚、トカゲ型……いや、頭と尻尾はいらないか。

「クリエイト！」

青白い光が、魔石と土塊の周りに円を作り、俺の想像を形に変える。見えない手で組み上げられていく土塊《つちくれ》は、やがて、胴体と脚が四本生えただけの、異形となった。

ベルさんは小首をかしげる。

「ゴーレムか、これ？」

「ゴーレムだよ。これ」

俺は答えると、さっそく異形の四足ゴーレムを貨車と繋げた。

「ようし、ベルさん、試し乗りだ。これで王都まで行こうぜ」

ということで、さっそく試乗してみたのだが――。

四脚型ゴーレムが牽く馬車、いや、馬じゃないからゴーレム車か。略してゴ車？

語呂が悪いのはともかく、サスペンション装備で、車輪もタイヤ代わりのスライム板で補強してあるため、思ったより快調に平原を走った。

揺れがないわけではないのは、地面がでこぼこしているから。舗装された道路や街道をぜひ走ってみたかった。

とはいえ、ゴーレム自体が歩くと足跡を刻むため、車体がズレるとその足跡を踏んで揺れるという俺にとっては予想外の事態も発生した。

おかげで全力疾走は諦めた。生身の動物ではないゴーレムなので、どれくらい飛ばせるか期待していたのだが……。

王都に見える位置まで走った後、人の目を気にして、ゴーレム車をストレージに収容。何食わぬ顔で王都内に戻ると、冒険者ギルドへと向かった。

第五章　ダンジョンのミスリル鉱山

ギルドに顔を出すと、トゥルペさんから、ダンジョン系依頼のソロ受注が解禁されたことを教えられた。

「あれから冒険者狩りが出たという話もありませんし、犯人と思われる不審者の目撃も報告されていませんから」

「結局、あの冒険者殺人は何だったたんだろうな?」

俺は小首をひねり、ベルさんと顔を見合わせる。トゥルペさんも「そうですねぇ」と苦笑いしていた。

なんでも、今回のダンジョン系のソロ受注解禁を求める冒険者は多かったという。俺みたいなソロより、パーティーを組んでいる奴のほうが一般的かと思っていたのだが、案外ソロで活動している奴も多いらしい。

トゥルぺさん曰く、報酬の低い依頼が多い低ランク冒険者たちが、自分の取り分を増やすためにソロで動くことが多いのだとか。

先日のホデルバボサ団の連中にも言えるが、人数が多いと取り分が分配されるので、個人での稼ぎはあまりよくないのだ。

なお、本当なら徒党を組むべき低ランク冒険者たちがソロで動くのは、冒険者狩りの餌食になるだけでは、と危惧する声がギルドではあるらしい。

「ジンさんは大丈夫だと思うのですが、ソロ解禁になったのは決して安全になったというわけではなくて、冒険者狩りが現れた時は自己責任で、という意味合いが強いみたいですよ」

ソロ受注解禁を、と叫んだ冒険者たちへの声を汲んだのだから、何かあってもギルドは知らないからね、ということだろう。

割とお優しいギルドなんだな、王都ギルドってのは。他所だと、お前ら勝手に受けて、勝手に死ね、みたいなところもあった。当方は一切責任がありません、とか何とか。

「それはそうと、何か話題になっていることはある？」

聞いてみれば、トゥルぺさんは手元の書類をペラペラとめくる。

「そうですねぇ……。あ、そういえば大空洞ダンジョンで、ミスリル銀が大量に含まれる『鉱山』エリアが発見されたそうですよ」

「……本当か？」

ミスリル銀――魔力を含んだ魔法鉱物。それ自体が硬く、軽い。最大の特徴は、魔法に関する特性だろうか。付与魔法が効きやすいのに加え、攻撃魔法への耐性が高い。

ミスリル銀で作られた武具は大変高価な代物で、冒険者や騎士などにとっては一種の憧れを抱かせる。魔力に干渉する効果からか、不死者《アンデッド》に強い力を発揮するとも言う。

「それは、皆、群がりそうだね」

加工前のミスリル鉱石でさえ、そこそこの値がつく。低ランク冒険者が一攫千金を狙って鉱山エリアに向かう、というのは安易に想像できる。

トゥルペさんは首を横に振った。

「誰でも行けるところならよかったのですが、大空洞内でも、上級冒険者向けの危険階層を経由しないとたどり着けないところにあるんです」

ビルド系の職業から、ミスリル採掘依頼が出始めているが、用意された報酬があまり高くないために、正直微妙なものになりそうらしい。

危険を冒す分、冒険者は高い報酬金を期待する。だが、依頼側は予算とミスリルから得られるだろう売り上げを秤《はかり》にかけて、ある程度の利益を得なくてはならない。採集依頼の報酬を高額にしたせいで、赤字になるようでは意味がないのだ。

せっかくミスリル銀が掘れるのに、もったいないことだ。これはあれかな。ギルドに依頼を通さずに、直接掘ったものを持ち込んで買い取ってもらったほうがお互いに得かもしれない。

「ちなみに、その発見されたミスリル鉱山は、大空洞のどのあたり？」

俺は大空洞の地図を出しながら問う。トゥルぺさんは目を丸くする。

「十三階層って聞いてますけど、何ですかジンさん。この地図は！」

「マッピングは基本でしょ」

「なんで、ちゃっかりその十三階層の地図が出てくるんですか。ってまだ他の階層の地図持ってますね？　いったいどこまで入ったんですか大空洞」

「企業秘密」

DCロッドでズル《チート》しました。もともとダンジョンコアである。索敵をかければダンジョンの地形を把握するのは朝飯前だ。実際に歩いていないところの地図だってあるよ。……とはもちろん言えない。

「それ、売ったらいい値がつくんじゃないですか？」

トゥルぺさんが、どこか引いていた。

「結構、精巧な地図みたいですし、上司に話したら買いたいって言うかも」

「じゃあ、内緒で」

「……わかりました。ここでのことは、私の中で留めておきます」

「ありがとう、トゥルぺさん。お礼にこの後、お茶でもどう？　奢《おご》るよ」

「……最近人手不足で忙しいので、またの機会に」

トゥルペさん、営業スマイル。あ、そう——ガードが固いなぁ。まあ、ドライな彼女もいいけどね。

「断られてやんの」

ベルさんがケタケタと笑いやがった。

「いい加減、学習しろよ」

「うるさい」

適当にじゃれ合った後、ちゃんとミスリル鉱山の大体の場所を教えてもらった。トゥルペさんは直接行ったことがないから地図を見せられても、おおよそしかわからなかったけど。

かくて俺とベルさんは、早速、大空洞へと向かった。


やっぱり危険なのは十三階層に行く途中にある第十階層、通称『ジャングルエリア』だ。

人食い植物や昆虫が跋扈《ばっこ》するジャングルと形容してもよい深い自然地帯。……ここ、地下ダンジョンなんだけどなぁ……。

逆に何でもありなところが、ダンジョンと言えるかもしれない。この世には解明されていない事柄、事象に溢れている。深く考えても無駄なこともあるのだ。

「誰か、ここを焼き払おうとか考えないものかね」

思わず愚痴《ぐち》がこぼれる。圧倒的な緑色の中から、突如、巨大な口をもった食人植物が伸びてくる。

その名もズバリ、マンイーター。人喰いだ。その口の大きさは、一口で人間の上半身を咥えこむほどだ。

「インビジブル・ウォール」

見えない壁が、俺に向かってくるマンイーターに正面からぶつかり、弾き飛ばす。何が起きたかわからないまま、逸れていく食人植物。その先には頭蓋骨を模した面貌の兜をした暗黒騎士、ベルさん。

デスブリンガーが一閃すれば、マンイーターは体液をぶちまけながら、真っ二つになった。

「ダンジョンだぞここは。このあたりの植物は少し焼き払った程度では、またすぐに元通りだろうよ」

ベルさんは、大剣についた体液を振り払う。いつもの猫姿ではないのは、このジャングルエリアの敵に備えてだ。小動物は、ここでは真っ先に狙われる。間違っても猫や犬を連れてくるな。やられるぞっと。

「ああ、ファイアーウォールしてぇ……」

突っ込んでくる敵が勝手に燃え上がる防御魔法であるが、周囲の植物に引火しての大火事は、自滅するだけなので自重である。

「ところで、ジン。このまま真っ直ぐでいいのか？」

「ああ。もう少ししたら、氷結エリアだ。ミスリル鉱山は、その先らしい」

地図で確認しつつ、洞窟内のジャングル草を踏みしめる。天井が高い。蔦《つた》がいっぱい垂れ下がっているせいで、森の中にいる気分だ。

「おや、これはひょっとしてマンドレイクか」

扇状に葉を茂らせ、紫色の花を咲かせているそれに、俺は見覚えがあった。ヤバイのも含めてさまざまな薬の材料になる。引っこ抜くと聞いたものを即死させる悲鳴を上げるとかそんな伝説があるが――。

「おい、ジン、そいつを抜くつもりか？」

「エリサさんに持っていたら喜ぶんじゃないかな」

「ああ、あのお色気魔女ね」

おっと、沈黙《サイレント》の魔法を展開。マンドレイク周囲の大気の震動を遮断。根元を掴み、土に埋まっている本体を抜く！

引き抜かれたマンドレイクが震える。何もしないと、人を気絶させる程度の大音響を発するが、音の伝達を遮断してしまえばいいのだ。

しばらく悶えるように震えていたマンドレイクは、やがて動きが止まった。悲鳴じみた音も止まった証拠である。……収穫収穫っと。

「ジン、ちょっと厄介な奴らの登場だ。頼めるか？」

ベルさんの声。見れば、暗黒騎士の向こう側に、体長五十センチほどの馬鹿でかいハチ――キラービーの集団。

きもいし、いちいち相手するのも面倒な昆虫型。あれで結構、硬い上に、例によって毒針を持っている。

「オーケー、ベルさん。こっちへ下がってこい。……サンダーバインド！」

電撃を網状に放つ。大型の魔獣の動きを電撃で止める魔法だが、キラービー程度の大きさのモンスターなら、その身体を焼いて殺す程度の威力にはなるのだ。一匹一匹狙うと面倒なら、まとめて捕まえればいい。

電撃網の魔法に引っかかった殺人ハチの集団はたちまち焼け焦げて死骸となった。

キラービーが比較的群れて飛んで来たということは、近くに巣があるのかもしれない。……うーん、あまり近づきたくないな。

ちょっと想像して欲しいが、体長五十センチものハチが大挙しているような巣がどんな大きさで、どういうことになっているかを。

「……先を急ごうか」

俺とベルさんは進んだ。途中、巨大アリだったり芋虫だったりと遭遇したモンスターを片付けて進むことしばし、エリアの境界が変わり、あれほどいっぱいだった蔦などが見えなくなった。

この先が、『氷結エリア』だ。


ジャングルエリアを抜け、ただの岩だらけの洞窟を進んでいると、冷気が肌を刺してきて、やがて開けた場所に出た。

第十一階層。地面や壁が氷漬けの、通称『氷結エリア』だ。

洞窟内にもかかわらず明るい。天井もまた高く、一部靄《もや》がかかっているように見えるが、本当ダンジョンの中の環境とは理解不能だ。

魔女エリサさん特製の魔法薬ヒーターを飲んで身体を温める。……アルコールの味しかしないが深く考えたら駄目な気がする。

ストレージから、白灰色のコートを取り出すと、それを着込んだ。

セルキーという妖精族が用いているコートは、防寒に優れた性能を発揮する。毛皮で中は温か、完全密閉状態にすれば、冷えた海水の中でも自在に泳ぐことができるという性能を持つ。

ただひとつ難点を挙げるとすれば、その完全密閉状態にすると、どこからどう見てもアザラシにしか見えなくなるというくらいか。そこまでしなくても、コートについているフードを被ると、もうアザラシのキャラものコートを被っているようにしか見えない。

同じく手袋をして、防寒対策は完璧。俺とベルさんは、氷結エリアを進む。だだっ広いその空間は、大洞窟と言うに充分。

地図によれば、この十一階層は東西南北、四つのエリアがあり、ジャングルエリアから降りてくるルートは十一階層東側に出てくる。さらにこの階層の東側から次の階層にいくと、そこも氷結エリア。それを抜けた先が、ミスリル鉱山の見つかった十三階層北東部に通じる。大空洞ダンジョンは途中からルートが分岐するので、このあたりへは中々冒険者たちも来なかったらしい。

さて、氷結エリアである。ここに出没するのは青い毛並のアイスウルフ、スケルトン、ゴースト、吸血コウモリ、スライムが主で、たまにゴブリン、ホワイトリザード、フロストドラゴンが出没すると言う。

……正直、Eランクはもちろん、Dランク冒険者でも結構危ないモンスターが出る。まあ、俺とベルさんなら、苦でもないが。

このクソ寒い中、トカゲが元気なのは理解に苦しむが、極寒の地でもドラゴンが生息していると思えば、そんなものだろうと思うことにする。ここでの難物は、クラスにもよるだろうが、物理攻撃が当たらないゴーストか、フロストドラゴンだろうか。

ゴーストは霊体ゆえ、魔法武器か魔法で対処するしかなく、その両方ないし片方でも備えがないなら、戦わず逃げることを勧める。

フロストドラゴンは、ドラゴンと名こそあるが、ドラゴン種の中では低位。硬い鱗にパワー、氷のブレスを吐く強敵ではあるが、所詮は馬鹿でかいトカゲに近く、竜殺しでないと相手できないほど強いわけでもない。

「ベルさん、ドラゴンスレイヤー！」

暗黒騎士ベルさんのデスブリンガーは、いとも容易くフロストドラゴンを裂き、首を跳ね飛ばす。

それに引き換え俺の相手ときたら……。

霜竜の素材と魔石ゲットである。

「炎」

短詠唱。次の瞬間、ゴーストは一瞬で燃え上がり、まばたきの間に消滅する。その霊を構成する負の魔力が消滅してしまえば、ゴーストも消える。

そう、消えるのだ。

だから何も残らない。魔力を使うだけで見返りが何もない相手というのも面倒なだけである。


やがて、第十三階層北東部エリアに到達。しばらく進むと、上層から水が流れ込み滝となっている場所があった。水が流れる川となっているのを浮遊して横断。これ落ちたらたぶんやばいほど冷たいはずだ。

そして、目的の場所にたどり着いた。

「ここが、例のミスリルの鉱山か……」

氷漬けの一帯の先。すり鉢状にくぼんだ地面、むき出しになった岩肌が天井へと伸びている一角。話に聞いていた地形と一致する場所。すりばち状なのは上から掘っていく露天掘りで中央を掘ったからだろうか。

最近見つかった、という割にはそこそこ掘られている。これ、ひょっとして知られる前に誰かが独占的に掘っていたんじゃないか……？

そう考えると、こんなモンスターが出没する場所で採掘していたツワモノがいたということになる。これから採掘しようとしている俺が言うのもなんだけど、よくやるよ……。

ベルさんが、周囲を見渡す。

「ミスリルが出るって言うから、もっと人が来ていると思ったが、そうでもないな」

「魔獣がうろついているからな。ドワーフでもなければ、掘ってる最中にやられてしまうんじゃないか」

フロストドラゴンなどを相手にするのは、ＥやＤランク冒険者では手に余る。それ以外にもこのあたりの階層だと、厄介なモンスターも多い。

「じゃ、オレ様は見張ってるから、採掘がんばれー」

暗黒騎士は任せたとばかりに、採掘場に背を向ける。さっそくミスリル掘りをしない宣言。……俺だって掘らないぞ。

革のカバンから魔石を取り出す。掘るのは、こいつらに任せる。クリエイト――。

「ストーンゴーレム」

魔石の周囲に魔法陣が走り、発光する。ごごごっ、と地面が割れ、岩の塊が浮かび上がると、たちまちマッシブな身体を持つゴーレムが具現化する。

「さあ、頑張って掘ってくれ！」

ゴーレムたちに指示を出せば、疲れ知らずの岩人形はガンガン地面を砕き、掘り出す。

採掘を始めた音があたりに木霊する。すると、音に引き寄せられたモンスターもやってきて――

「ゴブリンか」

ベルさんがデスブリンガーを抜き、ゴブリン集団へと悠然と向かう。

そっちはベルさんに任せて、俺はゴーレムたちの仕事を監督しながら、掘られた岩の検分をする。

この中にあるミスリル銀が目的であり、まわりの岩はいらない。

土系魔法の土壌操作で、岩の塊をさらに小さく割る。ミスリル銀が含まれている塊を分別し、それが終わると次の行程。邪魔な岩を溶かすのである。

ストレージより、ミスリル製の大桶を取り出す。中にミスリル鉱石を入れたあと、これから流し込むモノの対策としてドワーフマスクを装着。毒性物質を吸わないようにするためだ。

準備が終わると、俺は大桶の中に、魔法『ヴェノム・タイプⅢ』を具現化させ流し込んだ。緑がかったドロリとした液体が、鉱石に触れるとジュッと溶け始める。

猛毒Ⅲ号。それはあらゆる金属を溶かすと言われる架空の化物の血液の効果を再現しようとして作り出した、オリジナル魔法である。

触れたモノを腐食させる超強力な酸は、さまざまなものを腐食、溶かす威力を発揮したが、それを作り出すきっかけは、敵の魔法武具の破壊のためだったりする。

だが、その目的から考えた場合、ヴェノムⅢは失敗作となった。

この猛毒魔法は、肝心の魔法武具を腐食ないし破壊することができなかったのである。特にミスリルに対して、まったくの無力だった。ミスリルには攻撃性の魔法を弾く力があるため、ヴェノムⅢが魔法である以上、腐食させることができなかったのだ。

本来の用途である魔法武具破壊は不可能だが、それ以外の物質ならそこそこ効果を発揮する。そして当初の用途として考えていなかった『岩塊を溶かし、ミスリルを抽出する』ことにとても都合のよい魔法となった。災い転じて福となす、だ。

怪しげな蒸気が吹き上がり、ジュウジュウと焼けるような音が耳朶を打つ。音だけなら肉でも焼いているように聞こえなくもない。

だが実際は、強力な酸と共に毒成分が大気にも若干拡散しているので防毒装備は欠かせない。幸い、ベルさんは離れているし、ほかの作業員がゴーレムなので毒成分を使っても支障はない。

ひたすら、ゴーレムが掘り、選別し、俺が魔法で余分な土砂や岩を溶かす。ベルさんは周辺警戒を行い、やってくる魔獣を狩る。見事な役割分担。

「ん……？　んん……？」

ある程度、ミスリルを分別していた時に、違和感を覚える。……ミスリル銀は、ヴェノムⅢを弾……いていない⁉

俺は慌てて、大桶の端を持ってヴェノムⅢを外に流す。たちまち流れ出た酸が地面を派手に腐食させるが、溶けて困るところではないので無視。

俺は溶けかけているミスリル銀？　を浮遊魔法で浮かせて、毒から離す。ついで浄化魔法で毒素を取り除いてやる。

「どうなってるんだ……？」

ミスリル銀が溶けるはずがないのだ。実際の酸ならともかく魔法形成の酸では。……俺のヴェノムⅢがいつの間にか、ミスリルを溶かせるようになった？

いや、ミスリルは溶けないという前提で俺はヴェノムⅢを使っている。頭の中で、そう固定概念ができていることは、そのようになるのが魔法だ。

つまり、この鉱物は——。

「ミスリルじゃない……。ベルさん！」

俺は声を張り上げた。やや離れたところで退屈そうに剣を肩に担いでいた暗黒騎士が振り返る。

「どうした、ジン？」

「あんたが相手した奴の中にコボルトはいなかったか？」

「コボルト？……あー、うーん？」

ベルさんは考え込む。

「あー、ひょっとしてあのゴブリン。コボルトだったかもしれない」

コボルト。ファンタジーモノやゲームでは、犬っぽい頭を持った亜人モンスターなどで描かれることがあるそれは、この世界ではゴブリンによく似た種族である。

ただ元世界でのコボルトがそうであったように、この世界のコボルトも、鉱物を『とある鉱物』に変える力を持っている。

ミスリルと思ったこれは、彼らコボルトが魔法で変えた鉱物。その名を『コバルト』という。

硬く、一般的には冶金が難しい鉱物になる。なので、魔法鍛冶師やドワーフ、エルフなど以外の者にとっては扱いが難しい。彼らが扱わなければ、とんだはずれ鉱石と言われていたかもしれないコバルトだが、ミスリルほどではないが魔力と相性がよかった。

例えばコバルト製の剣があったとして、刀身に火属性を付加しても剣に負担をかけることなく、十二分に威力を発揮する。粗末な鉄の剣だと熱で刀身を溶かしてしまうこともあるが、コバルト製ではそれがない。

多少価値は下がるが、まあ、魔法金属としてコバルトも悪くはない。

とりあえず、コバルトもあるが、ミスリルもあるようだし、もうしばらく掘ってみるか。

「ベルさん、今日はここで一晩過ごすぞ！」

「えー？　なに、帰らないのか？」

「期待した量に届かないからな。せっかく来たんだ。もうちょっと掘っていくぞ」

「へぇーい」

気のないベルさんの返事を聞きつつ、俺は作業に戻った。ゴーレムたちは、その間もせっせと地面を掘り続けていた。


第十三階層にて一泊。ひたすらゴーレムが掘り続け、俺とベルさんは交代で見張り。ついでにゴーレムを追加して、護衛させたり、やってくる魔獣を返り討ちにしたりしながらの採掘作業。

「……ん？」

かなり遠くから、咆哮が聞こえた。竜……か？　しかし霜竜とはまた違うような……。

「聞こえたか？　ジン」

ベルさんもそれが気になったようだ。

「十三階層のこのあたりって、あんま冒険者もこなかったみたいだし、ひょっとしたらこのあたりの主《ぬし》かもしれんなぁ」

主。この一帯を支配する強力な魔獣の可能性。……まあ、こっちへ来ないだろうが、来たらその時はその時だ。俺たちは作業を進めた。

そして、ある程度、たまったコバルトとミスリル銀をそれぞれ塊にする。要するにインゴット化である。

同じものを結びつけるだけなので、得意の合成魔法でも簡単な部類だ。適当な大きさに集めて固めて、それぞれコバルトインゴットとミスリルインゴットにする。コバルトは二本、ミスリルは三本だ。コバルト量が少ないのは、ヴェノムⅢで若干溶けた分もあるが、基本的にここがミスリル鉱山で、コバルト化した鉱石のほうが少ないからである。

休み知らずのゴーレムたちの力を借りて、一日かかって成果がこれだけ、と感じるかもしれないが、鉱石掘りというのは案外こんなものだ。掘り出される鉱石の量に対して、圧倒的に不要な岩、土砂のほうが多い。

さて、鉱石掘り以外の成果のほうはと言うと、採掘中に襲ってきた魔獣である氷狼、白トカゲ、霜竜などの爪や牙、毛皮、鱗などの素材を回収できた。霜竜からは氷の魔石を複数とれた。

ちなみにオオカミとトカゲの肉の一部は、晩ごはんと朝ごはんに化けた。こんがり焼けて美味かった。

面白いのはゴブリンあらため、コボルトの使っていた武器である。それ自体はゴブリンなどが持っていた粗末な剣やナイフ、槍、斧なのだが、その金属部分がコバルトになっていることだろうか。斧なんかはコバルト鉱石そのまま、という感じで、剣などはほんと切れ味悪そうな質の低い状態だが、再度溶かして再合成したら、マシなものになると思う。

ただの石とか粗末な鉄を使っているゴブリンとは価値が大違いである。この世界ではゲームで見かけるような犬型ではなく、妖精的な力を持つ種族だからだろうなぁ。

ミスリルが掘れるというのは希少だ。魔法武具の素材になるから、自作の武具を作る素材調達にも打ってつけ。普通にとれたミスリルを売るだけでも、いいお金になる。

というわけで、たぶん何度かここに来ることになるだろうから、近くにポータルを設置する。場所は鉱山から少し離れた場所で、できれば周囲から隠れられそうな場所がいい。一応、擬装はするが、ここの魔獣がポータル使って出てきたらマズいからだ。

ゴーレムたちをバラし、ポータルを設置後、俺とベルさんは大空洞を後にした。


冒険者ギルドの掲示板を眺めると、ミスリル鉱山関係の依頼を数点見かけた。

ただ、基本的に冒険者に直接掘ってこい、という依頼はない。冒険者は採掘工ではないからだ。

今ある依頼は、鉱山の状態を確認する、とか、調査員の護衛という下調べの段階に当たる。

掘る、選別する、砕いて、培焼《ばいしょう》（要するに鉱石を焼く）、洗って、精錬と一連の作業をするにもそれなりの規模が必要であり、役割分担が必要だ。個人で全部というのは用意する設備と金額から至難の業と言える。

……それらの工程を魔法ですっ飛ばしたチートな俺が言うのもなんだけど。それにしたってゴーレムたちが休まず働いて、たくさん掘ったというのもある。

「あ、ジンさん、おはようござっす！」

ホデルババボサ団リーダーのルングが掲示板までやってきて挨拶した。俺の肩に止まっている黒猫のベルさんが「よう、クソナメクジ」と声をかける。

「な⁉　なんてこと言うんすか、この猫！」

やっぱり、自分たちの名乗っている団の意味知らなかったんだな、こいつ。

「で、ラティーユちゃんは一緒じゃないの？」

「ええ、今日は別の用事があるんで。オレは依頼探しというか様子見ってやつっす」

あ、そう。途端に興味半減な俺である。

「それより、何か儲かりそうな依頼ありました？」

「どうかな。……大空洞のミスリル鉱山の話は聞いてるか？　それ系の依頼があるぞ」

「えー、と十三階層でしたっけ？　ミスリル銀が掘れる場所が見つかったって」

ルングは掲示板の依頼を睨むように見た。

「十三階層ってのは、オレたちではまだ手が出せないっス。そもそもその前の第十階層ってのがマジでヤバいんですよね？　ジャングルエリア」

「おう、デカい虫とか花がいっぱいいるぞ」

ベルさんが言えば、ルングはぶるっと震えた。

「生理的に無理そう……！　でもミスリルか……やっぱ冒険者なら、ミスリル装備って憧れるっスよねぇ」

「そうか？　あー、うん、そうかもしれないな、うん」

俺は同意しておく。いい装備、いい武器は誰もが望むところ。俺だって、身分偽ってなければレア装備で固めて、周囲を威圧したい、かっこ、笑い、かっこ閉じる。

「ですよねー。魔法使いにとっても、ミスリルって、他の金属より魔法と相性いいらしいって聞きますし。あー、オレもミスリル装備欲しーー！」

まずは自力で装備買い揃えるくらい強くなんないと――ルングは笑うと掲示板を離れた。その背中を見送り、俺は思わず呟く。

「頼まれたら、ミスリル武器なんか作ってやろうかと思っちまった」

「出た、ジンのお人よし根性」

ベルさんが笑ったので、俺はその黒い頭を撫でてやる。毛並が柔らかで気持ちいい。

「野郎のために何かしようって珍しいな」

「まさか。あいつにいい武器送る、それを作った俺すげーって、ラティーユちゃんに認められるって寸法よ」

「あー、はいはい」

適当に流すベルさん。視線を掲示板に戻す。

「で、どうする？」

「んー、やっぱ十三階層ってだけあって、ミスリル系探索依頼は、C、Dランクが多いな」

現在Eランクなので、Dの依頼までは何とか受けられる。が、無理して受けるような依頼でもなさそうだ。

「とりあえず、手に入れた素材を売っておこうか。霜竜とか、幾らで売れるかな」

俺はベルさんを連れて、解体買取部門の窓口へと向かう。窓口には他の冒険者がいて査定の最中だった。少し待つかと思っていたら、解体部門のチーフであるソンブル氏が、ちょうど出てきたところで、俺に気づくとやってきた。

「おはようジン君。買取かね？」

「おはようございます、ソンブルさん。ええ、そのつもりです。……あなたも早いですね」

「いや、実は帰っていないだけでね」

平凡な事務屋といった風貌のソンブル氏は相変わらず無表情であるが、やや眠そうな上に、エプロンは解体の汚れが目立った。

「立ち話もなんだ、中へ来なさい」

そう言って解体場のほうへと誘導される。中からは持ち込まれた魔獣などの解体が行われていて、さまざまな臭いに満ちていた。

「君は収納の魔法具を持っていたな」

適当な机で俺と向かう合うソンブル氏。

「今日は何を持ってきてくれたのかな？」

「色々です。例のミスリル鉱山の話を聞いて、行ってきたんですよ」

以前にワイバーンの素材を買い取ってもらったことで、ソンブル氏相手には特に隠し立てることなく正直に告げる。黙っていてもどうせ聞かれる——ということもなく、この人、素材にしか興味ないのかあまり詮索してこないのだ。俺にとっては都合がいい。

ストレージから、すでに解体した魔獣の部位や素材を出す。霜竜、氷狼、白トカゲ……。

「大量だね」

「一晩粘りましたから」

「一人で？」

「いえ、腕のいい相棒がいましたから」

俺が言えば、ベルさんは胸を張った。もちろん、ソンブル氏は目の前の黒猫が、それ以外のモノの姿を取るなどとは知らない。

「なるほどね。ちなみにだが、ミスリル鉱山の様子は見たかい？」

「ええ」

「採掘はできそうだったかな？」

できました、と答えていいのだろうか。実際できたのだが、それは俺とベルさんだからであって、まさか魔獣を狩りながら採掘をしていたなんて話をしてもいいのかどうか。

ソンブル氏とは何度か顔を合わせて、その仕事ぶりに好感を持っているが、だからといってすべてをオープンにしているわけではないし。

「……腕のいい護衛が必要でしょうね。霜竜が出ますし、結構、魔獣も多かった。専門の採掘業者が入るとしても、同時に警備する者も必要でしょう。それに行くまでに危険な階層を突破しなくてはいけない」

「なるほど、宝はあれど、その道のりは険しく、また容易に手に入らない、と」

ソンブル氏は淡々と頷いた。

「では、鉱山はあれど、しばらくミスリル銀は手に入られそうにないな」

「コバルトなら手に入るかもしれませんよ」

「ほう……？」

「あの辺り、コボルトがいましたから……」

俺はカバンから、コボルトから回収したコバルト製の短剣を取り出した。ソンブル氏は、机に置かれたコバルト短剣を手に取り、眺める。

「――なんじゃ、その出来損ないの短剣は？」

怒鳴り声にも似た大きな声が解体場に響いた。思いのほか近くて俺はびっくりしてしまう。

そこにいたのは背は低いががっちりした体躯。岩のようにごつい顔に髭もじゃ。……ああ、これはあれだ。

ドワーフである。

ファンタジーではおなじみ種族のひとつ。身長は人より小柄だが、力は強く、たくましい。地中や岩穴を生活圏としているために、ＲＰＧとか小説だと属性は土とか大地にされている。

風とかの属性にされるエルフとは、種族的不仲であるとされるが……。こういうドワーフとか見ると、ほんと、この世界がゲームチックだなぁと思う俺である。

ひょっとしたら、俺は異世界転生したのではなく、ゲーム世界に囚われたんじゃないかって思うこともある。死んだら、元の世界の俺の部屋で目覚めるとかな。……やってみようとは思わないが。

「マスター・マルテロ」

ソンブル氏が、やってきたドワーフに、例の淡々とした調子で頷いた。

マスター、ということはそれなりの人物だろうな、と思いつつ、俺のそばに、そのマルテロというドワーフと、もう一人、若干若いドワーフがやってきた。

「コボルトの持っていた短剣ですよ」

「なるほど、コボルトか。それは納得じゃわい」

ソンブル氏からコバルト製短剣を受け取ったマルテロ氏は、それを手にとって検分する。

「せっかくの魔法金属なのに、連中は上手く武器に活かせない。もったいないことじゃ」

「それで、マスター・マルテロ。いつもは工房にいるあなたが、こちらに顔を出すとは珍しいですね。どうされたのですか?」

「うん？　例のミスリル鉱山の話をな。少し前にあった反乱軍騒動で、ミスリル銀が入ってこなくなっておってな。わしの工房での作業が止まってしまっておる」

工房……。鍛冶師かな。それとも工芸家か？

「あぁ、あれのせいで、王都にも一部の品が入ってこなくなりましたからね」

ソンブル氏の言葉に、マルテロ氏も頷いた。

「今回見つかったミスリル鉱山で、ミスリル銀が手に入るなら、と思ってな。どんな按配が聞きにきたのだが……まだ、ほとんど何もわかっていない状態でな」

無駄足だったわい、とマルテロ氏はうなった。ソンブル氏は眼鏡を吊り上げる。

「それならあなたは運がいい、マスター・マルテロ。ここにいるジン君は、そのミスリル鉱山に行った冒険者です。……そのコバルトナイフも、そこで手に入れたものですよ」

「なに、本当か⁉」

マルテロ氏は、そのごつい顔についた目をギョロリとさせて俺を見た。おっさん、怖い。

「見たところ、お前さんは魔術師のようだが……」

「見た目はこれですが」

とソンブル氏。

「実力は確かですよ。何せ、先日のワイバーン騒動で、かの飛竜を討伐したのは彼ですから」

「なんじゃと⁉」

マルテロ氏、さらに目が大きくなる。

「あのいつの間にか消えたワイバーン、討伐されておったのか！……いや、それほどの実力者なら、なんでこんな素人丸出しの安い装備なんだ？　わしは色々見てきたが、実力に不釣合い過ぎるじゃろ」

「それは、まあ、訳ありで」

俺は控えめに営業スマイル。ソンブル氏は口が堅い人だと思っていたが、案外喋っちゃうんだな。

いや確かに黙っているように言わなかったけどさ。

ベルさんも首を横に振った。

『ジンよ、どうする？　一応依頼のほうに、ミスリル鉱山の情報関係あったよな？　この情報、金になるけど、ぺらぺら喋っていいのか？』

魔力念話。俺も念話で返す。

『確かCランク依頼だったから、俺では手が出ないよ。それより、このマルテロって人、ミスリルを欲しがってたな』

そのあたり、突っついてみるか。俺はマルテロ氏に向き直った。

「挨拶がまだでしたね、マルテロさん。私は、ジン・トキトモ。魔術師です」

「マルテロじゃ。マスターの称号を持つ鍛冶師」

なるほど、鍛冶師の中でも最高峰の称号を持っている人物ということだ。俺は流れ者だから知らなかったが、この国では著名なドワーフだろうな、きっと。

こういう職人にはコネを作っておくのがいいだろう。……できれば女性なら、なおよかったのだが。職人といったらほとんど男だからな、仕方ない。

「ミスリル鉱山の話をしてもいいですが、少し秘匿性の高い情報も含まれるので、できれば他の人に聞かれないような場所でお話したいのですが」


冒険者ギルドの談話室。

実際は、個別に依頼を冒険者にしたり、機密性の高い話をしたりする際に用いられる部屋である。

ソンブル氏が手配してくれたその一室で、俺とベルさんは、机を挟んで、マルテロ氏とその弟子（ファブロというらしい）と話し合うことになった。

「では、まずは場所から――」

俺は大空洞第十三階層の地図を取り出し、机に広げる。

「お、おう、ちょっと待て――」

「何です？」

「この地図は？」

「大空洞の地図ですが？」

マルテロ氏は、顔を地図に近づけて、しげしげと見つめる。机に突っ伏して見えるのはご愛嬌。

「やたら精巧な地図に見えるが……これは魔法か何かが関係しておるのか？」

「ええ、ダンジョン内の地形を魔法による走査をかけてその結果を――」

うんたらかんたら、と適当なことを言って地図について嘘を交えて説明する。はい、本当はダンジョンコアの杖、ＤＣロッドのスキャンした記録を、紙に転写したんです。

「一枚くれ」

「有料ですよ」

「まあ、当然じゃな。とりあえず交渉は後にするとして、話の続きを――」

俺はミスリル鉱山の場所を教え、同時に出現する魔獣の種類やこの階層の様子などを説明した。

「ゴーストは厄介じゃな。除霊魔法が使える者が欲しいな。そしてフロストドラゴン……こいつが採掘中に現れたら面倒だわい」

「腕の立つ護衛が必要でしょうね」

「お前さんのような？」

マルテロ氏は、腕を組んで俺を見た。

「ゴーストには魔法が有効。フロストドラゴンの素材を売り払っていたところを見て、それを狩れる実力者。……本当にEランクか？」

「訳ありですよ。私には腕のいい相棒がいますから」

ぽんぽんと机の上のベルさんの背中を撫でる。

「ドワーフの採掘団が必要かのぅ」

「採掘団？」

「戦えて掘れる戦闘採掘団じゃ。魔獣がいるダンジョンなどで採掘を行うための専門家どもじゃよ」

さすが地中暮らしのドワーフ。そういう専門集団がいるんだな。

「とはいえ、連中を呼ぶにしても、すぐに来れるわけでもないし。護衛を雇って、実際に入ってみるしかないか」

チラッ、と俺を見るマルテロ氏。

「お前さん、またあそこへ案内してくれと依頼したら、引き受けてもらえるか？」

「報酬次第で」

「ふむ、いくら欲しいかにもよるが、とりあえず、『二度と行きたくない』と言われんでホッとしたわい」

マルテロ氏は心から安堵したようで、いかつい顔を緩めた。

「できれば急ぎでミスリル銀が欲しいのでな。お前さんさえ、問題なければこれからすぐにでも行きたいくらいだが……」

「そんなに急ぎなのですか？」

「作成依頼のある魔法武具製作にミスリル銀が必要じゃが、その依頼期限が迫っておってな」

先ほど、ソンブル氏との話で、反乱軍騒動でミスリル銀がこの王都に入ってこないという話を聞いたばかりだ。当面、調達する目処が立っていないなら、確かに発見されたミスリル鉱山に自ら赴くというのもわからないでもない。

「でもマルテロさん、鉱山で採掘といっても必要量を採れるとは限りませんよ？」

鍛冶師である彼に、採掘からの鉱石の確保量を語るまでもないとは思うが。

「お前さんに言われんでも理解はしておるよ。じゃが、何もせず待っておるわけにもいかん」

それほど急を要するということか。……しかたない。革のカバンに、俺は手を突っ込む。ベルさんが顔を上げた。

『いいのか？』

俺は頷くと、カバン・ストレージから、ミスリル銀のインゴットを出した。

「ここに、ミスリル銀がありますが。……売るといったら、いくらで買ってくれますか？」

「「はぁ⁉」」

マルテロ氏と、先ほどから黙って話を聞いていた弟子のファブロが同時に立ち上がり驚愕に目を見開いた。


ミスリル銀のインゴットを見せられた時、わしは仰天してしまった。

ジン・トキトモと名乗る若い魔術師。見たところ青臭いガキではあるが、それなりに礼儀はわきまえておる。

聞けば、まだEランクというが、Cランクでも難儀する大空洞の第十三階層に行った冒険者らしい。冒険者ギルドのソンブルがそう言うのなら、まあ、そうなのだろう。とてもこのジンという小童には、そのような実力があるようには思えんのじゃが。

先の反乱軍騒動で、王都に一部輸入品が入ってこなくなっておる。わしが専門とする魔法武具の鍛冶には、魔法金属が必須。このわし、マルテロはマスターと呼ばれるほどの鍛冶師であり、当然、それなりに高額な仕事をこなしておるわけじゃが……いくらわしでも素材がなければ、何もできん。

ミスリル銀の輸入について、まだはっきりしておらん現状、仕事が進まないのは如何ともし難い。

そんな折りに、大空洞でのミスリル銀鉱山の発見。ミスリル銀の調達になればと思い訪れた冒険者ギルドで、わしは、ジンと出会ったのじゃ。

『ここに、ミスリル銀がありますが。……売るといったら、いくらで買ってくれますか？』

奴は涼しい顔でそう言った。

見せられたのはミスリル銀のインゴット。こんな形で見せられるのは、ドワーフか、あるいはエルフの連中くらいだと思っていたわしじゃ。人間の、まさか小童に見せられるとは思いもせなんだ。しかもこのミスリル銀が何とも質がよくてのぅ……。不純物がなく、ミスリル銀自体、高品質。それをインゴットで見せられたのじゃ。わしや、その場にいた弟子ファブロが驚くのも無理のないことじゃて。

すぐにでも片付けたい仕事があったから、ジンよりミスリル銀を買ったわしは、その足で工房に戻って作業を再開。急ぎの仕事を片付けたが、わしにはまだまだ他にもやらなくてはいけない仕事がたくさん残っておる。ジンから買った分だけでは到底足りない。

かくて、わしは、再び冒険者ギルドへ。ミスリル銀のことでジンに話をしないといかんし、調達も考えにゃならん。奴の居場所を知らんから、ギルドを通して指名依頼してやろうと思ったら、運よく奴と会うことができた。

ミスリル銀のおかげで最優先仕事が片付いたことで礼を言えば、お役に立ててよかったと返しおった。わしは、ギルドの談話室を借りると、ジンに再び話を聞いた。

「お前さんから購入したミスリルじゃが……あれはどこで手に入れたもんなんじゃ？」

「大空洞のミスリル鉱山から出たものですよ」

「それがわからん」

わしは正直に言った。

「もう大空洞内に鉱山業者が入ったのか？　そんな話をわしは聞いておらん。個人で掘れる量などたかが知れておるし、ましてインゴットを作れるだけの量を掘れるとはとても思えん。大空洞の鉱山は、ミスリル銀が地表にまとめて露出しておるなら、話は別じゃが」

「……秘密は守れますか？」

ジンはもったいぶりおった。わしの中で、もしかしたらかなり危険なルートを使って手に入れたものではないか、という勘が働いた。どこかの鉱山関係とか商人から盗んだものかも、と言う最悪の予想もよぎる。

じゃが、答えはわしの予想と違った。

「ゴーレムを使って掘り、出てきたミスリル銀を集め、魔法でインゴットにしました」

「……はぁ⁉」

わしは思わず机に派手に手をついて席を立った。

「ゴーレム⁉　魔法でって……お前さん――」

「魔術師ですよ。何かおかしいですか？」

確かに魔術師ではあるが。……この二十歳にも達していないだろう小童が、そんな高度な魔術を？　魔法で金属をインゴットに、というのは言うほど簡単ではない。特にミスリル銀となると、ドワーフやエルフならともかく、人間ならマスタークラスの魔法鍛冶師であるということになるが……！

ジン・トキトモなる魔法鍛冶師など聞いたことがない。

「ミスリル銀を加工することがどれほど難しいか、わかっておるか？」

「世間ではそのようですね。私にとっては、さほど」

わしは思わず唸る。果たしてこの小童の言葉を信じることができるかどうか。わしがわかるのは、奴がミスリルのインゴットを持っていたということだけじゃ。誰か他の者が加工したという可能性だってある。

「それを証明できるか？　つまり、わしの前で、やってみせることができるか？」

「……」

ジンは顔を傾け、わしの顔をしばし見つめた後、頷いた。

「先ほども言いましたが、秘密は守ってもらいますよ？」

「安心せい。わしも職人じゃ。己の技を他人に簡単に見せるものではないことは承知しておる。お前さんが秘密にしておきたい事柄について、他言するつもりはない」

それでもなお、自分の目で確かめねばならないこともある。

わしも、ミスリル銀を調達したいと思っておったし、ジンが言うように大空洞の鉱山でミスリルが掘れるなら、ちょうどよいと思った。


翌日、わしは弟子のファブロを荷物運びに連れ、ジンとその相棒と共に大空洞ダンジョンへ潜ることになった。

だがここでも、ジンはわしの度肝を抜くことになる。待ち合わせ場所が、奴の借りている宿だった。……何故、わしが奴を迎えにいくような真似をせねばならんのじゃ、と思っていたら。

「ここから、ミスリル鉱山の近くまで移動します」

案内された部屋に、青い魔法のリングが展開されていた。ポータルという転移魔法らしい。――はぁあああっ⁉

この小童は、わしを何度驚かせるつもりじゃ⁉　転移魔法を目の当たりにしたのは、わしも生まれてこのかた初めてじゃぞ！

大空洞の十三階層まで、モンスターどもを蹴散らしながら進むことを予想していたわしらじゃったが、途中の厄介な道中を無視して、目的の十三階層に飛んだ。

聞いてたとおり、肌寒い場所じゃった。氷結エリアを抜けたその先に、例のミスリル銀が掘れる場所があった。

「それでは、ゴーレムを作ります」

ジンはカバンから魔石をいくつか取り出すと、簡単な呪文――確か、一言程度の短詠唱じゃと思うが、ゴーレムをたちどころに作り出した。人間よりひと回り大きく頑強なゴーレムどもは、わしらドワーフから見たら、大人と子供みたいな体格差があった。

複数のゴーレムや魔法人形を操る魔術師……ドールマスターというんじゃったか？　わしはそれを思い出した。ジンによって造られたゴーレムたちは、さっそく以前掘ったとおぼしき穴に入り、採掘を開始した。

そのあいだ、ジンは相棒の漆黒の騎士と呼ぶに相応しい男、ベル＝サンと言ったか、その男と周辺の警戒をすると言いおった。

地面を掘り進めるゴーレム。わしとファブロは採掘用にツルハシや道具を持ってきたが、正直、何もしなくてもええような気がしてきて、しばらく岩人形たちの仕事ぶりを眺めた。

採掘場所の近くでは、時々モンスターどもの怒号や悲鳴が聞こえてきた。ジンとベル＝サンが、やってきた魔物を倒しておるのじゃろう。戦闘も覚悟しておったわしとファブロじゃったが、ここまで暇になるとは思わなんだ。

小型のゴーレムが掘った岩を集めておったから、それをわしらで検分しつつ、余分な岩の部分を小さくするべく、砕きの作業をやっておく。……暇すぎて、居心地が悪かったんじゃ。


数時間後、ジンが戻ってきた。集まったミスリル入りの岩の塊から、鉱物を取り出すという。例の鉱物をインゴットにする過程を見せてくれるという。

「マスクは持ってますね？　これから毒物を使うので着用を」

ジンはそう警告した。奴がドワーフも使っている鉱山採掘用マスクをつけると、わしらも自前のそれをつけた。

ヴェノムⅢという、強力な酸の魔法による岩塊の除去。強烈な蒸気を上げて溶ける岩。ジン曰く、ミスリル銀は溶けないという。ファブロは「本当に溶けてないんですよね？」と蒸気を上げる岩とミスリル銀を見ながら何度も聞いていた。ドワーフにあるまじき小心者よ。

やがて不要物の除去が終わり、ミスリル銀だけが残った。それをジンが魔法を使えば、たちどころに先日買ったものと同じミスリルインゴットが出来上がった。

もう、目の当たりにしてしまった以上、信じるほかあるまい。だが、やはりこれだけは言いたい。

「お前さん、本当にEランクの冒険者か？」

明らかに実力者だ。中層の魔物も苦にせず、高度な冶金魔法やゴーレム使役術を持つ。お前のような下級ランク＝初心者がいるか！

帰りは、ポータルを通って王都に戻った。ミスリル銀の収穫を見ても、普通では考えられない速度と量じゃった。


「って……なんなんじゃありゃぁっ！！？」

工房兼自宅に戻った時、わしはとうとう我慢できずに吠えた。

「あのジンって小童！　本当に一人で採掘から冶金までこなしおったぞ！」

「一人じゃないですよ、お師匠様」

ファブロが胡乱《うろん》な目で見てくる。こいつはこいつで緊張感がない。

「ベルさんに、ゴーレムとかいたじゃないですか」

「お前、これがどれほどの大事かわかっとるのか⁉」

転移魔法であっという間の移動。まず時間の削減。

ゴーレムによる疲労無視の長時間労働。人件費不要。強いていえば魔術師の魔力のみ。

さらに魔術による岩塊除去と合成。設備不要、メンテ不要、燃料代掛からず。

「普通にやったら、どれだけ金がかかると思ってるんじゃっ！　たとえ少量だとしても、奴が受け取る報酬額は経費が掛からない分、丸儲け。あっという間に億万長者じゃー！」

「でもそれは、あちらの話であって、こちら側にはあまり関係ないのでは……？」

「……」

ファブロがそんなことを言う。確かに今回のように自ら赴くのならともかく、今まで通り、ミスリル銀や金属などを購入している分には、大した違いがないような気がする。うん、細かなところで大違いな気がするが、案外大したことがないような気がしてきたゾ。

わしはそれ以上考えるのをやめた。ドワーフは、自らの仕事以外の細かなことは、深く気にしないものなのだ。

冒険者ギルドに、ジンのランクアップを申請しておこうと思う。ランクが上がれば、奴もいい仕事を選べるじゃろう。……まあ、その必要はないかもしれんが。

「なあ、ジンよ」
マルテロ氏と別れた後、黒猫の姿に戻ったベルさんが言った。

「いいのか？　ポータルにゴーレムに魔法合成まで見せて」

「正直に話すしかないだろう。仮にもマスターの称号を持つ人物だぞ？　こと金属で生半可な嘘なんて、すぐに見破られる。そうなったら信用問題、かえって仕事がやりづらくなるだろ？」

世の中、信用第一ってね。悪評ばらまかれでもしたら、外も歩けなくなることもあるからね。俺がそう返せば、ベルさんは小首をかしげる。

「時々さ、お前、自分の能力を隠す気ないだろ、って思うことがある」

「相手を選んではいるさ。マルテロ氏は根っからの職人だぞ？　仕事のプロなんだ」

「だから？」

「同じ職人芸――俺の場合では魔法だけど、そういう秘密をおいそれと公言しないものさ。職人は、自ら磨き上げたものを軽々しく人には見せないものだ。マルテロ氏はそれを理解しているよ」

「でもお前は見せたよな？」

「ああ、マルテロ氏が職人だからな」

俺はベルさんの頭を撫でた。

「秘密は守るように、と念は押してる。それでも気軽にバラすようなら……マスターの称号にふさわしい職人とは言えないと思うよ」

「そういうもんかね」

「そういうもんだよ、ベルさん」

「ふーん。お前さんが女以外に手を貸すのが意外に思える」

「腕のいい職人には恩を売っておくものだよ」

まあ、ベルさんの言い分も一理あるけどね。

第六章　孤高のエルフ美女

そのエルフは美女だった。

絹の様な金色の長い髪。涼やかな双眸《そうぼう》は、澄んだ水面のような青い瞳。年齢は二十歳前後に見えるが、長寿であるエルフのこと、それだけで年齢を特定はできない。

若草色の軽鎧をまとい、腰には短剣を下げている、そのエルフ女は、冒険者ギルドのフロアを歩き、冒険者たちに声をかけて回っていた。

目も覚めるような美人である。声をかけられた荒くれ冒険者たちは鼻の下を伸ばしたが、彼女は淡々と話を切り上げていく。時々、美女エルフの反応に気を悪くした冒険者が声を荒げたが、周囲の目を気にすると矛《ほこ》を収めて去っていく。

「なあ、あれ何だと思う？」

冒険者パーティー、ホデルバボサ団のルングは、エルフの女戦士を見やる。エルフなんて初めて見たのだろう。

そのエルフは、ギルド窓口で、人当たりのよさが評判のマロンと話していたが、ここでも成果がなかったらしく、ため息をついて窓口を離れた。

「誰か探しているようにも見える」

シーフのティミットが首を捻った。そこへ、噂していたエルフ美女がやってきた。

「君たち、つかぬ事を聞くが――」

あ、綺麗な声――ルングは思った。

「腕のいい冒険者を探している。近接戦に強く、前衛をこなせつつ、攻撃、回復、補助、多彩な魔法を操る魔法戦士ないし、魔術師なのだが……」

は?

聞き間違いだろうか? ルングとティミットは顔を見合わせた。この人は何を言っているのか。

今聞いた条件を反芻《はんすう》してみる。たぶん、高ランクの冒険者になら、そういう近接も魔法もできる魔法戦士はいるかもしれない。いや、攻撃、回復、補助とあっさり言ったが、全てに長けている者となると、本職の魔術師でも難しいのではないか。

うちのクレリックであるラティーユが言っていたが、魔術師でも攻撃、回復、補助の三系統を備えているものは極端に少ないという。

特にネックとなるのが、回復系で、教会の扱う神聖系を除けば水属性しかないとされる。そのため、それ以外の属性を扱う者は回復系には触れることさえない。

神聖系は教会に属する必要があるし、水属性は扱いが難しい上に地味なためにあまり人気がないのも、それに拍車をかけた。

「条件が高すぎやしませんかねぇ」

ティミットが皮肉げに口もとを歪めた。

「ギルドの人には聞いたんですかい？　高ランクの冒険者にいるんじゃないですかい？」

その喋り方は何だ、とルングは思った。エルフの女戦士は眉一つ動かさずに言った。

「すでに聞いたが、残念ながらそういう冒険者は、と口を濁されてしまった」

いなかったのか――ルングは察した。そりゃそうだ。三系統すべてを修めているとしたら魔術師。

だが魔術師は後衛職だから前衛こなして近接戦なんてするわけが――。

「「あ」」

ルングとティミットは同時に気づいた。いるじゃないか、その条件に見合いそうな冒険者が。

「ジンさんなら、もしかしたら……」

「ジン？」

エルフの女戦士の片方の眉がかすかに吊りあがった。ルングは頷いた。

「めっちゃ強い人だよ。魔法使いだけど、杖を二本もってゴブリンの集団に先陣切って切り込んでた」

「おまけに攻撃と補助、回復も使っていたよな」

「そうそう。えっと、火に水に土……あと雷も」

指を折りながら思い出すルング。その言葉に、女エルフは顔を上げた。

「帰れ。わしはエルフの武器を鍛えるつもりはないぞ」

マスター・マルテロ。ドワーフの名鍛冶師。彼はどのような魔法武器さえも鍛え、直すと言われる腕と力を持つとされる。

「待って欲しい。この武器は、エルフが作ったものではないんだ」

女エルフは、髭もじゃドワーフに言った。マルテロは首を振った。

「エルフが作ったものじゃない？　だとしてもだ、今はどの道、ミスリル銀が極端に少なくて仕事が追いつかん状態じゃ。お前さんの依頼を引き受けている余裕はない」

「エルフだから――」

「たとえエルフでなくても、無理なものは無理じゃ！　ドワーフに頭を下げるお前さんの態度は評価してやってもいいが、材料がなければどうしようもない。そんなに作って欲しけりゃ、材料もってこい。それなら話を聞いてやる」

「ミスリル銀の調達……」

女エルフは俯いた。途方にくれたようにも見える彼女に、マルテロは口をへの字に曲げた。

「……大空洞というダンジョンにミスリル銀の鉱山が最近見つかった」

「……！」

「欲しけりゃ行ってみることじゃな。どうしてもというなら、ジン・トキトモという男に相談してみるのもいいじゃろ」

「ジン、トキトモ……？」

「わしの口からはそれ以上は言えん。自分で何とかせい」

マルテロはそう言うと話は終わりだとばかりに奥の工房に引っ込んだ。


目の前の子供のような冒険者から、ジン・トキトモという名前を改めて聞いた女エルフは、その冒険者に会ってみることにした。

ドワーフの推挙した人物なので、最終手段と思っていたが、人間の冒険者からも同じ名前が出たから、これは当てにできるのではないかと思ったのだ。……マルテロが聞いたら憤慨《ふんがい》ものかもしれないが。

それにしても、『ジン』という名前か――エルフ女は物思いに沈む。

音に聞こえた伝説的英雄と同じ名前を持つ人物。魔法弓を生み出した武器職人であり、大魔術師――。


俺が冒険者ギルドに行くと、窓口のトゥルペさんから待ち人がいると言われた。

現れたのは、金髪碧眼《へきがん》の美女エルフ。凛とした様子だが、まごうことなき美人である。尖がっている耳もまた綺麗だ。……いかん、胸がドキドキしてきた。

「私の名はヴィスタ。カリヤの森の出、弓使いだ」

男口調だが、綺麗な声ゆえだろうか。思ったより角ばった印象はなく、柔らかな女性らしさを感じる。もっとも表情は淡々としていて、あまり感情を感じないが。

そんな人が俺に何の用なのか？　デートのお誘いではなさそうだが、もしお誘いなら、ぜひご一緒したいものだ。

ヴィスタと名乗るこの女エルフの話を聞いた俺は、片方の眉を吊り上げた。

「ミスリル銀を手に入れたい、と？」

「そうだ。王都では現在、ミスリルの輸入がストップしていて買うこともままならないと言う」

とうとうとヴィスタは語った。

「大空洞でミスリルが出たという話を聞いた。まだほとんど手付かずの状態だと言う。直接とりに行くことも考えたが、採掘もとなると私ひとりではさすがに無理だ。だが人を多く雇うことも、私の個人的経済的事情により不可能。それゆえに、腕の立つ同行者をと思ったのだが……」

こうも長い話をすらすらと話せるのは凄いな、と俺は思った。ヴィスタはそこで初めて眉をひそめた。

「君はEランクというのは、本当なのか？」

「つい最近、登録したばかりでね」

「ミスリル鉱山は大空洞ダンジョンの危険な場所を潜り抜けることになるという。君は腕利きだと聞いたが、問題ないか？」

「ああ、例のミスリル鉱山は踏破済みだ。案内できるよ」

「それはありがたい。確認するが、君は魔術師だな？　前衛もできて、攻撃、補助、回復の三系統を一通り使えて、複数属性を身に付けている――」

「間違いない」

ふむ、とヴィスタは考えるように、自身の顎に手を当てた。その碧眼は、俺を値踏みしているようだった。……すまんね、こんな初心者装備で固めていて。少し、恥ずかしいな。

「わかった。ジン、と言ったな。君に同行を頼みたいが、構わないだろうか？」

「もちろん」

俺が反射的に言えば、黒猫が口を挟んだ。

「報酬については？　まだそっちの話を聞いてないぞ」

おっとそうだった。ヴィスタは、喋ったベルさんにかすかに驚いたが、すぐに俺の視線に気づき、頷いた。

「うむ、あまり持ち金は多くないが、幾らが妥当だろうか？」

「金貨五枚」

即答するベルさん。おいおい、ちょっとそれ高くないかい？

「危険地帯を通るんだぞ？　これくらい当然だ」

「五枚か……」

ヴィスタが「うーん」と唸った。あまりお金を持っていないと言っていたが、今回の依頼以外にも生活費その他諸経費が必要だろうから、厳しいかもしれない。

「金貨二枚までなら即金で出せる。残りについてはすぐには用意できないが、成功の暁《あかつき》には必ず支払おう」

五枚払うつもりらしい。値切るとかしないのか。真面目だ。

「そいつを信用しろと？」

口じゃ何とでも言えるからなぁ、とベルさんが微妙な表情になった。

「いいじゃないか、ベルさん。払うって言ってるんだから」

俺は、じっとヴィスタを見つめる。

「金貨二枚でいいよ。そのかわり、成功報酬で王都で俺と一緒に食事でも――」

「食事？」

エルフ美女は、キョトンとなる。ベルさんが何か言いたげに首を振った。

「それでいいのか？　いいだろう。上手く仕事が済んだら奢ってやる」

ヴィスタがお安いご用だと胸を張った。あれ、何かちょっと勘違いしていないか？……いや、まあ、一緒に食事できるならいいか。

俺はとりあえずそれでよしとした。きっかけは掴んだんだから。

ところで、この女エルフさんは弓使いと言ったが……肝心の弓は持っていないのか？

俺は彼女の細身なボディラインをそれとなく眺めつつ、思った。

王都を出て、大空洞ダンジョンを目指す。ミスリル鉱山というホットスポットが出現したせいとはいえ、最近の往復が増えたので、少し食傷気味ではなかろうか。

草原を突っ走るは、馬車――いや、魔獣が牽いている車。見る人が見れば、その魔獣はマンティコアであることに気づいただろう。

獅子のような体を持つ恐るべき魔獣が車を引いているというのも異様だが、全速力で突っ走るそれは、馬車などとは比較にならないほど速かった。ちなみにこのマンティコアは、ＤＣロッドで生成したものだ。

俺は御者台に座り、ベルさんが左隣にちょこんと座っている。突っ走る車のスピードにも振り回されることない姿は、よく考えれば異様である。

「なあ、ジンよ。何で馬車――」

「マ車！」

「――マ車なんだ⁉」

「やたらポータル使うなって言ってなかったっけ！」

「いいのか、とは言ったけどー、使うなとは言ってねえよー！」

飛ばしている分、吹き抜ける風が強い。遮風板は偉大だ。このマ車につけるところがないのが悲しい。ちなみに、ヴィスタは後ろの貨物室に乗っていて、流れ行く景色を無言で眺めている。

「俺、エルフってあんまいい印象持ってないんだよね」

この世界にきてから、英雄時代を含めて色々な人や種族に会ったが、その中でもエルフはよそよそしい印象を受けた。女王は温和で、中にはいい人もいたのだが、エルフ貴族などは横柄な印象を受けたし、あまり好意的とは言い難かった。

そう、個々ではいい人もいるけど、種族全体の印象がよろしくない、というやつだ。

「じゃあ、なんで依頼を受けたんだ？」

「それを俺に聞くのかい、ベルさん？」

「……ああ、愚問だったな！　女からの頼みは断らない！」

ベルさんは首を振った。

「……前から思ってたんだけどよ、ジン」

「何だ？」

ベルさんは気の毒なものを見る目になった。

「マンティコアに牽かせる車を出してる時点で、お前の能力、隠しきれてないからな？」

「ベルさん、落ち着いて。召喚魔法を使える魔法使いは珍しくあっても、ポータル使う魔術師よりは全然普通だからね？　言うほどおかしくないからね！」

だいたい、猫被っているベルさんだって大概だ。形態変化、いわゆる変身で、黒豹だったり、黒い竜型だったり自由に姿変えて、空だって飛べるし。

「そもそも、なんでマンティコアなんだ？」

「ダンジョンに行く道中に盗賊とか出るって話があるだろ？」

大空洞へ行く途中のルートには森がある。細いが街道が走っているために、馬車などが通行できるが、逆にそこが待ち伏せポイントとしても機能する。

「いつもは空飛んでるけど今回は地上だからな。用心のためさ。マンティコアの牽く車を襲おうという奴は、早々いないだろう」

シットスラグ団、もといホデルバボサ団の連中と歩いた時は出なかったけど、用心は必要だ。もっとも、馬車とは思えない快足で突っ走っているこの車を止めるには道を塞がなければ無理だろうが。

ベルさんは納得したように頷いた。

「それもそうだな。……ところで気になってたんだが」

チラッ、とベルさんは後ろ――ヴィスタを見た。

「あの女、荷物ほとんど持ってないみたいだけどどうなんだ？」

腰のカバン以外はナイフを一本持っているだけに見える。革の鎧に小手、足具と防具はそこそこ固めているのだが。

「ツルハシとか持ってねえし。ミスリル掘る気ないだろ、あれ」

もしや、こちらに掘らせるつもりとか。……考えれば考えるほど不自然というか妙だ。まあ、それもあるからポータルを使わなかったんだけどな。

「ひょっとしたらあのカバン、俺のストレージと同じように収納魔法になっているかもしれない」

あまりに軽装過ぎて、そう思える。ダンジョンに行くのに、弓使いがナイフ一本しか携帯していないとか、付き添う側としては悪夢だろう。

まあ、俺は気にしないけどね。彼女に前衛に立ってもらうつもりはない。後ろで見てるだけでも、一向に構わない。

そもそも、弓使いが弓を持っていない時点で、何を期待するというのか。


ヴィスタは、使える武器はナイフしか持っていないと言った。

大空洞ダンジョンに入ってからは、基本モンスターは俺任せになっていた。まあ、第五階層あたりまでなら、スライムとかスケルトンとかコウモリとか、鎧袖一触だからいいんだけどね。面倒が増えるのはその先あたりからなんだけど。

ジャングルエリアとか氷結エリアの敵も俺に任せるつもりなんだろうな。前衛もできて、近接戦のほか魔法も使いこなせる同行者って、そういう意味なんだろう。まあ、望むところだけどね。いいとこ見せましょ。……それにしても、何か今日は、いつもより魔獣に出くわす率が高い気がするな。

第五階層で、休憩を取った際に、ベルさんはヴィスタに問うた。

「聞かせてくれ。……お前は弓使いだろう？　なんで弓を持ってない？」

「愛用の弓が壊れていてね」

ヴィスタは淡々と言った。特に気分を害した様子もない。

「弓を直す材料を求めて、このダンジョンに来たのだ」

「材料ってミスリルか？」

「そうだ」

ヴィスタが頷くと、ベルさんは俺を見た。

「ミスリルを使った弓？」

さすがエルフ。さぞ美しく、優雅な弓なのだろうな、と思う。

「見るか？」

そう言うと、ヴィスタは腰のカバンに手を入れた。するとどこに入っていたかわからない大きさの代物がカバンの中から出てきた。やはり！　収納の魔法がこもった魔法具だったのだ。

カバンから出てきた弓は、青白い魔法金属で作られていた。サイズは長弓扱い。そのほっそりした弓は、魔法の杖のようにも見え、わずかに湾曲《わんきょく》しているゆえに弓であると主張している。

ただ違和感はある。握りの部分に手を守るナックルガードのような器具がついていること。そして弓を引くのに用いる弦がないことだ。

「魔法弓か」

「ほう、魔法弓を知っているとは」

ヴィスタは少し感心したような声を上げた。

「いかにも。これは魔法弓ギル・ク。偉大なる英雄魔術師が作り上げた至高の魔法武器だ。そして私は、魔法弓を扱う弓使い、マジックアーチャーだ」

ぷっ、とベルさんが唐突に噴いた。ヴィスタはわずかに片方の眉を吊り上げた。

「今、笑ったのか？」

「いや、別に」

ベルさんは俺の顔を見て、ニヤニヤと。

「偉大な英雄魔術師さまが作ったものらしいぞ？」

「よさないか」

俺はたしなめる。恥ずかしいからやめてくれ。魔法弓――うん、覚えがある。まったくもって覚えがあるぞ。

一年以上前に、魔法を弓で撃ち出したら、という発想を元に、試作した武器がある。それが魔法弓。本来、弓を使うには矢が必要だ。だが矢を調達すると金がかかるし、作るのは面倒。矢筒に入れられる数も限られるから、通常の狩りでは問題ないが戦闘、特に長期戦での使い勝手はあまりよろしくない。

それなら魔力の限り撃てて、矢を用意しなくても使える弓を、ということで魔法の弾を撃ち出す弓が作った。

エルフの里にお邪魔していた時、もとより魔力を持ち、魔法と相性のいいエルフたちは、この魔法弓をいたく気に入ってくれたのを覚えている。

ヴィスタが持っているその青い魔法弓は、俺には覚えがあった。エルフに進呈したものの一つだ。

「壊れた、というのは？」

「ふむ、魔獣と戦った時に弓のリムにヒビが入ってしまったのだ。懐に飛び込まれた私の落ち度であるが、爪で引っかかれたのを弓で受けてしまったからな。……おかげで魔力を増幅させる機能が不安定になって、元の力を発揮できなくなった」

「ミスリルにヒビって、どんな化物だよ」

俺は、近くで魔法弓ギル・クをしげしげと眺め、ヒビの部位を見やる。新しいミスリル銀でリムを作り直し、魔法文字を刻めば修理できるか――などと頭の中で修復プランを思い描く。

ベルさんが足元から言った。

「それでミスリルを手に入れようってことか」

「そういうことだ」

ヴィスタは、魔法弓を収納魔法の掛かった魔法具カバンにしまう。

「ドワーフの名工に話を持っていったら、材料がないからと断られた……何をしている？」

俺はごそごそと自身のストレージを漁る。

「魔法弓使いというなら、修理できるまで代わりのものを貸すよ」

「いや、それには及ばない――」

ヴィスタが断ろうとすると、ベルさんが口をへの字に曲げた。

「わかってねえな、エルフの嬢ちゃん。ジンは、ナイフ一本しか持ってないあんたに呆れてるんだよ」

いや、別に呆れてはないぞ。ただ、俺の作った魔法弓を使っているという彼女の腕前が見たいだけだ。

「そうは言うが猫くん。魔法弓の代わりなんて、そうそうないだろう。私だってできればナイフ以外の武器を用意したかったが――」

「ここに魔法弓がある。ちなみに属性は風と雷、火の三種類があるが、どれがいい？」

「は？」

ヴィスタが呆然となった。淡白な彼女が初めて見せた驚いた顔だった。


「なるほど、これは確かに魔法弓だ」

風の魔法弓を俺から借りたヴィスタは、得物を確かめる。

「ギル・クに比べてシンプルではあるが、基本的な動作は同じだな。人間の社会にも魔法弓があるのだな」

「おいおい、その魔法弓を作ったのは、そもそも人間の魔術師だったんだろう？」

ベルさんが口を開いた。ヴィスタは、なるほど、と呟いた。

「確かに、そうだな。もとは人間の魔術師が作ったものだから人間社会にあってもおかしくはないか……いや、待て。私は英雄魔術師と言ったが人間とは一言も言ってないぞ？」

「あれ、違ったのかい？」

さっきからニヤニヤしているベルさん。

「オイラはてっきり、かの大英雄魔術師、ジン・アミウールかと思ったんだけど」

「ジン・アミウールを知っているのか！」

ヴィスタが、その場にしゃがみこんで、ベルさんに食いついた。

「危機に陥ったエルフの里を救った人間の魔術師！　人間の世界でも英雄だという！　猫くんは、

彼を見たことがあるのか!?」

「見たことがあるも何も——」

ベルさんが俺を見上げたが、俺は知らないとばかりにそっぽを向いてやった。その名前は捨てたんだよ。身内に暗殺されかけたからね。ジン・アミウールは死んだのだ。

それにしても、このエルフ美女のジン・アミウールへの食いつきぶり。先ほどまでの淡白さをまるで感じさせない変化だった。

「そういえば、ジン・アミウールには相棒がいた」

ヴィスタがそんなことを言い出した。

「確か、ベルという名前の。……そういえば、猫くん、君の名前は――」

「――よし、さっさと先に行くぞ」

自分のことを言及されるのを察して、トコトコとベルさんは歩き出した。ふふん――俺は密かに相好を崩す。

ヴィスタは立ち上がるとついてきた。

「私の魔法弓ギル・クは、ジン・アミウールが組み上げた最高の魔法弓のひとつだとされている。一度、お会いしたかったが、彼はかの大帝国との戦いで落命されたという。本当に、残念だ」

独り言のように言うヴィスタ。ベルさんが、またもニヤニヤしたので、思わず蹴飛ばしてやろうかと俺は思ったが自重する。大人だからね。

微妙な過去話でつつかれるのもなんなので、話題を変える。

「そういえば、ヴィスタ。君は何故、ここにいる?」

「おかしなことを言うんだな。ミスリルを手に入れるためだと説明したはずだが?」

「ああ、そうじゃなくて。どうしてヴェリラルド王国に、という意味だ。そもそも、何故エルフの里を出たんだ? ミスリルなら里にあるだろうし。まだその頃は弓も壊れてなかったんだろうけど」

「そんなことを聞いてどうするつもりだ?」

「別に。単なる世間話。それとも、君が気になるって言ったら嬉しかったりする?」

「いや、特に」

ヴィスタは真顔だった。それはそれで寂しい。ベルさんがニヤニヤする。

「……まあいいだろう。先ほどジン・アミウールの話も出たしな。私が里を出たのは、かの英雄魔術師の足跡《そくせき》を追うためだ」

「へえ」

俺のたどってきた道を追いかけているのか。……って、それおかしくない?

「変じゃねえか?」

ベルさんも気づいた。

「英雄魔術師の後を追っているなら、なんで連合国ではなく、こっちに来ているんだ? 真逆もいいところだぞ」

そもそもアミウール時代の俺は、連合国と大帝国の領土に行ったことはあるが、ここヴェリラルド王国をはじめ、西方諸国を訪れたことはない。……ジン・トキトモとして今いるのが初めてなのだ。

「それは――」

ヴィスタが言いよどむ。その白い頬がかすかに朱に染まりだす。

「私はそうは思わないのだが……その……周りが言うんだ。私は、方向オンチらしい、っと……！」

「……」

「つまり本当は連合国に行くつもりだったのに、逆方向へ来ちまったのか？　何やってんだよ、お前！」

ベルさんが、くわっと吼《ほ》えた。

「お前、キリッとした顔してるくせに、ポンコツかよ！」

「ぽ、ぽんこつ⁉　ぽんこつとは何だ⁉」

なじられたのはわかったのだろう、ヴィスタがベルさんに食ってかかる。クール系美女が実は、ポンコツだった――うわぁ、なにこの可愛い組み合わせ。俺も思わずほっこり。

「エルフの里から東方向に行けば連合国。なのに西に来るとか、お前の中で太陽は西から登ってるのか？　ん？」

「ベルさん、あんまりいじめてやるなよ」

俺は、やんわりと注意した。からかっているだけなのは知っているが、ヴィスタはあまり冗談が通じるタイプじゃなさそうだし。

「さっきから気になっていたんだが……」

ヴィスタが睨むような目を向けてきた。

「君たちは、エルフと里のことを知っているようだが？」

「うん、まあ……一応」

少しだけ知っている。俺とベルさんは、連合国にいた頃に訪れているが、なにぶんアミウール時代の話なので、はっきりと言えないんだよな。

「冒険者は色々なところに行くから、多少な」

それよりも、だ――強引に話題変更。

「ジン・アミウールのことを追って、何をするつもりだったんだ？」

「……」

「だって、もう死んだことは知っているだろう？　墓でも探しているのか？　それとも英雄のたどった道を行って自分探しでもしているのか？」

「笑わないでくれよ」

「そいつは、内容によるな」

正直者のベルさん。ヴィスタは歩きながら、小さく首を横に振った。

「墓参り、というのはさほど間違っていない。あの英雄魔術師がエルフの里を救い、我らエルフに授けた、魔法弓ギル・ク――これをお返ししようと思ったのだ」

「……その壊れた弓をか？」

「違う！　いや、違わないのだが、もちろん、直してからだ。我々エルフは、ジン・アミウールに借りがある、そういうことだ」

世の中には、色々な考え方をする人もいるもんだ。彼女が追ってきたその当人である俺は何とも複雑な気分だ。いっそ俺が、そのジン・アミウールだと言ったら、彼女はどんな反応をするだろうか？


おかしな者たちだ、と思った。

若い魔術師に、喋る使い魔の猫。その名前がジンとベルとは、あの英雄魔術師とその相棒の漆黒の戦士と同じというのは、何という偶然か。

偶然——そう、偶然だ。何故なら、英雄ジン・アミウールとその相棒は、連合国と大帝国の戦争の最中に戦死したのだから。

エルフの里の危機——オーク軍の襲撃は、結界に守られた世界樹の都市以外のエルフの集落にとっては脅威だった。

私も、その襲撃で弟と両親ら家族と逃げるのが精一杯。唯一、決死隊として踏み留まり、戦ったエルフの戦士の中に、兄がいた。ジン・アミウールから授かりし魔法弓ギル・クは、兄が使い、多数のオークを討ち倒したという。残念ながら兄は奮戦むなしく討ち死に。形見という形で、私たち家族にきたのが、ギル・クだった。

私が魔法弓を受け継いだのだが、しかし、これはジン・アミウールから預かっただけのもの。本来ならお返ししなくてはならない。

エルフの里の危機を回避した後、ジン・アミウールは早々に里から去ってしまった。私が彼を追うために、里を出たのはおよそ半年ほど前だが、その過程で英雄の死を知った。

彼の名は大陸中に知れ渡っていた。だからこそ、ほ、方向オンチらしい私は、東の連合国を目指していたつもりが西方諸国へ向かっていることに気づけなかった。……い、いや、私は決して方向オンチというわけではない。そのはずだ！

ジン・アミウールの噂が聞こえるなら、道は間違っていないはずだ、と思いこんでいたのがいけなかった。彼の名が、戦地からほど遠い西方諸国にまで轟いていたとは思いもしなかった。

だが昔から、運だけはよかった。

もしかしたら、このジンとベルとの出会いは福音だったのかもしれない。

名前の一致。魔法弓を知っていて、エルフのことも知っていて、Eランクながら、それ以上の実力者であるという事実。

これらは本当に偶然なのか？　私の中で、ひとつの疑念が渦巻いている。ひょっとしたら、ジン・アミウールは死んでいなくて、名前を変え、姿を変えて生きている。それがこの二人なのではないか、と。

思えば、マンティコアの馬車などを走らせるやつが只者であるはずがないのだ！

だが証拠はない。

名前は本当に偶然で、ジン・トキトモが魔術の天才で、愛猫にたまたまベルと名付けただけかもしれない。

何か、確かめる方法はないだろうか？

……そういえば、ジン・アミウールは首の後ろに傷があったと、弟が言っていたような。私がついぞ英雄の尊顔を拝見できずにいたのに、まさか里の沐浴場で弟が一緒だったというのは少し腹立たしくもあったが。

まあ、それはいい。もし彼が、ジン・アミウールならば、その傷の有無で確かめられるのではないか。

ちょっと、探ってみるか。


何だろう？　視線を感じる。

俺は後ろから突き刺さるそれの気配に背筋がゾクゾクとしていた。何故かヴィスタが俺をガン見しているようだった。

「ヴィスタ？」

「何だ、ジン？」

試しに聞いてみる。

「俺の背中に何かついてる？」

「……いいや」

何か微妙に間があったな。何だろうな、ほんと。

『どう思う、ベルさん？』

念話で聞いてみれば、黒猫は『さあな』とそっけなかった。うーん、俺、彼女に何かしたかな？心当たりはまったくないが。

謎の居心地の悪さを感じつつ、そろそろ次のエリアも近い。周りに気を配るが、魔獣などの反応はなし。

「……ここで休憩しよう」

ミスリル鉱山のある氷結エリアの前に立ち塞がるは、ジャングルエリア。そこに入れば、休憩もとりづらいハードな場所だから、今のうちに休憩をとっておくのだ。

「……ヴィスタ」

「何でもないぞ」

俺が振り向いたら、すっとエルフ美女は視線を逸らした。

近くの岩を適当に椅子に見立て腰を下ろす。革のカバンを漁り、キャンプ用に自作した携帯魔石コンロを取り出す。ポッド置き用の四脚を出して、さらにポッドを用意。魔石水筒の水に、買いだめしていたお茶っ葉をポッドに入れて、飲み物作り。

……温かいお茶を振る舞って、何故ヴィスタが俺をガン見しているのかを聞こう。準備しながらふと、視線を向けると、音もなくエルフがすぐそこまで迫っていた。

「……っ!?」

這い這いをするように、四つ足でにじり寄っていた。女豹ってこんな感じなのかな、と脳裏をよぎったが、それ以上の感想を抱く前に、ヴィスタが間近に来ていた。

「お、おい……」

って何、何でさらに近づく⁉ わけがわからず思わず後退。とはいえ俺も座っていたから尻餅をつくような格好になるが、ヴィスタは構わず距離を詰める。

「あー、えっと……ヴィスタ、さん？」

ひょっとして迫られている？ 押し倒し？ 彼女、こんな積極的だったの？ 不意打ち過ぎて、俺も内心パニック。

エルフは他の種族に比べて表情が淡泊だとは聞いているが、その、真顔で迫られるのも奇妙な感じといいますか。

予想外のタイミングでの予想外の行動。顔が近い。妙齢の美女からこうまで近づかれると……これはキスしてもオーケーということ？

ここで引いたら男が廃る。据え膳食わぬは男の恥。女性がここまで積極的なら応えてやらねばどうする？

形のよい彼女の唇。――が、正面から俺の右耳のほうへズレる。うん？ 四つん這いの彼女が俺の側面から背後に回り込むような動きをとる。

何？ 口じゃなくて頬？ 彼女の瞳はまるで獲物を射落とさんとする狩人のように鋭い。

「あの、ヴィスタさん……？」

「……見えない」

ぽつり、と彼女。はい？　俺は思わず目をみはる。

「ジン、服を脱げ」

何ですと⁉　突然の脱げ発言。ほ、本気でその、するんですか？　ここダンジョンだよ？

「おいおいおい」

ベルさんの声。近くの岩場の上に乗っていた黒猫がじっと俺たちを見下ろす。

「こんなとこで、イチャイチャをおっ始めるつもりか？　エルフの癖にとんだ痴女《ちじょ》だな！」

「は？　何を言っている？」

ヴィスタが言い返す。

「いきなり痴女とは何だ？　失礼にもほどがあるぞ」

「お前、自分が何を言って、何をしてるかわかって言ってるんだよな？」

「何って……」

ヴィスタは、今の状況、にじり寄っている対象である俺と目があった。苦笑する俺に、急に赤面しだした彼女は、慌てて身を引いた。

「す、すまない、ジン！　私としたことが……その、今のは忘れてくれ！」

まるで夢から覚めて、現実に引き戻されたかのようだった。本当、何だったんだ今の？　夢中になると我を忘れるタイプか？

ベルさんが口を開く。

「やらねぇの？」

「うるさい！　気の迷いだ。……いや、何でもない！」

拗《す》ねたようにこちらに背を向けるヴィスタ。俺はベルさんと顔を見合わせる。

——何あれ？

——さあ？

俺は温めていたポッドに手を伸ばし——っ、熱っ⁉　手に魔力の層をまとって熱の伝達を防ぐと、ポッドを火からはずす。

しかし……訳がわからないが、せっかくあそこまでいったのだから、あのままキスしておけばよかったかな、などと思った。お預けをくらった気分。

うん、ちょっと、と言うか、かなり惜しかったな。俺はポッドのお茶をコップに注ぎながら、嘆息した。


風の魔法弓を持たせたら、ヴィスタが無双し始めた。

出てくるモンスターは、俺たちに近づくことさえできずに、風の魔弾の直撃を受けて倒れていく。

まず弓の中心にある風のオーブが魔力の根源だ。そこに手をあて、魔力を引く。そこから矢を引き絞る動作。引き出された魔力は矢の形に変わり、弓のリムに刻まれた魔法文字が、魔力を増幅させ、魔弾を強化する。

放つ。風の魔法弾が発射される。これの面白いところは、矢を撃つという動作をすることで、普通に魔法を放つより威力が上乗せされると人間の脳が思い込むところにある。魔法の『思い込み効果』によって普通に放つより威力が上がった魔弾は、通常の魔法より射程距離と攻撃力、命中精度が伸びる。

ヴィスタは、風属性のマジックアーチャーとして、一級の実力を持っているのがわかった。彼女は敵に合わせて、衝撃波をぶつける魔弾、切り裂くことを重視した魔弾と使い分けていた。

おかげで、俺は前衛で壁をやっていればよかった。ジャングルエリアでは植物系は茎を切り裂くし、殺人蜂には衝撃波でまとめて吹き飛ばしたり……。後方支援系アーチャーって、やっぱつぇぇわ。

そして氷結エリア。防寒対策はばっちり。しかしここで俺たちは、思いがけないモンスターと遭遇した。

ドラゴンだった。

しかし、お馴染みのフロストドラゴンよりも二回り以上の巨大な身体。竜種特有のトカゲ顔は精《せい》悍《かん》。鋭く尖った二本の角に氷を思わす青い外皮、無数の水晶を生やしたその姿は、周囲の氷と同様きらめいていた。

翼はない。四足歩行ながら、前足がやや短く、ある程度なら二足でも歩けそうだった。つまり、その前足を手のように振り回すこともできるということだ。

水晶竜——さしづめ、クリスタルドラゴンと言ったところか。洞窟を感じさせない広さの氷結エリアとはいえ、その図体は迫力満点だ。一歩を踏み出すたびに、地面が揺れる重量感。

「やれやれ、参ったね……」

こいつが例のこのあたりの主ってか？　この前、ミスリル採掘の時に聞こえた咆哮はこいつかもしれない。

さすがダンジョン。予想外の場所やタイミングでイレギュラーを引き起こす。

舌の先がざらついた。この大きさ、貫禄。まるで上級ドラゴン種『大竜』じゃないか……！

俺はベルさんに聞く。

「クリスタルドラゴンって、ランクどれくらいだっけ？」

「さあ、オイラだって知らねえけど、こいつの強さで言えば大竜クラスじゃね！」

「大竜！」

ヴィスタは目を剥いた。

「伝説級の！　Sランク以上の化け物ではないかっ！　そんなの、勝てるはずがない！」

気持ちはわかる。だが鑑定眼持ちのベルさんがそう言うんだ、この水晶竜はSランク相当なんだろうよ。

のしのしと地響きと共に、クリスタルドラゴンが近づいてくる。こちらの存在は感知しているのだろう。そして明らかに襲いかからんと殺気を飛ばしてくる。

「さて、ここで問題。通り道には水晶竜。すでにこちらはバレている。このまま戦うか、態勢を立て直すために一端引くか？」

「そんなの、引くに決まっている！」

普段冷静なエルフでさえ、かなり慌てていた。

「あんなの、命がいくつあっても足りやしない！」

「……だそうだが、ベルさん」

「オイラはそう思わないけどな」

黒猫は、呑気な調子を崩さない。

「で、ジンよ。本当なら逃げてもいい場面だぞ？　なんで聞いたんだ？」

「向かってくるなら、倒したい」

「その心は？」

「大竜の魔石」

魔法車の修理。魔力供給源である魔石エンジンの素材にはAランクを超える大魔石が欲しい。その素材には、この水晶竜の魔石は魅力的だ。

「見逃すって手はねえってか？　だがな、ジン」

ベルさんは、チラッ、とエルフの弓使いを見た。

「大竜相手だと、さすがにオイラたちも色々手の内見せないとヤバいと思うんだが？」

「そう、俺が問題にしているのは、まさにその点だ」

今回、ゲストさん……特に俺がジン・アミウールであることを疑っているかもしれない人物がいるところで、こちらが本気を見せちゃうのはね。一応、これでも正体を隠しているつもりなのだ。

とはいえ、大竜ともなれば、手を抜いて勝てる相手でもない。

「やっぱり一度引いて出直すか」

「そのほうが面倒がなくていい」

ベルさんが同意したので、俺はヴィスタに振り返る。

「よし、階層入り口まで戻る――」

「ジン⁉」

ヴィスタの悲鳴じみた声。その震える視線の先を追えば、地面からめきめきと氷の柱――いや、水晶の柱が大地を縫うかのように突き出し、列をなして向かってくる！

「くそ、避けろ！」

水晶の柱は、地面を砕きながらまるで蛇のように俺たちの間を直進。そして躱《かわ》した先に進み続け、俺たちがやってきたフロア入り口にぶつかった。

なんてこった。入り口が水晶の束に覆われて塞がれてしまったぞ！

「逃げ場なし、ってか？」

まだポータルがあるから非常時は大丈夫だが、撤退するか。はたまた多少の本気を見せて、あのクリスタルドラゴンを倒すか……。

しかしポータルをみせたら、それでジン・アミウールだってバレてしまうかもしれない。……それは避けたいな。――よし。

「こうなれば進むしかない！　ヴィスタは奴から距離をとって隠れていろ！　ベルさんは、カバーを！」

「おいおい、一人でいいとこ取り……ああ、くそ、まあ、しゃあねえわな」

ヴィスタに正体を探らせるわけにもいかないというのを察したのだろう。本当だったら強い敵とは戦いたいベルさんだが、身バレしてまで突撃するような人でもない。

俺はエアブーツの浮遊と加速を発動、滑るように敵との距離を詰めた。まずはこんにちはの一発を――。

「フレイムブラスト！」

俺のかざした右腕から、炎弾が迸《ほとばし》る。

着弾、そして炎上。クリスタルドラゴンの鱗を、クリスタルごと焼き払う……のだが、表面を焼いただけで終わる。

「予想はしていたが、硬いな、こいつ」

後方から風の魔弾が通過する。ドラゴンの顔面を強襲したそれは、ヴィスタだ。俺たちが前に出たので、手近な遮蔽物に隠れつつ、援護してくれたのだろう。

正直、期待していなかった分、敵わないとしながらも何かしようと勇気を振り絞ったことは高評価だ。

だから、ヴィスタが「駄目だ、まるで効かない！」と報告してきても、俺は「任せろ！」と応じた。

咆哮と共に怒りに満ちた赤い眼を輝かせる水晶竜。ベルさんが黒豹姿に変わる。一応使い魔扱いだからここまではセーフなベルさんが、ドラゴンの背後へと回りこむ。……オーケー、じゃあ俺が奴を牽制する！

「喰らえ、メテオレイン！」

魔力を岩石として具現化。その直径一、二メートルを超える無数のそれを散弾よろしく叩きつける。

投石機から放たれた巨岩が雨のように降り注ぎ、それらが立て続けにドラゴンの巨体を叩く。さすがによろめき、苦悶の声を上げる水晶竜。並の魔獣なら一撃喰らえばペシャンコだ。

水晶竜の背中の水晶や岩の装甲がいくつも砕けたのだが、こちらの魔法の岩もまた同様に四散し、見た目ほど効いていていない。

これが大竜だ。恐るべき外皮の厚さと耐久力が、地上最強の生物として恐れられる由縁。

しかしメテオレインで注意は引けた。その隙に回り込んだベルさんが跳躍。黒豹はその鋭い爪でクリスタルドラゴンの首へと飛び込む！

次の瞬間、ドラゴンの首から血が吹き出した。切れ味凄まじい爪が、竜の鱗を切り裂いたのだ。

しかし――。

「ちぃ！　浅い！」

ベルさんが舌打ちした。竜の守りを抜いたが、致命的な一撃には届かない！

「さすがに厚いな……！」

と、クリスタルドラゴンの口腔が青く光る。次に来る攻撃の兆候。俺たちにはすでにお馴染みだった。

「ブレス、来るぞ！」

体内の魔力を集めて放つドラゴン種の武器。青いのは、氷系のブレスか。

吐き出される光の傍流《ぼうりゅう》。ち、思ったより速い！

「闇の障壁！」

全てを呑み込む闇が、放たれたドラゴンのブレスを吸収。間一髪。さすがに肝を冷やした。

クリスタルドラゴンが天井を仰ぎ、咆えた。すると地震じみた震動が辺りを襲い、次の瞬間、めきめきと氷を割って、無数の水晶柱が飛び出してきた。

「おいおい、まわりの地形を変えるつもりか……⁉」

エアブーツの浮遊状態の俺は、震動の影響を受けなかった。しかしヴィスタはそうはいかなかったようで、氷の壁に身を預けて踏ん張っている。

好き勝手に水晶を生やしやがって！　クリスタルドラゴンが再び、こちらへと顔を向ける。奴の口の中から光が漏れていて、ブレスを使うつもりなのがバレバレだ。

「んなもん、わかってりゃ避けられるっての――！」

光のブレスが、俺のいた場所を撫でるように通過した。すでに加速で逃げた俺にはかすりもしない。

だが放射された光は、生成された水晶の柱に当たると、その軌道をねじ曲げ、鏡のように反射した。

え――⁉

あっと驚く間に、反射した光の一閃がヴィスタの至近《しきん》をかすめた。もし彼女が壁に張り付いていなかったら、頭を飛ばされていたかもしれない。それほどの距離。

くそっ――俺はとっさに反転、ヴィスタのもとへと駆けていた。今度こそ、彼女にトドメを刺そうとクリスタルドラゴンが、光のブレスを放射。俺は両者のあいだに割り込むと防御障壁を展開し、ドラゴンのブレスを阻止する。

うぉ、障壁の魔力がゴリゴリ削られる！　さすがドラゴンのブレス。威力もハンパない。俺も負けじと魔力を追加して障壁の強度を保つ。じゃないと障壁破られて、俺もおしまいだ！

「ヴィスタ、無事か⁉」

「ジン……あぁ、生きてる。……私はまだ生きているか？」

実感がわかないのか、逆に聞かれた。あれだけの至近距離をかすめたのだ。自分は死んだのではないかと思っても無理はない。

「動けるか⁉　ちと、俺の魔力消費がヤバイ！」

どんどん魔力がなくなっていくのがわかる。俺は人より魔力量は多いのだが、大竜相手に魔力比べで勝てるとは思っていない。

「あ、あぁ。すまない、いま――う」

ヴィスタがうずくまった。どうした？　と視線を向ければ、彼女の右足を地面から生えた水晶が抉《えぐ》り、血が流れていた。

「今の今まで自分で気づかなかったとは、な……」

傷を意識した途端、痛みがきたのか、ヴィスタは表情を歪めた。

「すまない、ジン。これでは私は足手まといだ。私を置いて、君だけでも逃げるんだ！」

「却下だ！」

俺は反射的に叫んでいた。仲間――というほど深い関係ではないが、共に戦っている女を見捨てるなど、できない相談だ。

水晶竜のブレスが途絶える。だが俺も動けない。動いたら、ヴィスタが狙い撃ちされたらおしまいだから。

「ベルさん、時間稼ぎを頼む！」

「……本当はお前の依頼なのによ。やれやれ」

文句を言いつつ、こちらで何かあったのか察したのだろう。黒豹がクリスタルドラゴンの周りをうるさく駆け回り、注意を引いた。

俺はヴィスタに駆け寄り、傷口を見た。

「足の外側の肉が抉れただけだ。血は出ているが動脈は切れていないし、骨も貫いていない……！」

キュアで消毒、そしてヒール。俺は治癒魔法で、ヴィスタの怪我を治療する。ヴィスタが息を呑む。

「これは……！　痛みが引いて、もう治っていく……⁉」

「俺が攻撃、回復、補助の全てを操る魔術師でよかったな」

彼女が同行者探しをしていた条件を満たしている俺である。……よし、これで治療は終了っと。

「ジン、ブレスだ！」

ベルさんの怒鳴り声に、俺は素早く障壁の魔力を増強した。直後、水晶に反射したと思われる一撃が俺の側面から襲った。

光が四方に散らばる。

数秒の照射にもかかわらず、魔力をドカ食いした！……やっぱドラゴンのブレスを正面から受け止めるもんじゃない。

「ジン！」

「大丈夫、大丈夫だ……」

やば、これ思ったより魔力失ってるわ。今この瞬間にもう一発ブレス喰らったら防げない。

カバンの中のマジックポーションを……。手を伸ばすが、その手の震えが止まらない。ブレス阻止で無我夢中だったということか。身体がくそ重たい。

「ジン、ひょっとして、魔力切れか？」

「あぁ、やらかした。ここは危ないから、君はどこか適当なところに隠れて」

「君を置いていけるものか！」

ヴィスタは首を横に振った。いや、マジで本当に危ないから……！

『どうした、ジン？　もうへばっちまったか？』

ベルさんの念話。ドラゴンブレスの直撃を防いでるんだ。察しろ……！

『おや、返事もできねえほどか。……参ったな』

念話から一転、ベルさんの野太い声。

「おい、エルフ女！　聞こえるか⁉」

「……⁉」

呼ばれたヴィスタが反応した。黒豹と水晶竜の攻防で、バキバキと騒音やら破壊音が響く中、ベルさんの声が突き抜ける。

「お前、ジンとキスしろ！」

「はぁっ⁉」

当然、ヴィスタは素っ頓狂な声を上げた。

「な、何をいきなり……！　キスだと……？」

「魔力の受け渡し作業ってやつだ！」

ベルさんが怒鳴った。

「ジンの魔力不足を解消するためだ！　さっさとやれ！」

困惑するヴィスタに俺は頷いた。

「相手との接触で魔力を回復させる技ってやつだよ。キスは、お手軽だが効果は期待できる……ただ」

俺は自身の胸をさすって、むかつきを抑える。

「無理強いするつもりはない。このまま君だけでも逃げていい」

「……！　そんなこと、できるわけがない！」

ヴィスタはしゃがみ、俺に顔を近づける。

「キスすればいいのか？」

「……お、おう」

してくれるのか？　それなら急速な魔力吸収で、少なくとも俺はまともに動けるようになるだろう。エルフは元より秘めた魔力量が多いから、多めにとってもお釣りがくる。

「背に腹はかえられないな。……いいぞ。してやる」

ヴィスタは言うや否や、その麗しい顔をさらに近づけ――夢にまでみたエルフ美女に口を塞がれた。美女エルフからのキス。驚いている間に、俺はすぐに魔力吸収に気持ちを切り替える。以前アーリィーとしたそれとはまた違う魔力――爽やかな柑橘《かんきつ》系を思わすそれが、俺の中に流れ込んでくる。すっきりとしたその魔力の色、味わい。もっと貪欲に求める。どれくらいそうしていたか。情熱的接吻は、唐突に終わりを告げた。

「……加減がわからなかったが、これでよかっただろうか？」

「ああ、充分だ。ありがとう」

思いがけずに積極的なキスだったけど、彼女には抵抗感というか羞恥心がないのだろうか。男前なのは口調だけではなかったか。

「――危ないっ⁉」

ヴィスタの悲鳴じみた声。振り返ったその時、眼前まで光の束が迫っていた。やば、間に合わ――。光が視界を満たした。せっかく魔力が回復したのに……。次の瞬間に来る死――ああ、くそ、やっぱ人間死ぬ時はあっけないものだな。だがせめて、ヴィスタは助けて――。

「――まったく、世話が焼けるな」

聞き慣れた相棒の声がした。

黒猫、黒豹……いや、それとは別のものがいた。暗黒騎士、その頼れる背中がそこにあった。

「こいつは貸しだぞ、ジン。……おかげで、この姿を披露しちまったぞ。ん――？」

「すまない、ベルさん」

ヴィスタに正体を悟らせないように隠す方向だったが、結局その姿をとらせてしまった。

当のヴィスタは驚きに固まっていた。

「漆黒の戦士……？」

「とんだドジ踏んだもんだ。……お前さんらしくないぞ、ジン」

「そう言うなって。悪かったよ」

だがもう見せてしまったんだ。言っても仕方ない。俺が上手く立ち回れなかった、それだけだ。

「それじゃ、正体さらしちまったお詫びに、さっさとアレを倒してしまおう」

「それのどこが『詫び』なんだ、相棒？」

ベルさんが軽口を叩いた。再び放たれるクリスタルドラゴンの光のブレス。しかし暗黒騎士の大剣、デスブリンガーが攻撃を別方向へと跳ね返す。

「さあて、本気を出せば、大竜程度は一撃でやれるんだがなぁ」

ベルさんが駆け出し、俺もそれに続く。後ろでヴィスタが何か言っていた気がするが、聞こえなかった。

「……いかんせん、オレ様はここじゃ本気を出せないからなぁ。それで、お前との愉快な旅が終わってしまうのは惜しい」

「同感だ。俺もまだあんたと旅をしたいよ」

英雄魔術師として、この相棒と駆け抜けてきた日々。異世界くんだりで、こうして生きていられるのはお互いの存在があればこそ。

ベルさんは本来、大悪魔にして魔王。そんな存在がこの世界をうろつくのは難しい。天界の天使たちがそれを許さないからだ。そんな天使たちに目をつけられずにこの世界に留まるには、その圧倒的な力を見せないことが必要だった。

ゆえにベルさんは本来の力を抑えている。魔王の力の何百分の一程度しか発揮しない。それでも強いのが、彼のチートたるところなのだが。

水晶竜のブレスをかわす。怒り狂った目を向けてくるが、そうまで恨まれる覚えはこちらには無いんだがね――！

「相棒、黒竜の大剣を寄越せ！」

ベルさんが吠えるように言った。本気を出せないなら、他の手段でカバーする！　大竜の鱗を破るのは同じ大竜の爪や牙のみ。

「了解だ」

かつて俺とベルさんが討伐した黒竜と呼ばれた大竜から作った大剣。ストレージにしまっている対竜武器を取ると、暗黒騎士に投げる。

それを左手で受け止めるベルさん。右手にデスブリンガー、左手に黒竜の大剣の二刀流。本来、両腕で振り回す武器をそれぞれ片手で保持してみせる。

クリスタルドラゴンの周りで激しい魔力振動が起こる。ゴゴゴ、と音を立て、空中にいくつもの水晶の柱が具現化する。……とうとう地面を経由せずに出しやがった。

それらが投げ槍のように飛来する。直撃すれば胴体など簡単に穴があくだろう凶器。しかしベルさんはそれぞれの大剣を振り回し、いや的確に水晶の槍を迎撃し、叩き落とした。

鮮やかな剣の舞を見ているかのようだ。まったく危なげなく、ベルさんは前へと前進する。まったく、かっこよ過ぎるぜ、相棒よ。

「ベルさん、先導頼む！」

「何をするつもりかは知らないが、引き受けた！」

ベルさんがクリスタルドラゴンへ突進する。二本の大剣は飛翔する水晶を切り裂く。俺はエアブーツの加速で、その後に続く。

大竜もこちらの接近を警戒する。その長い水晶付きの尻尾が振り回され、横合いから鞭《むち》のように迫る。

喰らえばひとたまりもない一撃。骨は砕け、内臓は潰れるだろう恐るべき攻撃に、ベルさんが両の大剣を一閃。

太い竜の尻尾が十字に切り裂かれ、吹き飛んだ。あれだけ強固な外皮に覆われた尻尾を切り裂いたのは対竜武器たる力。

ナイス！　俺は、ベルさんの横を抜け、さらに水晶竜に肉薄。奴の赤い目が俺を捉える。そして口腔からブレスの予兆。

クリスタルドラゴンが吠える。だがその時、その顔面、いや赤い目に魔弾が突き刺さった。

魔法弓の矢、ヴィスタが撃ったのだ。ドラゴンの右目を貫く一発に、俺の表情は緩んだ。さすがは弓の名手で評判のエルフ。ここで急所に当てやがった！

奴の注意がそがれる。その間に、俺はドラゴンに取り付いた。

外皮は硬く、クリスタルや岩を張り付かせているのでさらにその守りは強固。外からの攻撃は、この岩や水晶が盾代わりとなることで、ドラゴンの耐久性をさらに上げている。

「外が駄目なら中からってな……！」

ぴたり、と触れるクリスタルドラゴンの鱗。直接触れた手から、魔力を流し込む。吸収の逆だ。だがただで魔力をやるわけじゃない。この魔力は、水晶竜の魔力と混ざり合って、そして——。

「デトネーション！」

溶け合った魔力はドラゴンの体内で変化を起こし爆発。俺は障壁を展開して、後方へ大ジャンプで離脱。一瞬、水晶竜の巨体が異様に膨れ上がると、破裂する風船の如く爆発、破壊した。

豊富な魔力が仇になったな！　飛び散る残骸。俺の身体も同時に吹っ飛んだが、エアブーツの浮遊効果で空中制御、足から地面に無事着地した。

「ジン！」

ヴィスタが駆けてくる。

「ジン、無事か⁉」

「見てのとおりさ。君は？　怪我はないな？」

「ああ、大丈夫だ、問題ない。しかし……水晶竜を仕留めたのか。信じられない」

半ば呆然とした調子でエルフの弓使いは言った。その間に暗黒騎士から猫の姿に戻ったベルさんが戻ってくる。

「お疲れ、ベルさん。ナイスアシスト」

お、アシストと言えば。

「ヴィスタ、君の援護もよかった。上手く奴の目を潰してくれたな」

「あ、ああ……いや、私のしたことなど」

青い瞳が揺れ、恥ずかしげに視線を逸らした。……あらあら、ひょっとして俺たちの活躍に惚れちゃったかな？

「貴方は、ジン・アミウール。エルフの里を救った英雄魔術師。そしてそちらの……猫くん？　は、ベルという貴方の相棒の戦士……」

ヴィスタは恐る恐るといった顔を向ける。

「二人は死んだ、と聞いていたが、生きていたんだな」

「ああ」

今更とぼけても無駄だろうな。大竜を倒す、なんて簡単な話ではないし、ベルさんは暗黒騎士姿を見せてしまった。

「まあ、色々あったんだよ」

俺は適当な調子でぼかした。

「俺たちのことは、誰にも言わないでくれると助かる」

それより——俺は周囲に散らばったクリスタルドラゴンの残骸を見やる。

「あまり金がないと言っていたけど、これで問題解決だな。戦利品は山分けでもお釣りがくる」

水晶竜の鱗や爪、クリスタルといった鉱物――売れば金になるものが、多少散らばったとはいえ、目の前にある。竜討伐のドロップとしては充分すぎるだろう。

期せずしてクリスタルドラゴンを倒した。一回目に来た時は遭わなかった。二回目はポータル使ったから、出くわすこともなかった。

本格的な探索が始まれば、誰かがあの水晶竜と遭遇しただろう。そしてミスリル鉱山への道を阻む魔竜として、討伐依頼が発生したかもしれない。ワイバーンの時同様、またも依頼を潰したかもしれない。クエスト・クラッシャー……んー、ちょっと違うか？

クリスタルドラゴンからの素材回収というひと仕事を終え、俺たちは、十三階層のミスリル鉱山を目指す。

ちなみに、水晶竜から出てきた大魔石は俺がもらった。ヴィスタ曰く、俺が物凄く欲しそうな目をしていたらしい。

そりゃそうだ。大型ドラゴンの魔石は魔力が豊富で超希少だ。これで魔法車用のエンジン素材が手に入ったぞ！　懸案事項だった大魔石が回収できたのだ。是が非でも欲しかった！

さて、鉱山である。俺の作ったゴーレムたちによって二度掘られた穴は、しかしまだ他の者の手が入った様子はなかった。偵察くらいは冒険者でも来ているかもしれないが……いや、水晶竜がいたからそれも怪しいか。

ヴィスタは収納魔法のかかったカバンからツルハシを出した。一応、自身で掘り出すつもりで来ていたらしい。が、エルフ女性に採掘させるよりは、俺のゴーレムのほうが早いだろう。

魔石をコアに、周囲の岩を身体としたゴーレムを複数作成。ミスリル銀の採掘をさせた。

「ゴーレムまで操るとは……さすがジン・アミウール」

「お褒めにあずかり光栄」

つい先日、ドワーフの鍛冶師にも言われたよ。俺は近くの岩を椅子代わりに、見学を決め込む。え、俺？　掘らないよ。

「ゴーレムを使うって、魔術師としてはそう珍しくもないと思うけどね」

「なくはないが、あまり見ないと思う」

ヴィスタが穏やかな笑みを浮かべる。……素で笑うと可愛いなこの人。最初は表情に乏しい人という印象だったけど。

「何から何まですまないな、ジン」

「なに、まだ終わったわけじゃない。ある程度ミスリル銀が集まるまで、やってくるモンスターを退治しないといけないしな」

「そういうことなら任せてくれ。貴方から借りているこの魔法弓はよい武器だ。ギル・クほどではないが、扱いやすい」

ヴィスタは心持ち胸を張った。……エルフって細身の人が多いよね。胸の大きさについては控えめなのは長寿な種族だからかねぇ。ほら、年齢の割りに子供に乳吸わせる期間短いから。……知らないけど。

　とかセクハラまがいのことを考えていると、咆哮が聞こえた。この声は——。

「フロストドラゴンだな。まあ、さっきのクリスタルドラゴンよりは雑魚だ」

　すっかり覚えてしまった。ゴーレムが作業をするのを他所に俺とヴィスタ、そしてベルさんはモンスターを迎撃。

「ゴブリン……ちっ、コボルトか！　ヴィスタ、あれを近づけさせるな！　せっかくのミスリルをコバルトに変えられちまうぞ」

「任せろ！」

　鉄や鉛をコバルトに変えるのはむしろ歓迎だが、ミスリル銀や金などをコバルトに変えられるのは損な感じだ。……あれ、もしかしてコボルトをテイムできたら、安物金属をコバルト鉱石に変えられるってことじゃね……？

　戦闘中に、妙な思いつきをするのもコボルト相手に余裕だからかもしれない。実際、ヴィスタが魔法弓でドンドン連中を射殺していくので、楽なものだった。魔法弓は、魔法と同じく魔力を消費するが、魔力の回復が早いエルフとは相性がよろしいのだ。

　ある程度の採掘が進んだ頃を見計らい、ベルさんに警戒を任せて、俺とヴィスタはミスリル銀の確保に向かった。ドワーフたちにも見せたように、ヴェノムⅢで余分な岩と土を除去し、ミスリル銀を手に入れる。

「さて、ヴィスタ。君の持っている魔法弓……ギル・クだっけ？　出してくれ」

「ん？　ああ、そうだった。私は、これを貴方に返そうと思っていたんだった」

エルフの女戦士は収納の魔法具から、青い魔法弓を取り出す。以前の戦闘で傷がつき、能力を発揮できなくなった魔法の弓。

「いや、それは君が使えよ。俺は弓は使わないし、せっかく作った武器だ。ふさわしい使い手に使ってもらいたい」

「ふさわしい……だろうか、私は？」

「クリスタルドラゴンの目を射貫く腕前だぞ。誇っていい。作った俺としても、美人がこいつを使ってくれるのは本望というものだ」

俺は、魔法弓を受け取ると、それをじっと見つめる。

「まずは、この魔法弓を直さないとな。ミスリル銀を手に入れるのは、そのための手段だ。それなら、ここで修繕したほうがいいだろう」

「ここで修繕だと!?」

ヴィスタは目を剥いた。

「ジン、貴方は何を言っているんだ？　いくら伝説の魔術師、ジン・アミウールといえど、こんなダンジョンのど真ん中で直すことなど」

「それが、できちゃうんだな」

俺は、合成魔法の準備にかかる。

「さあお立ち会い。伝説の魔術師の魔法をとくとご覧あれ！……で、それが終わったら、もう一回、

キスのひとつでもいただきたいところだね」

強要はしないけど。俺はウインクした後、魔法弓ギル・クを地面に置くと、ミスリル鉱石を近くに集めた。

さて――俺はヴィスタに再度顔を向ける。

「直すことはできるけど、もしよければ、もっと強力な武器に改良しようか?」

魔法弓ギル・ク。風のオーブを中心に備え、風属性の魔弾を放つその武器は、扱う者によって収束弾、拡散弾と使い分けることができた。

だが今回、俺の手によって改良されたギル・ク改は、握りについているナックルガード部分にさらに、火、雷のオーブを備える。元の風のオーブと合わせ、三つの属性の魔弾を扱うことができるようにパワーアップしたのだ。

オーブをスライドさせることで、放たれる魔弾が変わる。風であるなら、従来どおり、収束と拡散。雷は拡散と貫通、そして麻痺弾。炎は炎弾と近接なぎ払いの火炎放射。

攻撃面で大幅に強化されたギル・ク改は、刻まれた魔法文字も一新。改良前の、魔力を増強するだけだった文字は、懐に飛び込まれた際に弓自身や扱い手を守る防御魔法も備える。

生まれ変わった魔法弓ギル・ク改を使うヴィスタは、たちまち冒険者ランクをAにまで上げ、王都での有名な冒険者となる。

戦場を駆ける無数の流星のような矢。大型魔獣には稲妻の如き一矢。いつしか彼女は、周囲から複数の名で呼ばれることになる。

星落とす妖精。

青い鬼神。

最終的には『星降らす乙女』で落ち着くことになるが……。当人はそれらの通り名にひどく困惑していたという。

エピローグ

冒険者ギルド副ギルド長、ラスィアは、ダークエルフである。

深遠なる森の民。褐色肌であることと、身体がやや肉感的であることを除けば、エルフとさほど外見上の差異はない。尖った耳に、美男美女が揃っている点も同じ。……服装に関して、やや野性的というか解放的であるところはあるが。

もっとも、ラスィアはギルド職員の制服をきちんと着こなし、その豊かな胸もともキチンと制服で覆っている。沈着冷静、その落ち着き払った態度は周囲を安心させ、またエルフのように表情に乏しいということもない。

王都冒険者ギルドの副ギルド長を務めるが、元々冒険者であり、そのランクはAである。高位魔術師《ハイウィザード》として、魔法の実力に優れ、ギルド長であり、Sランク冒険者のヴォードと共にパーティーを組んでいた。

それが今では事務仕事なのだから、人生とはわからないものだ。ヴォードがギルド長になったとき、その補佐として誘われ、現在に至る。

いつまでも危険な冒険者稼業を続けるというわけにもいかない——そうヴォードに言われたが、ダークエルフは人間に比べても長寿。まだまだその腕前に錆《さび》などついていないと自負しているラスィアである。

今日も今日とて、冒険者ギルドに出勤である。長い黒髪に褐色肌、長身で女性らしいプロポーションを誇る彼女は、窓口の奥で事務仕事だが、その姿を見たがる冒険者たちは多い。……もっとも、そのうちのどれだけが性的な目で見ているか知りたくもないが。

「——おいおい、指名依頼かよ。ジンさんも出世したな、おい」

窓口のほうで、ダンディーな声が聞こえる。あまり聞き覚えのないその声に、チラッと視線を向ければ、受付係のトゥルペが若い冒険者の魔術師と話していた。

あれは確か——ラスィアは記憶を辿る。そう、ジンという名で、比較的最近、ギルドに登録した新人である。

そういえば、先日訪れた近衛騎士も、『ジン』という名の冒険者を探していた。

近衛騎士曰く、探しているジンという冒険者は実力者だと言う。最近来たという条件に合致はするものの、Eランクの彼ではないと結論が下された。

あれから、その実力者らしいジンという冒険者は結局現れずに今に至る。近衛からはあの後も確認のための使者が来たが、色よい返事は出せないままである。

「なんだよ、マルテロの旦那からの依頼かよ」

またも聞こえたダンディーな声。はて、カウンターにはジンという若い魔術師とトゥルぺだけだが、他にそれらしい冒険者はいないのだが。

「依頼というか、ジンさんが来たら声をかけておけ、と伝言を受けまして」

トゥルぺが説明している。たまにその勤務態度が怪しい彼女だが、真面目に対応することのが増えたのはよい変化である。

「どうせ、穴掘りに行きましょってお誘いだぜ。あんたも伝言板、大変だな嬢ちゃん」

ジンという若者の声ではない。むしろ、彼の隣に誰かいて、その人物が先ほどからの男性的な声の持ち主のようだ。苦笑するジン、その隣に人の姿が見えないのだが、ラスィアのいる位置が悪いのかもしれない。

「穴掘りって――例のミスリル鉱山ですか?」

トゥルぺが声を落とした。まるで誰かに聞かれるのを避けるかのように。ミスリル鉱山という単語を、ラスィアの耳は聞き逃さなかった。

大空洞ダンジョンで見つかったミスリル鉱山。いまだ調査依頼が出る程度で、本格的な採掘などはまだ行われていない場所。その理由は道中が危険すぎるから。

何だろう? ラスィアは疑問に思う。そういえば先日、そのマルテロから、ジン・トキトモの冒険者ランクの昇格打診があったような……。

ラスィアは席を立つ。冒険者のクエスト達成報告書の棚へ行くと、ジンの報告書を抜き取り、眺める。これまで彼がこなしてきた依頼を参照……。

――グレイウルフ狩りが多いわね。

オオカミ討伐は、成功で金貨一枚。低ランクが受けられる依頼としては高めの報酬額だ。それが比較的多いが、狩人ではなく魔術師である彼がそれを何度もこなしていることに、まず軽く驚いた。依頼には少なからず向き不向きがあるが、本職の狩人並みかそれ以上に狩りの上手い冒険者ということである。

他にもクラブベアやラプトル狩りなどをこなしている。後は誰にでも果たせそうな簡単な依頼もついでに果たしている。

オオカミ狩りの多さを除けば、まあ低ランクとしては充分な能力を持っていると言ってもいいだろう。そういえば、つい最近、依頼達成数がＥランクラインに到達したので、ＦからＥへ昇格していた。

――いまだに依頼達成率百パーセントなのね……。

冒険者なら、一度や二度の失敗は当たり前。あまりにたくさん失敗するようなら冒険者として不適格を言い渡さねばならないこともあるが、成績では超優良と言うべきか。これも自らの能力をきちんと把握し、無理をしていないからだろう。

ラスィアは、達成報告書の二枚目、素材買取の報告書に目を通す。これは解体部門に持ち込まれた魔獣の素材や回収品の買取などの記録がまとめられている。

依頼達成報告書もそこそこ長かったが、素材買取報告書のほうは、さらに長くこちらのほうが枚数があった。つまり、ジンは解体部門に魔獣の素材などをどんどん売り払っていることを意味する。

「⁉」

その内容にラスィアは目を剥いた。

一番最初に持ち込まれた素材。そこにはこう書かれていた『ワイバーンの爪、牙、鱗』。

ワイバーン。空飛ぶ大トカゲ。モンスターランクBに相当する危険な敵。先日討伐依頼が出たが、その行方が要として知れず、そしていつの間にか掲示板から消えていた件だ。BかCランクの冒険者が受けたのかと思っていたら、どうもそうではないらしいと後でわかったが、それでその話はパタリとやんでうやむやになっていた件だ。

買取の日付を確認すると、例のワイバーン討伐依頼が出た直後となっている。

そういえば――。

『僕はFランクなんですけど、もし上位ランク……例えば、ワイバーンを討伐した証拠を持ってくれば依頼を受けて、その報酬もらえたりします？』

初めてジンに会ったその日、当人がそう質問してきたことをラスィアは思い出した。あの時、すでに彼によってワイバーンは討伐されていた、そういうことになる。

冷たい汗が流れるのをラスィアは感じた。ワイバーンは駆け出し冒険者が狩れる魔獣ではない。それを倒したということは、相応の実力者ということ。

『王子殿下曰く、凄腕の魔術師という話だ』

王室近衛隊に所属するオリビアという女騎士が、ギルドに来てそんなことを言った。彼女はその時、ジン・トキトモがEランクと聞き、違うと一蹴したが、あの時よく精査していればもしかしたら……？

――王子が探しているジンとは、このジン・トキトモなのでは……？

ラスィアはさらに報告書に目を通す。素材の買取にかけては、そのバリエーションが豊富で、とてもEランク冒険者の持ち寄る素材とは思えない。C、いやBランク冒険者のそれだ。……ファイアリザードに、ガロテザウロ？　北の火山にでも行ったのか。フロストドラゴンの鱗や爪のこの多さは何？

いずれも、討伐依頼を通さずに持ち込んだ素材だったので、ランク評価に直結せず、ラスィアやギルド長の目にも留まらなかったのだ。だがこれは素材解体部門では、大きな話題になっていたのではないか？

ラスィアは報告書を持ったまま、カウンターへ戻る。先ほどまでいたジン・トキトモの姿はすでになかった。だから彼と話していたトゥルペに声をかける。

「ジン・トキトモは？」

「あ、えっと、今日はもう出て行かれましたよ。マルテロさんの伝言を受けて」

出て行かれましたよ？　トゥルペのいつもの調子なら、「出て行きましたよ」と言うところだろう。他の冒険者に対する態度と違うことに、今更ながらラスィアは気づく。

ふと、手にしたジン・トキトモの報告書に目を通す。依頼達成や素材記録を用紙にまとめるのは、受付係の彼女たちもやっている仕事だ。達成報告書はともかく、素材買取報告書をまとめる際に、この異様さに気づいて騒ぐ子がいてもおかしくないが、それがなかった。

よくよく見ると、この報告書の筆跡は、ほとんど同じ人物が書いたものだとわかる。

「ジン・トキトモの報告書を書いているのは、あなたですか、トゥルペさん？」

「あ……はい。ここのところは特に。……あの、何か不備がありましたか？」

ミスが見つかり、叱られると思ったのかトゥルペが萎縮《いしゅく》した。ラスィアは小さく嘆息した。

「少し話があります。解体部門のソンブルさんも呼んできてください」

これはもしかしたら、もしかするかも——ラスィアは心の中で呟いた。

俺にとって、冒険者ギルドへ赴くのは日課だ。最近は素材を売り払うことで、下手な依頼よりもお金が入った。ある程度余裕も出てきたから、のんびり過ごす日々も、そう遠くないかもしれない。

今日もベルさんとギルドに顔を出すと、待ち人がいた。わざわざギルドの談話室に通された俺は、その人物と面会した。

「お初にお目にかかります、ジン・トキトモ殿。私は、スルツ・ビトレー。さるお方に仕える者にございます」

初老の紳士だった。口ひげを生やし、穏やかな表情に見えて、目が細く、油断なくこちらを観察していた。

「そのビトレー殿は、この私めに何用でございましょうか」

相手に合わせて、かしこまる俺。とはいえ言い方についてはそれっぽくしているだけで正しいとは自分でも思っていない。

「はい、我が主が貴方様とお会いしたく、不躾ながらこうしてお迎えに上がった次第でございます」

はて、どこぞの貴族だかが俺を呼んでいる、と。正直言うと、この手の誘いでいい思い出はない。

反射的にベルさんと顔を見合わせた。

「その主というのは、どなたでしょうか？」

「アーリィー・ヴェリラルド王子殿下にございます」

「アーリィー……？」

思わず固まった。いや、まさかここでその名前を聞くことになろうとは。お互いの秘密を守るために、そばにいないほうがいいと思って別れたのに、向こうから俺を呼んでいるとか。

アーリィー王子。本当の性別は女。彼女の秘密は国家機密にて、それを知ってしまった俺ではあるが……できれば近づきたいけど、近づくのは避けたほうがいい相手。彼女は可愛いし俺の好みで、いい子ではあるのだけど。

「王子殿下は、何故、一介の魔術師である私を？」

さもお姫様なんて知りませんよ、と言わんばかりのすっとぼけで問う。ビトレー氏は、よどみなく答えた。

「存じ上げません。ただ、何やらお悩みがある様子にて、ぜひ貴方様のお力をお借りしたいと」

悩み……？　何かトラブルか。しかも秘密を知る俺を呼び寄せる危険を冒してもなお呼ぶほどの。

もしや、彼女の身に危険が迫っているとか？

いや、命の危険はないか。彼女の周りには王族をお守りする親衛隊とか近衛とかいるだろうし。

……それともそれら身近な者の中に敵がいるとか、そういうことだろうか。

わからん。まったくわからない。

『どう思う、ベルさん？』

『どうもこうも、理由が明かされないのではな』

魔力念話による俺とベルさんの会話。

『もしかして、デートのお誘いだったり……？』

『またお前は――いや、あのお嬢ちゃんのことだ、割とありかもしれん』

『マジかよ、ベルさん!?』

だとしたら嬉しいが――。

『でも悩んでるって話だよな……？』

『恋の悩みじゃねぇの？　よかったなジン』

『本気にするぞ？』

『どうぞご自由に。……まあ、アーリィー嬢ちゃんの名前を出した罠って線はないだろうなぁ。ジン、誰かお偉いさんに恨みを買った覚えはあるか？』

『さて、この王都ではないと思うけどな。そもそも、そういうお偉いさんの知り合いはいないし』

俺が腕を組んで考え込むと、ビトレー氏が立ち上がった。

「それでは馬車を待たせてあります。ご案内いたします」

『どうやら拒否権ないようだ』

思わず心の中で皮肉れば、ベルさんが念話の中で笑った。

『王族からの要請を断るなんて、普通ないだろうからな。どうせお前さん、女の頼みは断らないんだろう？　それとも、敢えてお断りいれるかい？』

知らぬ存ぜぬを通すなら、ここはついていかないほうがかえって怪しまれると思うけどな。仮に断ったら王族の威光に逆らった云々でしょっぴかれるリスクもある。

『最初から選択肢なんてないってことだな！』

『嬉しそうな顔して言うなよ。……まあ、幸運を祈ってるよ、ジン』

『あんたも行くんだよ、ベルさん』

俺はベルさんの首根っこを掴んで持ち上げる。

『仮に罠だったとしても、喰い破るだけだ。そうだろ、ベルさん？』

俺たちはこれまでずっとそうしてきたんだ。初めて会った二年ほど前のあの日から。


馬車に揺られることしばし。王都の町並みを進む馬車は、アクティス魔法騎士学校の正門を通過した。

……こりゃアーリィーに呼ばれたのは疑いようがない事実だな。彼女と別れたのも、この学校で、その寮に住んでいると聞いていたから。

馬車は門を抜けて、右手へと抜ける。城のような作りの校舎を迂回し、短い芝の生えた中を走る石畳を進む。反対側に広がっているのは校庭か。道を進むこと二分ほど、林があってそこを抜けた先に、一つのお屋敷が立っていた。……まさか、これって王子様専用の寮だったりする？

「王子殿下は、こちらにお住まいになられております」

ビトレー氏が言えば、俺もベルさんも思わず目を細めた。あー、お金持ちの臭いのする寮だわー。寮というより貴族の屋敷じみた建物の前に馬車は止まった。ビトレー氏に続き、俺の肩に乗ったベルさんが石畳の上に降りると、そこには近衛の騎士が数人と、メイド服姿の侍女が数人並んでいた。

「ビトレー殿」

近衛の一人、赤毛の女性騎士がビトレー氏に近づき頷いた。彼も頷き返すと、俺を見やり「どうぞ、王子殿下の部屋へご案内します」と言った。

広々とした玄関フロア。ビトレー氏の後に続く俺。その後ろから近衛の騎士たちがついてくる。赤い絨毯《じゅうたん》の敷かれた床、廊下に幾つも見える魔法照明。小綺麗な室内は、どう見ても金持ちのお屋敷だな、とあらためて思う。

二階に上がり、静かな屋内を進む。場違いな雰囲気に妙に緊張してしまう。

こちらです——王子のいる部屋へと通される。

執務室のようだった。部屋の中央に置かれた会談用の机とソファー。その片側に、かの金髪ヒスイ色の瞳を持つ美形の王子、もといお姫様が座り、優雅にお茶を飲んでいた。カップを静かに置くと、アーリィーは朗らかな笑みを浮かべた。

「やあ、ジン、それとベルさん。ようこそ」

「お招きいただき、光栄です、殿下」

ビトレー氏や、厳しそうな近衛騎士がいる中で、以前のようなため口を利く度胸はない。アーリィーはこちらを知っているような口調だったので、それに合わせるのが妥当だろう。

正直に言うと、また彼女の顔を見れて嬉しかったりする。

その王子様（女の子）はかすかに眉をひそめる。

「ビトレー、オリビアも席をはずしてくれ。ボクはジンと話をするから」

かしこまりました、とビトレーが一礼すれば、オリビアと呼ばれた赤毛の女性騎士は背筋を伸ばした。

「お一人でよろしいのでしょうか？」

「うん、構わない。下がって」

オリビアも一礼すると退出した。アーリィーは、ちらりと一人残っているメイドに言った。

「ネルケ、君も」

「お客様にお茶をお出ししましたら」

そう頭を下げると、机の上に新たなカップとお茶を用意する。ありがとう、とアーリィーは気を利かせてくれたメイド、ネルケにお礼を言った。そのメイドは、ベルさん用だろう。小皿にミルクを入れて、床に置いた。

「それでは失礼します」

メイドが出ていき、部屋には俺とアーリィー、ベルさんだけになる。

「元気そうだね、ジン。座って」

「このたびはご招待いただき、誠にありがとうございます」

「もう、そういう堅苦しいのはなしにしようよ。前のように普通に話してくれていいから」

アーリィーは口を尖らせるのである。……こうして見ると、普通に女の子なんだよな。

「そうはいきません。あなたはこの国の王子様であらせられるわけですから」

「王子……」

アーリィーは自嘲を浮かべ、肩を落とした。

「ボクは王子じゃないよ……知ってるでしょ?」

「……」

そうだな。王子ではない。お姫様だ。俺は小さく肩をすくめた。アーリィーがそう望んでいるのだから、固辞するのは逆に失礼だろう。

「わかりました。……お望みどおり、普段の口調を心がけよう」

それで――。

「俺を呼んだ理由を聞かせてもらっていいかい、アーリィー?」

名前で呼んだら、王子の皮を被ったお姫様は満面の笑みを浮かべた。

書き下ろし番外編Ⅰ

エルフの美女をエスコート

その日、俺は浮かれていた。

ジン・トキトモとしてヴェリラルド王国王都に来て、初めての出来事――すなわち、エルフ美女とデートである。

先日、ヴィスタというエルフの魔法弓使いの女性から、ミスリル銀を手に入れたいから、ダンジョンに同行してほしいという依頼を受けた。その成功報酬は金貨二枚と、この王都での俺とのデートだった。

俺と相棒のベルさんは、彼女の完璧に依頼をこなし、晴れて、約束の日を迎えたのだった。

宿泊している宿『ロック』を出た、俺と黒猫姿のベルさんは、待ち合わせ場所の王都冒険者ギルドへと向かう。

「おーおー、張り切っちゃってまぁ」

石畳の上をトコトコと歩くベルさんが皮肉げに言う。

「ローブマントも服も、きっちり洗濯して、靴もピカピカ」

「最低限のマナーだよ」

相手は美貌のエルフだ。失礼があったら困るだろう。特に、彼女は俺の正体である、ジン・アミウール――東の連合国で名を馳《は》せた英雄魔術師だって知っているからね。

「落胆させたくないだろ?」

「オイラは、脈もないのに張り切るお前さんに落胆してる」

「茶化すなよ、ベルさん。久しぶりのデートなんだ、いいだろ」

襟元を正しながら、俺はヴィスタのことを思い描く。

細身な体つきはまことにエルフらしい。種族特有の尖った耳は、大きすぎずバランスがよくて、その表情も凛として精悍だ。水面のように澄んだ瞳。口調がやや真面目すぎるきらいはあるが、声が綺麗で悪い印象はない。

……それでいて、本人は方向オンチで、少々ポンコツ臭がするが、それはそれでチャーミングである。冒険者として、魔法弓使いとして抜群の腕を持つから余計に。

「うん、まあ、エルフ基準でも美人じゃね、あの娘」

知らんけど、と案外、どうでもよさそうなベルさん。

「しかし久しぶりのデート、ねぇ……。お前しょっちゅう女に声をかけてるからそんな印象ないな。

……この前、魔女と楽しんでたろ?」

「あれは、デートとは言わない」

魔法薬屋の美人魔女の話が出たが、あれはあれ、これはこれだ。人が多く行き交う道を進む俺たち。ベルさんは口を開いた。

「で、待ち合わせは冒険者ギルド?」

「彼女は方向オンチらしいからな。初めての場所を待ち合わせに指定したら、絶対来れないと思う」

「そいつは賢明だ。なにせ東の国めざして西の国にきちまう奴だ」

ベルさんは鼻で笑った。

「後はちゃんとギルドに辿り着けるか、だな」

「そこまで酷くないだろう。……ないよな？」

「オイラに聞くなよ」

その冒険者ギルドに到着。すると、すでにヴィスタが来ていた。

デート相手を待たせるのはよろしくない。たとえ、待ち合わせ時間よりかなり早く来たとしても。

「ごめん、待たせた」

「うん、待った」

ヴィスタは正直だった。だが怒っている様子はなし。

「待ち合わせに遅れないよう、昨日からギルドに泊まり込んだ」

……え？

思わず絶句した。前日からスタンバっていた。このデートに遅れないようにするために。そこまで熱意をもって臨んでくれていたのか！　これは嬉しい。

「それじゃ、揃ったことだし、出かけようか」

「そうだな。実は、あまり食べてなくて空腹なんだ」

ヴィスタは苦笑しながら自身のお腹あたりをさする。

「……あ、そんな顔しなくても、きちんと食事代は出す。それが約束だからな」

「いや、飯代くらい奢るよ」

「いや、約束は約束だ。今回は私が出す」

そうかい？　彼女は生真面目だからね。俺としては女性に奢らせるのも気が引けるけど、言い争いになるのは勘弁だ。我を通すだけが紳士ではない。

何はともあれ、デートに出発だ！

というわけで、俺は魔力念話に切り替えて、黒猫姿の相棒を見た。

『じゃ、そういうわけだから、俺はヴィスタと出かけるから、ベルさんは自由にしててくれ』

『……言われなくても、オイラは自由だよ』

『茶々入れてくれるなよ？』

『あぁ、邪魔はしねえよ』

行ってこい、とばかりにベルさんは尻尾を振った。

俺はヴィスタを促し、ギルド建物を出て王都へと繰り出す。傍らのエルフ美女は自信ありげに言った。

「食べたいものの希望はあるか、ジン？　自慢ではないが、私は王都を隅々まで歩いたからな。色々知っているぞ」

「……お、それは頼もしいな」

この娘、方向オンチだったよな。隅々までって、迷いまくった結果そうなっただけじゃないだろうか？……突っ込んだら負けか、これは。

男らしく王都案内がてら散策といこうと思っていたが、何やら任せろと言わんばかりの目を向けてくるので、彼女に任せることにしよう。俺は女性の意思を尊重する派だからね。

「ではよろしく頼むよ、ヴィスタ。ちなみにお勧めはあるかい？」

「ああ、任せてくれ」

意気揚々と歩くヴィスタ。

「そうだな、四本鹿の肉の串焼きなどどうだろうか？」

「……!?」

俺は耳を疑った。というのも、俺の記憶違いでなければ――。

「エルフって鹿肉は食べないんじゃなかったっけ？」

食べたの？　ヴィスタさん……。

「いや、あの鹿は、我らエルフの信奉する聖獣の鹿とは別のものだ」

堂々と彼女は言い張った。

以前、俺とベルさんがエルフの里にお邪魔した時、鹿はエルフにとって聖獣であると聞いた。森で狩りをするエルフたちは、当然ながら鹿は狩らないし、その肉を食らうことはない。

鹿であって、鹿ではない。酒を飲んではいけない宗教の信徒が、酒ではないという建前で飲酒するのと同じ理屈か。

「鹿じゃないなら、あれは何だ？」

「牛じゃないか？　あるいは山羊かもしれない」

「いや鹿だろう」

俺は、真顔のエルフ美女に笑みを返す。いやはや、堅物に見えて冗談は言うんだな。意外ではあるが、むしろ好ましい反応だ。

軽口を叩きながら、王都の雑踏を行く。人が溢れ、時々、亜人種族などを見かけながら、のんびりとした散策を楽しむ。

……楽しむはずだった。いや、俺個人としては楽しいのだけれど。

「はい、迷子ー」

ヴィスタ、絶賛方向オンチ炸裂中。何で王都のスラム街で右往左往しているんだろう。

鹿肉の串焼きを露天販売しているという肉屋を探して、はや一時間。狭い路地を見回し、どの道が正解か悩んでいるヴィスタさん。

汚れ、所により腐臭が漂う貧民街。その狭い路地から見える王城の位置を確認。

「ヴィスタ、とりあえず、ここを出よう」

「うーん、どうしてこうなった……」

本気で頭を悩ませているエルフさん。そりゃあなた、こっちが近道だ、と直感だけで行こうとするから、知らない道に入って迷ったんでしょうが……。でも迷子だって一緒にああだこうだやってるのって、それはそれで会話になるから楽しい。

「ジンは道がわかるのか？」

「いや。ここに来るのは初めてだ」

と、敵意をもった男が別の路地から飛び出す。薄汚れたマント。追い剥ぎか、ひったくりかな？

とりあえず悪質な体当たりを食らう前に、魔力を操作。見えない腕を使い、向かってくる男を弾き飛ばした。

「ん？　なんだ？」

見ていなかったらしいヴィスタが顔を上げた。俺はすっとぼける。

「さあね。この辺りは物騒だ。先を急ごう」

こういう場所だからね。もし美女が一人で歩いていたら、もっと面倒なことになっていただろう。ヴィスタは基本、弓使い。狭い場所での近接戦の心得は果たしてあるのだろうか？　ま、心配は無用。きちんとエスコートしますよっと。

「俺は、こういう町中で迷子になったことはないんだ」

「そうなのか？」

「いざと言う時は、浮遊魔法で高いところに上がればいいからね」

「それはズルくないだろうか？」

ヴィスタが眉をひそめるので、俺はからからと笑った。

「時間を無駄にするよりはマシだろう？」

「空を飛べるなら、そうだな、迷うことはないかもな」

「まあ、それで目的地が見つかるかは別問題だけどね」

そうこう歩いているうちにスラム街を脱出っと。中央方面へ移動して仕切り直し。

「あ、ヴィスタ。茶屋がある。ちょっと寄っていこう。喉が渇いた」

そこそこ歩いたので俺はこれ幸いとばかりに提案。小洒落た装いの商店、その店先にカフェテラスのような小さな試飲席があった。割といい場所だけど、果たしてエルフのヴィスタさんは気に入ってくれるかね……？

俺の世界の西洋同様、水の性質からか、基本、水分はお酒かお茶でとるこの国である。こうしたお茶も割と庶民に浸透していたりする。なおヴェリラルド王国などでのお茶は、妖精族から購入、販売していると聞く。遠い国から輸入しているわけではないので、比較的手頃なのだ。

「前に通りかかったことがあるが……」

ヴィスタが薄く笑った。迷子から一転、ようやくの笑顔に俺もにっこり。

「一度、ここで飲んでみたいと思っていたんだ」

「それはいい。一杯飲んでいこう」

テーブルが三つ。他にも客がいたが、空きがあったので、俺とヴィスタは、日替わり紅茶――レーン茶と呼ばれるそれをいただいた。

「甘い……」

ミルクティーにしたら、ちょうどいいんじゃないかな、と思ったり。

「爽やかな味だ。……でも里の茶のほうが美味しいかもしれない」

ヴィスタはそう評した。エルフの里でお茶とか聞くと、とても神聖な雰囲気を感じるのは気のせいか。

せっかくなので、エルフたちのお茶事情を聞いて、互いに好みを聞き出したところで、試飲代とお土産代わりにレーン茶を購入。それから席を立った。

「じゃあ、今度こそ鹿肉を求めて――」

ヴィスタが振り向きながら歩き出すので、俺はとっさに彼女の服をつかんで引き寄せる。ガタイのいい通行人とぶつかりそうなのを阻止――。

「おっと、べっぴんな姉ちゃんだな」

通行人――身長百九十センチはあろうかという長身の大男が立ち止まって、俺たちを見下ろす。

あー、これ通行人じゃない、ナンパ野郎かー。

「姉ちゃん、そこで茶を飲んだろ？　今からオレ様と遊びにいかね？」

「は？」

ヴィスタの声は、驚くほど冷淡だった。しかし大男はその無骨な顔に笑みをたたえて食い下がる。

「なあ、いいだろ？　あんたエルフだよな？　この辺りは初めてじゃないのか？　そんなひ弱なガキじゃなくて、オレ様がもっといい場所に連れていってやるぜ？」

あのさぁ、俺を山車にするなっての。身の程を知らぬ愚か者め。……まあ、素人丸出しな格好をしている俺も俺だけどさ。これでもちゃんとデートのために念入りに手入れしてきたんだぞ。

どうしてくれようか。ここは一発、軽く蹴散らして――などと俺が考えていたら、ヴィスタがさっと前に出た。あれ……？。

「ひ弱なガキ、だと？」

ヴィスタさんが大変お怒りだった。表情に乏しいと言われがちなエルフにしては、あからさまに憤怒が見てとれる。

「だったら貴様は役にも立たん木偶《でく》の坊だな！　失せろ、案山子《かかし》が！　ぶち殺すぞ！」

え、あ、ぶち――思いがけないヴィスタの罵詈《ばり》に、俺は驚く。面と向かって言われたナンパ男もまた、吃驚していた。綺麗な女性からの思いがけない怒りの言葉をぶつけられ、男は逆上――することなく、すごすごと引き下がった。

これは仕方ない。威圧どころか、マジ殺すぞという殺意の視線だった。男は非常に賢明だったと言える。……いや、声をかける相手を間違えたのだから、やはり間抜けだったかもしれない。

「ふう……。偉大な英雄をひ弱なガキと称するなど無礼千万。……すまない、ジン。私がついていながら――」

あー、とか、うんしか言葉が出てこなかった。何だこれ。ひょっとして俺は彼女に守られたのか？　ヴィスタは俺のＳＰでもやっているつもりなのか。

「不快な思いをさせてしまった。報酬分は私が責任をもって接待させてもらうので、どうか安心してほしい」

接待……。デートだと思っていたのは俺だけか？

彼女の依頼を果たした暁には、王都で一緒に食事を、との約束ではあった。デートのつもりだったんだけど、ヴィスタはどうもそう思っていなかったようだ。

彼女は愚直なまでに依頼報酬である食事を奢るため、その一連の件が済むまでエスコートするつもりなのだ。一人盛り上がっていた俺が馬鹿みたいだ。

「さあ、気を取り直して行こう」

鬼も逃げ出す殺気は消え、むしろ晴れやかさすら感じさせる表情でヴィスタは歩き出す。

俺は引きつった笑みを浮かべて、逆方向を指さした。

「うん、肉屋はこっち」

こーの、ポンコツめー。そういうところも可愛いんだけどね、うん。

心の中で呟きつつ、小さなため息をこっそりと吐いた。


「なあ、ジン。貴方はあからさまに元気がなくなってないか？」

「え？　そう？」

ヴィスタの指摘に俺は、やはり苦笑である。

「いや、そんなことないよ？」

「違う。絶対そうだ」

どっちなんだ。違うのか、そうなのか——という冗談はさておき。

ヴィスタは、英雄ジン・アミウールを崇拝にも近い感情で見ている。それは俺が、彼女の故郷と家族たちの危機を救ったからだ。

俺と食事と聞いて、彼女もテンションが高いのは、異性とお出かけ云々ではなく、俺が英雄だからということになる。

もう英雄は捨てたし、それを演じるのも疲れた。だから偉大な英雄とか、そういう風には言ってほしくないんだが……。まあ、ヴィスタは英雄である俺を探していたわけだし、責めるのはお門違いか。そう、彼女に悪意はないのだ。

そうだな、俺の都合で気分が盛り下がるのは彼女にも失礼だろう。オーケー、気を取り直そう。

ただ、本当にヴィスタは、俺に異性としての感情、ないのかな？

「なあ、ヴィスタ。つかぬ事を聞くけど、今回のお出かけ、君はどういう認識？」

「どう、とは……」

ヴィスタは顎に手をあて、うーん、と考え込む。……そこで考えちゃうんだ。

「依頼の報酬。……食事を奢るという話だったから」

「その食事に、というのは誘ってたんだけどね、俺としては。デートに、って意味」

デートという感覚が持てないのは、人間とエルフだからか。そういう恋愛的な感情を抱けないという意味か。いや、人間とエルフで結びつくこともあるらしいから、それはないか。

「デート……？」

反芻する彼女。デートの意味、わからないかなこれ。彼女、真面目だし。

「貴方が、私を、デートに？　はじめから……？」

ふっと空気が抜けるように、彼女は俯いた。元より白いその肌がみるみる真っ赤に染まっている。

……ひょっとして今、実感した？

「いやいやいや、ジン。貴方が、私のような一エルフをデートに、だと？　そんな冗談は――」

「いや、割と真面目なんだけど」

俺は、普段のヴィスタ並みに真面目ぶった。

「一緒に出かけて、食事したりお喋りしたりって、いう話。もちろん仲良くなれるならそれにこしたことはないけど、別に婚約したり、一生を決めるようなものでもないし」

「こ、婚約⁉」

ぼんっ、と火山が噴火するかのように、生真面目なヴィスタが赤面する。

「いや、婚約とかじゃなくて、あくまで楽しくお出かけしましょうって話で」

「あわあわ……」

何やら言葉にならずに、ヴィスタさんが動揺しまくっている。

「す、すまないジン。貴方がそんな気持ちで私に声をかけていたとは、つゆ知らず。本当に失礼なことをした。申し訳ない！」

背筋を伸ばした後の、渾身の謝罪。九十度直角の頭下げ。……やめて、周りの人たちから、俺が君に謝らせているとか、ふられているみたいじゃないか。

「俺は、ただ普通にお出かけしたかっただけなんだ」

「普通……普通、そうか」

少し落ち着いたか、ヴィスタは頭を上げた。しかし頬が火照っているのは変わらず。

「すまない。噂は聞いたことがあるが、私は異性とデートしたことがないんだ。だから……その」

デート経験なし！　意外だ。ヴィスタほどの美人なら言い寄る男くらいいそうなものなのに。

「不束者だが、どうかリードしてくれないだろうか？」

「喜んで」

すっと手を伸ばすと、ヴィスタは恐る恐る手をとってくれた。彼女もようやく自覚してくれたところで、改めてデートの再開である。


デートのつもりだった。

その言葉に、私は動揺を隠せなかった。カリヤの森、ブレシルの娘ヴィスタ。生まれてこのかた、異性と『デート』なるものの経験はなかった。

無論、エルフとて、異性との付き合い、親密なる交流はある。詞を謳ったり、星を見上げたり、弓の腕を競うとか、若木を愛でたりとエルフ流のそうしたデートに比べ、人間のそれはもっと安直で、即物的だと聞く。それは彼ら人間が、我らエルフよりも遙かに寿命が短いからだと聞かされていた。

しかし、デートはデート。最終的に意味するところは、エルフも人間も変わらない。相手を好きになり、添い遂げ、将来を誓う仲になりたい。

それはいい。……それはいいのだが、いや、ちょっと待ってほしい。

私をデートに誘った相手は、英雄であるジン・アミウールなのだ。伝説にも等しい活躍をしたこの人が、私ごとき凡庸なエルフ女をまさかデートなどに誘うとは、誰が信じられようか！

いったいこれは何だ？　私は夢でも見ているのか？

あり得ない！　何かの間違いだろう？　そうに違いない！

『いや、割と真面目なんだけど』

あぁ……。何ということだ。彼は、その気でいる。それは私も、彼のことは好意的な目で見ている。エルフの里を救い、私の故郷や家族を守った偉大なる人族だ。尊敬しているし、彼に好意を寄せられるなんて、願ってもないことだ。

だが待ってほしい。私にその覚悟はないんだ。そもそも私と彼では種族が違う。エルフと人間との間の恋愛話は聞くし、実際に子をなすこともできる。だがそれは双方の種族からあまり好ましいものとは見られていない。子供も含めて、祝福されることは少ない境遇になることを意味する。

いや、もちろん、ジン・アミウールほどの英雄相手であるなら、話は別かもしれない。だが……ああ、もうどうしたらいいんだ。彼の好意を無碍《むげ》になどできるか？　いやできない。

私には彼に命の借りがある。恩人であるし、私自身、彼のことは好きだ。

もちろん、それは愛情なのかといわれるとまだわからないのだが、彼にデートと言われた時の衝撃と胸の高鳴りは、否定できない事実である。神様ありがとう！

……だめだ。私自身、とても混乱している。少し落ち着こう。落ち着いて——あぁ、もう、ジン！　すまない！　せっかく私を選んでくれたのに、まったく気づかなくて！

それで謝ったら、ジンは許してくれた。正直、顔の火照りはおさまらず、ふわふわして自分でも何を言っているのかさっぱりわからなかったのだけれど。

　その後のことは、正直夢の中だったのではないか、というほど、はっきり覚えていない。ひょっとしたら、私は彼に魔法をかけられたのではないか、と思うほど、ふらふらしていた。

　繰り返すが、異性とのデートは初めてだったんだ。よく覚えてはいないものの、断片をつなぎ合わせると、穴があったら入りたいほどの醜態を彼の前で晒したような気がしてならなかった。

　ジンに嫌われてしまったのではないか。そう思うほどには、私は彼に対する感情を自覚するに至った。

　ただ崇拝するだけでなく、『恋』という感情を。たぶん、これが恋なのだ。


　初めてのデートは、ヴィスタにとっては緊張しっぱなしだったようだ。

　真意が伝わってから、彼女は借りてきた猫のように大人しく、またこちらからの言葉に妙に上ずったりしていた。目当ての鹿肉の串焼きをいただく時も、俺の視線を気にしている様子。

　お見合いかっての！　真面目過ぎる彼女がデレると、こんな風になるのか。これはからかいたくなるなぁ。

　俺は上機嫌。こういうのでいいんだよ。俺は楽しかった。

　かくて、報酬のデートは終了。

　彼女を送った後、合流したベルさんからは、「寝技には持ち込まなかったな」なんて言われた。

　呆れたことにこの人、俺とヴィスタのデートをずっと見ていたらしい。

エルフ美女の態度が豹変したのが滑稽だったとか言いやがった。……滑稽とか言わない。たとえ本当でも。

なお後日談、その後、しばらくヴィスタが俺を避けるようになった。

嫌われた、ではなく、デートのことを思い出して、羞恥のあまり逃げ出すみたいな感じ。冒険者ギルドで顔を合わせた時、真っ赤になって立ち去っていった。……何か、悪いことをしたかなって気分になるから、早く彼女自身で乗り越えてほしい。嫌われてるんじゃないかって、こっちが不安になるからさ！

まあ、さらにその数日後、気持ちの整理がついたようで、普通に声をかけてくれるようになったんだけど。

書き下ろし番外編II

少女アーリィー

世の中、窮屈だ。

別に胸を隠すために巻いている矯正具ではないのだけれど……。

ボク、アーリィー・ヴェリラルドは王子だ。……王子ということになっている。本当は王子ではないはずなんだけど。

ヴェリラルド王国王都は、アクティス魔法騎士学校に通っていて、ただいま最上級学年。今年、成人である十八を迎え、何事もなければ学校を卒業する。……何事もなければ、だけど。

ため息が漏れる。今日も憂鬱な朝を迎えた。

もぞっと、ベッドに潜り込んだまま、ボクはそのまま惰眠を貪りたくなる。それを許さないとばかりに、決まった時間にノックされる部屋の扉。

『おはようございます、アーリィー様』

わかっている。執事長であるビトレーだ。扉の向こうには熟練の彼がいて、さらに着替えを担当するメイドのネルケがいる。二人とも、ボクが王子――つまり男の子ではなく『女の子』であることを知っている者たちだ。

もっと寝ていたい。正確には着替えて、外に出たくないというのが本音。

ノックが繰り返される。無視したいけど、こちらが無反応だと、再度の呼びかけのあと、彼らは部屋に飛び込んでくる。主であるボクに万が一の事態が発生した可能性を考えてのことだ。……そのおかげでいくら睡眠が足りなくても寝たフリが通用しない。

「どうぞ」

短く返事をすれば、『失礼いたします』と声がかかり、扉が開いた。執事長と専属メイドのふたり。いつも通り。

「おはようございます、アーリィー様。本日はよいお天気で――」

そうなんだ。寝室の窓は厚いカーテンがかけられているので、外の様子はわからない。

「お加減はいかがでしょうか？」

「……うん」

ボクは、部屋にある鏡台に視線を向ける。長い金色の髪を伸ばした、寝間着姿の少女の姿が写っている。その目の色から、守護石となっている翡翠と同じ色の瞳。整った顔立ちながら、幼さも感じ取れるそれは、紛れもなく女の子そのものだった。

亡き母譲りの美貌――ボクがお姫様だったら、この顔も好きになれたんだろうな。王子を演じる立場にある今、あまりに女の子然としたその顔を、ボクはあまり好ましく思っていない。

半身を起こしたまま、身体を伸ばす。すると、女としてなかなか見事に発育している自身の胸がわずかに視界の下に見える。……また少し成長したのかもしれない。

王子としては、ここの発達もあまりよろしくない。矯正具できつくなるから。これ以上大きくなったら、日常生活を送るのにも支障が出るのでないか。

それとも、そうなったら外に出なくていい大義名分を得られるのではないか。父である国王は、当然ながらボクの本当の性別が表沙汰になるようなことを望んではいない。そもそも、ボクが王子をやっているのだって――。

……王子、か。

そっと呟いてみて、ふと脳裏によぎる少年魔術師のこと。『お姫様』『お嬢様』と呼んでくれた彼。ジンという名の冒険者。

彼のことを思い出すと、胸の奥がぐっと熱くなる。

さぁっ、と重いカーテンがメイドの手によって開かれる。差し込まれる日差しに、一瞬、目が眩んだ。

とてもよく晴れた空。その先には清々しい青い世界が広がっているだろう。

「空――」

あの時、体験した空気、風、自然の香り。そして彼の温かさ――ボクの思考は、その時の記憶へと伸びていた。


歩き慣れない道を歩き続ける。学校での行軍訓練とて、長くて一、二時間程度。馬に乗って戦場まで行くのだって、とても厳しかったのに、今は徒歩で、自分の足で歩いている。

ボスケ大森林地帯。凶悪な魔獣が多数跋扈《ばっこ》する危険な森。そこをボクは歩いている。足が痛い。疲れた。休みたい。

ボクは王子だから、それを一言いえば周りは考慮してくれる。正直、体力のない女だから、とは思いたくないし、これでも結構我慢強いほうだとは思っている。だけど、物には限度というものがある。

「アーリィー、疲れた？」

そう声をかけてくれたのはジンだ。黒髪に、東方系民族と思われる肌、その顔立ち。灰色のローブマントは、いかにも初心者で、歳も近いだろう彼は初級魔法使いに思える。

しかし、ポータルという転移魔法や、強力な魔法具などを使いこなし、見た目に反して実力者だ。

「ううん、大丈夫」

ボクは薄く笑って答える。本当はしんどいのだけれど、今は王子ではなく、その影武者として行動中。あまりわがままを言えば、怪しまれてしまう。彼にはボクが女であることがバレているから、せめて『王子が実は女の子』だった、という事実だけは隠し通さないといけない。

装備といえば、ジンから借りたライトニングソードという剣と、エアバレットという魔法弩だけ。結構、身軽な部類に入るのだから文句なんて言えるはずもない。

風が吹き抜け、森の木々が葉を揺らす。どこに魔獣が潜んでいるかわからない場所だけれど、ジンにはその気配が感じられるようで、ここまで不意打ちを受けたことはない。

「おーい、ジン」

前方の茂みがガサッと音を立て、黒豹が顔を覗かせた。

彼は、ベルさん。いつもは黒猫の姿をしているんだけど、どうやらジンの使い魔らしくて、人語は喋るし、森の魔獣にも引けを取らないほど強いんだ。

「見てきたけど、面倒そうな奴はいなかったぞ。ただ面白いものはあった」

「ほう、いったい何があったんだい、ベルさん？」

「まあ、来てみろよ。たぶん、遺跡だぞ」

そう言うと、ベルさんは茂みに引っ込んだ。ジンがボクのほうを見た。

「行ってみよう。この森の中に遺跡があるって知ってたかい？」

「ううん、初めて聞いた」

正直、驚いた。先行するベルさんの後を追って、ボクとジンは茂みをかきわけて、森を進んだ。

すると視界が開け、石造りの柱が見えてきた。

「へぇ……」

思わず声に出る。鬱蒼としたボスケ大森林の中に少し開けた場所。そこには石の廃墟があった。

これが遺跡か。柱には蔦が絡まり、所々に切り出されたと思しき石畳の欠片が散らばっていた。

朽ちた建物らしきもの、そのどれもが無骨な石で組み上げられている。

「わぁ……」

荘厳さは見る影もないけれど、初めて見る遺跡に好奇心が疼いた。ジンが先を行くのでボクもついていく。

ベルさんが座り込んでいるそばまで行くと、石柱を指さす。

「なあ、ベルさん、こいつはいつ頃のだと思う？」

「さあな、古代文明といっても色々だからな。ま、少なくとも機械文明のやつじゃねえのは確かだな」

「キカイ文明……？」

初めて聞いたその言葉。ボクの呟きを聞いたジンが頷いた。

「遥か昔にこの世界に存在したっていう高度な科学力を持った文明だよ。とうに滅びたけどね」

ジンって博識だって思う。ベルさんがくわっと口を開けた。

「金属のバケモノがそこら中にいた、おっかない時代さ」

「金属のバケモノ⁉」

なにそれ⁉　よくわからないけど硬くて強そうだ……。

「バケモノじゃないよ。どっちかっていえば道具のほうが近い」

やんわりとジンが言った。

「アーリィー、ちょっとおいで」

彼が呼んだ。何だかボク、ジンに年下扱いされているような気がする。……同い年くらいのはずなんだけどな。ちょっと複雑。

「そこに座って」

ジンは、平らな岩を椅子代わりに座ると、近くにある同じく岩のような石をボクに指し示した。

素直に応じて岩に腰を下ろす。ストラップで下げていたエアバレットと腰から下げていた剣を置く。

彼は心配そうな顔でボクを見つめた。

「足、大丈夫？　歩き方がぎこちなかったから、つらくないか？」

「え……？　あ、うん、大丈夫。ごめん」

本当はしんどいのだけれど、ジンにはバレちゃったみたいだ。

「謝らなくていい。……診てみよう、ブーツを脱いで」

優しいなぁ。知り合って、ほんの少ししか知らないボクに気をつかってくれる。彼はボクが王子だって知らないはずなのに。

親身になってくれる男の子っていうのが、ボクにとって新鮮で、何だか胸の奥がきゅん、ってきた。……こういう感覚はあまり経験がなくて、ボクにもよくわからないんだけど。

ボクが座った状態で足を向けると、ジンは少し考えた後、ブーツを脱がしてくれた。足をしげしげと観察する彼。何だろう、じっくり見られるのが、少し、恥ずかしいような。

「……治癒魔法をかけておこうか。靴擦れはなさそうだけど、あまり長距離は歩き慣れてなさそうだね」

ジンが手を近づけると、淡い光の玉が現れて、ボクの足に当てる。さわさわっとした、ちょっとくすぐったいような感覚が気持ちよくて、安堵の息が漏れた。

手当をしてくれるジンの顔をじっと見つめる。この人は、本当に頼りになるなぁ。ちら、と彼の目がボクを見る。

「どうした？　何か俺の顔についてる？」

「ん？　ううん、別に」

悪いことしていたみたいで、ボクは目線をずらした。ベルさんがあたりをウロウロしている。何かを探しているような。

「……あれはたぶん、入り口がないか探しているんだと思うよ」

ジンが教えてくれた。

「ここはあまり人が来ないって言うからね。もし未発見の遺跡なら、大昔のお宝が眠っているかもしれない」

「宝かぁ……もしそうならロマンがあるよね」

「アーリィーは、そういうの好き？」

「古代の文献とか読むの好きだよ。古代遺跡とか、空を飛ぶ島とか……見たことないけど、一度はそういうの見てみたいなって思う」

「……俺は何度か遺跡探検をしたけど」

右足が終わり、次は左足に治癒の魔法をかけながらジンは言う。

「普通に魔法とかお宝があるものもあれば、ちょっとヤバいモンスターが眠っている場合もあった」

「そういう話、もっと聞きたいな」

「空を飛ぶ島は見たことがないが、空を飛ぶ乗り物を見つけた」

「え？　空を飛ぶ乗り物!?」

凄い！　それって魔法の道具か何かだよね！　そんな興奮が顔に出ちゃったのか、ジンは微笑した。

「古代機械文明時代の乗り物でね。一人乗りで、とても速かった。この世界じゃ、おそらくあれより速い乗り物はないね」

「乗ったの!?」

「ああ。……まあ、残念ながら、今は手元にないけどね」

少し悲しそうな顔をするジン。適当な嘘話ではない、とボクは思った。今まで王子の顔色伺いで、いろんな人間と対面してきたけど、だいたい調子のいいことを言う人って信用できないっていうか。もしジンが嘘の話をしているなら、腕のいい詐欺師になれるよ。

「いいなぁ、空か……」

ボクは顔を上げた。遺跡のまわりが開けているので、青い空がよく見えた。流れる雲のように、空を飛ぶ鳥のように、自由に――。

「このまま、どこかへ飛んでいけたら……」

「……」

「あ、ごめん。その、飛べたら、王都にだってすぐなのにね」

ははは、と思わず笑って首を傾けてみせる。……いや、本当は誤魔化す必要もなかったんだ。だって、ジンの前では、ボクは王子の影武者で、ただの女の子だから。王子様が現実から逃れたいなんて言えば周りは困ってしまうだろうけど、今はそんなことを気にする必要もなくて。

「アーリィーは空を飛びたいのか？」

馬鹿にするわけでもなく、笑うでもなく、ジンは真面目な顔になった。誤魔化すつもりだったんだけど、気持ちが揺らぐ。

「飛びたいか、って聞かれたら、興味はあるよ」

ボクは魔法をいくつか覚えてたけど、得意なのは風の属性魔法。別に資質があったってわけじゃないけど、風魔法は特に熱心だった。それも風には、空を飛ぶ魔法があるって聞いたから、だったりする。幼稚な動機だけど。

そんな話をしたら、きっと笑われるんだろうな。

「いきなり飛行というのは難しいけど、浮遊魔法で浮かぶことで飛行体験はできる」

ジンがそんなことを言った。

浮遊魔法。物を浮かせたり、自身が数メートルくらい浮かび上がる魔法。でも浮かせる物体の重さがあるから、人くらいの大きさともなると難しいんだ。

「やってみるか？」

やって――いいの？　こういう話の場合、ボクの周りの人間は絶対止める。それか最初から話さない。

王子様、危ないです、とか何とか。何かの間違いで転落、大怪我したら大変だと言う。

「コントロールとか難しいって聞くけど……」

「いや、それほどでも。無茶なことをしなければ、そんなに危なくないし」

ジンは笑いながら、ボクの足にブーツを履かせていく。残念、もう終わっちゃったのか。気持ちよかったんだけどな……。ありがとう、と礼を言ったら、どういたしまして、と彼は応えた。

次の瞬間、ジンの身体が地面から数十センチほど浮かび上がった。いきなりなんでビックリしたけど、そういえばこの人、詠唱なしで魔法を使えたんだった！

「アーリィーは浮遊魔法は初めてか？」

「う、うん……」

「では、お手を拝借」

淑女の手をとってリードする紳士のように振る舞うジン。ドキン、と胸の奥が高鳴る。初めての転移魔法、ポータルでの移動の時、さりげなく彼が導いてくれたその手。大丈夫、怖いことはないよ、と優しいその手に自然とボクの手は伸びた。

そして、ふわり、とボクの足が地から離れた。

「わ、えっ……」

「怖いなら手を握って」

そう言いながら、ボクとジンはゆっくりながら上昇していく。

足が地面につかないと、こんなに不安になるの？　速度はぜんぜんなのに、ボクは狼狽えてしまった。初めてのことだもの、動揺してもおかしくないよね？　後から思い出せば、きっととても滑稽なほどだっただろうけど。

遺跡の石柱のトップの高さで、一度ジンは制止した。

「アーリィー、その石柱に乗ってごらん」

「う、うん」

でもどうやって足を動かせばいいのかな？　両方の足が地面から離れているから……。

「そうだった」

ジンがゆっくりとボクの手を引いて、石柱の上に乗せてくれた。

「さあ、お姫様、ふだんより高いところから見る景色はどう？」

本当のことを言えば、王城から城下町を見下ろすのはもっと高いのだけれど。遠くのものを見るのと、近くのものを高い視点から見るのとでは違って感じる。それに……お姫様って。先ほどから心臓の鼓動が激しいのは、浮遊しているからだけではない気がする。

「まだ低いかな？　じゃあ、もう少し上に上がろう」

ジンがボクの手をとり、さらに浮かぶ。一度足がつくところがあったから、怖さよりもドキドキのほうが強くなっている。少なくとも、彼の手を握っている間は、落ちたりしないって確信があった。

「わぁ……！」

高い。ボスケ大森林の針葉樹も高いけれど、その高さよりさらに上がる。広大な森。下を歩いていたら、まだまだ先は長そうだ。けれども、森を見下ろすなんて光景、初めてだ。

これが夢にまで見た空を飛ぶということなんだ！

ボクがどこまでも広がっている地平線へと視線を向けていると、突然、下からベルさんの声が聞こえた。

「ジン！　速いぞ、グリフォンが来るっ！」

グリフォン⁉　それって翼をもった魔獣――そう思った時には、ボクの身体はジンに引き寄せられていた。

「⁉」

抱きしめられている⁉　彼の胸に抱き寄せられ、思わず見上げればその視線は別の方向を向いていて。

不意に動いた。だが声をあげる間もなく、耳障りな奇声と共に、視界の中を何か大きなものが通過した。

羽根？

それは鷲の顔に上半身と翼、獅子の身体を持っていた。大きさは大人の倍以上。ボクはその姿を本で見たことがある。

魔獣グリフォンだ。獰猛な性格で、馬や家畜はもちろん、人間も襲って食べると言う。森の上に出た途端、襲われるなんて！

ここはボスケ大森林地帯。魔獣たちの森。迂闊だった。ボクが空を飛びたいなんて、言わなければ、グリフォンに襲われることもなかった……！

舌打ちが聞こえた。……ほら、ジンもやっぱりボクのことを――。

「大丈夫か、アーリィー？」

「え……？」

思いがけない言葉だった。怒るどころか、ボクを気遣ってくれる。

「来いよ、鳥野郎。こっちのお楽しみを潰してくれた礼だ！」

ライトニング！――ジンの手から電撃が迸《ほとばし》り、こちらへ突っ込んでくるグリフォン、その頭を吹き飛ばした。

うそぉ！　グリフォンが……ええっ!?

ボクの見ている前で、巨大な魔獣が地面へと激突する。だがすでに頭を失い、絶命していたのだと思う。

あっという間だった。確か、グリフォンは王国軍の魔術師や騎士でさえ、苦戦するほどの強敵。複数でかかってようやく倒せるほどの魔獣を、ほぼ数秒で、しかもたった一人でやっつけちゃうなんて！　なんて、なんて凄い魔術師なんだ、ジンは！

「ごめんな、アーリィー。怖かったろう？」

ゆっくりと浮遊から地面に降りるジンとボク。

「怖かった、けど。でもでも、すぐジンが倒しちゃったから、そんなには――って⁉」

ボクは気づいてしまった。ジンの左肩、マントが破れて、血が滲んでいるのを。

「大変⁉　ジン、怪我を……！」

「え？……ああ、こんなのかすり傷だよ」

ぜんぜん平気そうな顔で、ジンが自身につけられた傷を見ている。痛くないの？　血が出てるのに――。

ボクのせいだ。ボクをかばって、ジンは怪我を。

「待って、いま、治癒魔法をかけるから――」

神聖系の回復魔法、ヒール。子供の頃、聖教会の司教から教えられた魔法。覚えててよかった。

ボクは、唱える。

「癒しの光、かの者の傷を塞ぎ、痛みを拭い去れ、ヒール！」

……どう、かな？　とっさに目をつぶってしまって、効果を見ていなかったけど。ジンが傷を見て――。

「へぇ、大したもんだ。傷がなくなってる。アーリィーは回復魔法が上手いんだな」

魔法が上手……褒められた！　うまくいったんだ！　そういえば、本当に怪我した人に治癒魔法をかけたのって、初めてのような気もする。

「ありがとう、アーリィー」

「えっ、いや、そんな！　ぜんぜん！　ボクのほうこそ、ジンに助けられて。あ、ありがとう！」

慌ててお礼を言った。そうだ、そもそもボクが招いた結果だ。

普段から言われていた。王族として恥じない振る舞いを。王子だからとわがままは抑え、周囲の意見をよく聞くこと。

浮遊や飛行魔法を周囲は止めていた。それは正しかったんだ。こういうことになるから！

涙が目に溜まる。ボクのせいだ！　ボクが悪いんだ！　だから――。

「アーリィー」

すっと、ジンがボクを包み込むように抱きしめた。

「もう、大丈夫だから。君を傷つける悪い魔獣はいないよ」

違う、そうじゃなくて――言葉にならなかった。ただせき止めていた何かが切れてしまった。涙がとめどなく溢れ、泣きたくないのに止まらなかった。

「大丈夫。もう泣かないで」

優しい声。背中をさするジンの手が優しくて温かくて、だからどんどん涙がこぼれて。

「なんだ、俺はてっきり、グリフォンが怖くて泣いたんだと思った！」

ジンは大げさな調子で言った。ボスケ大森林の中。遺跡を離れて、移動中。

「違うよ。ジンがボクのわがままのせいで怪我しちゃったのが悲しくて、悔しくて、つい泣いちゃったの！」

「つい、ね」

ベルさんが、くくっと笑った。ボクは思わず顔をしかめた。前を行くジンが振り返った。

「あれはアーリィーのせいじゃないよ。魔獣の森だって忘れていたわけじゃないが、ちょっとばかり油断してた俺が悪い」

「ああ、熟練の冒険者らしからぬミスだ。反省しろよ、反省を」

ベルさんが、先輩風を吹かして言うのだ。

「そういうベルさんだって、もう少し早く気づいてもよかったんじゃないの？　グリフォンにほとんど懐まで迫られていたぞ？」

「お前ね、飛行するグリフォンの速度を舐めるなよ。地上をちんたら走るのとはわけが違うんだ」

ジンとベルさんが言い合う。喧嘩になりそうな空気に、ボクは声を挟む。

「あー、もう！　悪いのはボクだから、言い争わないで、二人とも！」

「いや、悪いのは俺だよ」

「そうだぞ、嬢ちゃん。悪いのはジンだ」

彼らのあいだで、意見は一致していた。じゃあなんで喧嘩みたいな言い合いを……。

「喧嘩するほど仲がいいって言うだろ？」

ジンが目配せした。ベルさんも同意するように頷いた。

……ああ、いいな。こういうの。真に相手を信じているっていうか、友達、いや本当に相棒って感じがして。

「しかし、失敗したなぁ。もっと高いところに、アーリィーを連れていってあげたかったのに」

ジンが頭の後ろに手をまわしながら顔をあげる。

……そうだね、ボクももっと高くに。

「ううん、今はいいかな。空を飛ぶって自由だなんて思ってたけど、グリフォンなんかが飛んでいるんじゃ、危ないし」

「自由っていうのも、案外自由じゃねえんだよな……」

ベルさんが、何か深そうなことを言った。

「でもまあ、それがわかったんなら、いい経験したんじゃねえの」

「うん、そうだね」

ジンとベルさんのおかげで、少し賢くなれたような気がする。

ボクは、願わくばこの二人と、もっと一緒にいられたら、って考えてしまった。ボクが王子ではなく、ただの……そう、一冒険者だったなら、どれだけよかっただろうって。

でも実際、ボクは王子だ。ヴェリラルド王国の王位継承権第一位にある。……もちろん、男子であれば、であるのだけれど。

本当は女。だから王位継承権も、本当は存在しないも同然なのに、周囲を偽っている。

アクティス魔法騎士学校の王族専用寮。ボクは着替えを済ませ、王子となる。性別を偽り、偽りの王子として日々を過ごすのだ。

……だけど。

「悪いけど、ビトレー。今日も学校を休むよ」

「体調が優れませんか？」

「うん、だるい」

「……左様ですか。かしこまりました」

退出する執事長とメイド。普段なら、彼らはこのようなサボタージュに対して、懇々と説得したり、説明を求めたりするのだが、反乱軍討伐騒動以来、ボクをそっとしておこうという空気があった。負け戦の後だと遠慮しているのだ、たぶん。

一人になったところで、ボクはベッドに飛び込む。開け放たれた窓から見える空は青かった。

空を飛ぶことができたなら……ジンとベルさんを探しに行けるのに。

きっとそこには今より窮屈ではなくて、楽しい毎日があるんだろうなぁ……。

『――そういえば、ジン』

脳裏にふと、ベルさんの言葉が甦る。

『飛んだ時、アーリィー嬢ちゃんを抱いただろ？　どうだった抱き心地は？』

世間話をするようなベルさんの声に、ボクはあの時、立ち止まった。

『え、何言ってるんだい、ベルさん？』

『とぼけるなよ。隙あれば、女を抱きたい病を発症しているお前が』

『抱きたい病って何だよ!?……あ、違うんだ、アーリィー。俺はそんな怪しい病気は患ってないからね！』

グリフォンを軽くあしらった凄腕魔術師とは思えないほど動揺してジンが言ったけど、その時のボクは二人を置いていく勢いで早足になったのを覚えている。

別に怒ったわけじゃない。他愛のないお喋りだ。

いや、そりゃ女を抱きたい病って、ちょっと心の中でがっかりしてる自分もいたけど、でもボクが気になったのはそこじゃない。それは――。

ジンに偶然とはいえ抱き締められたってことだ！　またも、彼に！　ああっ！

その時の羞恥が甦《よみがえ》って、ボクは枕に顔を埋めたのだった。

あとがき

はじめましての方は、はじめまして。またの方は、ご無沙汰しております。未確認ラノベ作家こと、柊遊馬です。

この度は本作『英雄魔術師はのんびり暮らしたい　活躍しすぎて命を狙われたので、やり直します』とお買い上げいただき、誠にありがとうございます（買ってくれましたよね？　ね？）

小説家になろう様に投稿して、はや二年。ほぼ毎日連載を続けた結果、山のような量になってしまった当作品ですが、第七回ネット小説大賞を受賞。晴れて書籍化、皆様のお手元にお届けできました。

初投稿からお付き合いいただいた方、ネットで今作を見つけお読みいただいた方、そして今日初めて本作に触れる方、本当にありがとうございます！　皆様がお手に取っていただける限り、続きが出せますので、今後ともどうぞご贔屓に……。

さて、本作は、戦いに疲れた英雄魔術師と元魔王のコンビが、のんびりした生活を求めて色々する物語です（なお、のんびりできるとは言っていない）。伝説級のモンスターとか、王族の問題とか、国を揺るがす大騒動とか、古代文明時代の遺産とか、色々あり過ぎてジャンル不詳に思えようとも、主人公と相棒が『のんびりしたい。でもできない』日々を描いていく点だけはブレていない（はず）の作品でございます。

書籍版では、ネット投稿版をベースにしておりますが、もちろん細かな部分で改稿しており、初めて触れる方はもちろん、これまでお読みいただいている方にもお楽しみいただけるようになっております。

ネット投稿版では、ずいぶん大人しく(?)なっている主人公も、本作の構想時にあった女好きという性格を改めて描き、キャラクター的には原点に立ち戻れたかな、と思っております(最初はノクターン投稿も視野に入れていた、というのは内緒。それに比べたら、まだ大人しいです)。

……いや、ほんと、運営様。規約とチキンレースしていたわけじゃないんです、許してください(泣)

当作品を選んでくださいましたTOブックス様。当作品の改稿、助言をいただき、また打ち合わせに映画談義にお付き合いいただいた担当編集様。美麗なイラストを描いてくださいました、あり子様。そして書籍化にあたり関わった全ての方々に御礼申し上げます。本は皆で作るもの。こうしてまたひとつ、世に作品を送り出せたことは喜ばしく、また感謝の極みにございます。

そしてネット投稿時に、当作品をお読みいただいた方々。皆様のおかげでここまでこれました。励みになる感想に心救われ、時に鋭い指摘をいただき、これは下手なものは書けないと頑張ることができました。

いたらぬ点は多々あれど、今後とも精進いたしますので、今後ともお付き合いいただけましたら幸いです。願わくば第一部完結まで、いえ当作品を完結まで出したいというささやかな願いが叶いますように、お力添えをよろしくお願いいたします。

では次巻でお会いしましょう。

英雄魔術師はのんびり暮らしたい
活躍しすぎて命を狙われたので、やり直します

2020年1月1日　第1刷発行

著　者　柊遊馬

発行者　本田武市

発行所　TOブックス
〒150-0045
東京都渋谷区神泉町18-8　松濤ハイツ2F
TEL 03-6452-5766(編集)
0120-933-772(営業フリーダイヤル)
FAX 050-3156-0508
ホームページ　http://www.tobooks.jp
メール　info@tobooks.jp

印刷・製本　中央精版印刷株式会社

ISBN978-4-86472-891-1

Printed in Japan